정진욱, 응답의 정치

정진욱, 응답의 정치

첫 판 1쇄 발행 2023년 11월 18일

지은이 정진욱
펴낸이 이향원
펴낸곳 소이연
인쇄처 (주)성문당(주소: 광주광역시 동구 문화전당로 16번길 4)

전 화 070-7571-5328

등 록 제311-2008-000019호

전국총판 시간여행 070-4350-2269 팩스 0505-116-2269

ISBN 978-89-98913-19-9 03800

값 15,000원

정진욱, 응답의 정치

정진욱 지음

소이연

축사

‘응답의 정치’로 국민의 삶을 지켜주길…

안녕하십니까? 더불어민주당 대표 이재명입니다.

정진욱 정무특보의 《정진욱, 응답의 정치》 출판기념회를 진심으로 축하드립니다. 함께해주신 모든 분께도 감사 말씀을 전합니다.

정치는 정치인이 하는 것 같아도 사실은 국민이 하는 것입니다. 따라서 국민의 요구에 응답하는 것이야말로 정치인의 가장 중요한 책무입니다.

이 책에는 국민의 바람을 실현시키는 ‘응답의 정치’, 경제를 살리고 대한민국을 바로 세울 ‘좋은 정치’에 대한 정진욱 정무특보의 고민과 삶의 여정이 잘 담겨 있습니다.

이 책에 담긴 정진욱 정무특보의 소신과 포부가 우리 당과 국민을 위해 더 큰 쓰임새를 발휘할 수 있도록 늘 응원하겠습니다.

앞으로 민주당의 뿌리인 광주에서 국민의 삶을 지킬 ‘응답의 정치’를 위해 더 힘차게 나아가주십시오.

다시 한 번 정진욱 정무특보의 출판기념회를 축하드립니다.

고맙습니다.

2023년 11월 18일

더불어민주당 대표 이재명

일할 때도 싸울 때도 '정진욱처럼'

제가 정진욱을 좋아하는 이유는 참 많습니다. 그는 일머리를 압니다. 사물에 대한 정확한 분석과 진단에 의해 일을 합니다. 그러니 일에 성과를 냅니다.

싸울 때는 물러섬이 없습니다. 싸울 용기는 그가 두려움이 없어서가 아니라 두렵지만 싸워야 하기 때문에 두려움을 무릅쓰고 싸우는 것입니다. 정진욱은 이재명을 위해서라면 물불 안 가리고 함께 싸웠고, 이재명 대표 단식 때 함께 16일간 단식도 했습니다.

동지란 이겨도 함께 이기고 져도 함께 지는 것. 비가 오면 같이 비를 맞아주는 사람이 진짜 동지입니다. 정진욱은 이재명 대표의 동지이기도 하고, 저 정청래의 동지이기도 합니다. 정진욱은 겸손합니다. 온화한 성품이지만 소리 없이 강한 면모도 갖추었습니다. 그래서 그는 호감이 가는 인물입니다.

《정진욱, 응답의 정치》에는 정진욱이 걸어온 길과 걸어갈 길을 보입니다. 지금까지 반듯하게 걸어왔듯이 앞으로 그가 걸어갈 길도 반듯하리라 믿습니다. 그의 삶의 지혜와 경륜을 이 책에서 만나보시기 바랍니다. 일독을 권합니다. 정진욱 파이팅!

정청래 더불어민주당 최고위원(국회의원, 서울 마포구 을)

불굴의 의지를 가진 정진욱

정진욱은 나의 오랜 친구입니다. 제가 국회의원이 되기 훨씬 전에 정치를 지망하는 신인들의 모임에서 진욱이를 만나 두터운 우애를 나누며 살아왔습니다.

정치를 시작한 초기, 제 출마지역이 전략공천이 되는 바람에 출마도 못 해보는 등 정치적으로 매우 힘든 일들을 겪었습니다. 그 고난의 시기에 진욱이와 청계산을 함께 오를 때 그는 "지금 박찬대가 어려운 것은 하나님께서 더 크게 쓰기 위해 단련을 주시는 것"이라며 "내가 사람을 잘 보는데, 찬대는 정치를 아주 잘할 재목"이라고 말해 주었습니다.

저는 그 격려의 힘으로 다시 도전할 힘을 얻었습니다. 정진욱이 그때 내게 해주었던 말은 지금 내가 정진욱이에게 들려주고 싶은 바로 그 말입니다.

고난에 흔들리지 않는 불굴의 의지를 가진 정진욱이 우리 국민을 위해 당당하고 정성스럽게 '응답의 정치'를 펼칠 날이 멀리 있지 않습니다.

박찬대 더불어민주당 최고위원(국회의원. 인천 연수구 갑)

광주를 위해 제대로 힘쓸 정치인

정진욱 정무특보와는 여러 인연이 깊습니다. 2000년 광주시장 선거 민주당 경선에서 저의 대변인을 맡은 바 있습니다. 아침부터 저녁까지 전력투구하여 일하는 모습에서 깊은 인상을 받았습니다. 제가 새정치민주연합 정책위원회 의장을 할 때는 부의장으로 일했습니다.

지난 시장선거 때는 정 정무특보가 계양을 국회의원 보궐선거에 출마한 이재명 후보의 대변인을 맡아 일하고 있어서 부인 임선숙 변호사가 제 대변인을 맡았습니다. 부부가 모두 제 대변인을 한 희귀한 사례입니다.

《정진욱, 응답의 정치》 출간을 축하합니다. 고난과 역경을 이겨내고 국민 앞에 다시 선 한 정치인의 생생한 기록입니다. 그만큼 정진욱 정무특보 내면에는 큰 힘이 담겨있을 것입니다. 우리 광주시민을 위해 그 힘을 제대로 쓸 수 있기를 바랍니다.

강기정 광주광역시 시장

추천사

진정으로 광주·전남을 위하는 정치인

정진욱 정무특보는 그동안 광주·전남의 발전을 위해 열정적으로 노력한 사람입니다. 지난 2006년 전남 서남해안을 세계적 기업도시로 만들기 위해 서남해안포럼을 결성하고 대변인을 맡아 활동했습니다.

여수 엑스포 유치를 위해 유치위원회와 함께 유럽을 돌면서 활동하였고, 우리 국민 사이에서 여수 엑스포에 대한 관심을 높이는 역할에 최선을 다한 바 있습니다.

광주·전남 공동 혁신도시가 최대한 빨리 자리 잡을 수 있도록 광주광역시의 혁신도시정책자문관을 맡아 활동하였습니다.

경제신문 기자와 벤처기업 최고경영자, 대기업의 임원을 경험함으로써 경제전문가에 이른 경력은 지역발전을 갈망하는 우리의 기대를 더 크게 합니다.

정진욱 정무특보의 광주·전남 발전을 위한 헌신과 노력이 광주·전남 지역민의 진정한 평가를 받을 날이 곧 올 것이라고 확신합니다.

김영록 전라남도 도지사

머리글

오직 국민에게 헌신하는 응답의 정치

진정한 '허업(虛業)'으로서의 정치를 꿈꾸며

이재명 당대표 후보의 승리가 확정되자, 그날 저녁 저는 곧바로 광주로 향했습니다. 어물쩍거릴 시간이 없었습니다. 광주 남구, 동남갑 지역구에는 저를 모르는 사람이 많았습니다. 주민 곁으로 가야 했습니다. 2021년 7월 이재명 민주당 대통령후보 경선캠프인 열린캠프에서 일한 이후 1년 2개월 만의 귀향입니다.

그사이 이재명 후보가 치른 4번의 선거에서 모두 대변인으로 일했습니다. 언제나 이재명 대표님 곁에서 대변인으로 일하시는 한 분을 제외하면, 제가 유일합니다. 대한민국을 새롭게 바꿀 탁월한 지도자 가까이에서 일할 수 있었던 것은 저로선 더할 수 없는 영광입니다. 수백 수천 번 이재명 후보의 사자후를 들으며 저는 새롭게 배우며 각성하고 변화하며 다시 태어났습니다.

그의 기준은 국민입니다. 그는 한없이 겸손한 사람입니다. 겸손은 인사를 90도로 하는 것이 아니라 국민을 위해 기꺼이 자신의 모든 것을 내려놓는 것입니다. 그는 열정적인 사람입니다. 4차산업혁명의 대전환, 기후위기의 대전환으로 대한민국을 이끌어 우리나라가 진정한 세계 선도국이 되고 국민들이 풍요롭고 안전한 삶을 누리게 하고픈 마음으로 가득 차 있는 사람입니다.

그런 배움과 마음가짐으로 새벽부터 밤늦게까지 광주 남구의 주민 여러분을 만났습니다. 그렇게 1년 2개월 18일을 보냈습니다. 저는 주민과 함께한 '길 위의 수업'에서 주민들의 생각과 마음을 알았습니다. 주민들은 한결같이 당선된 다음엔 코빼기도 안 비치는 사람이 되지 말라고 하십니다. 초심을 잃지 말라는 것입니다. 아침 6시부터 밤 12시까지 주민들을 뵈었습니다.

절대적 시간의 부족함 속에서 쓴 책은 엉성하기만 합니다. 변하지 않기 위해 초심을 기록해둔다는 마음으로 이 책을 썼습니다. 제목을 '정진욱, 응답의 정치'라고 하였습니다.

우리 주민들이 정치를 불신하고 정치에 절망하는 것은 정치가 국민의 요구와 바람에 답을 내놓지 못하기 때문입니다. 국민의 요구와 바람이 모두 이뤄질 수는 없습니다. 국민은 정치가 최소한의 응답이라도 할 것을 간절히 바라고 있습니다.

무능·무책임·무도하기 짝이 없는 이 정권이 살아남기 위해 세운 유일한 대책은 '이재명 죽이기'입니다. 이재명 대표를 감옥에 보내면 민주당의 정당성 기반이 무너져서 총선에서 승리하고, 가장 유력한 대선후보를 제거함으로써 다음 대선에서 승리할 수 있다고 보는 것입니다. '응답의 정치'는 이 역사상 유례없는 무도한 정권을 응징하고 대한민국을 정상으로 돌려놓는 것입니다. 도탄에 빠진 민생을 살려내고 민주주의를 살려내는 것입니다.

고인이 된 한 보수정치인은 '정치는 허업(虛業)'이라 했습니다. 긴 정치인생을 돌아보니 정치인으로 살아온 세월이 허망하다는 것입니다. 대단한 말이라도 되는 양 언론은 대서특필했습니다.

물론 정치는 허업입니다. 그러나 그 정치인이 말한 것 같은 의미의 허업은 결코 아닙니다. 경제적 이익을 위하여, 돈을 위하여 하는 일을 실업(實業)이라 하고, 그런 일을 하는 사람을 실업가(實業家)라고 합니다. 정치는 이것과 정확히 대비된다는 의미에서, 허업입니다.

정치는 이익을 위해, 돈을 벌기 위해 하는 것이 아닙니다. 정치는 오직 국민의 행복을 위해 존재합니다. 국민 모두가 함께 가질 가치를 향해 나아갑니다. 정치가 부여한 권력과 권위는 정치인 개인의 것이 아니라 국민의 것이고, 오직 국민을 위해 쓰여질 뿐입니다. 그래서 정치인 개인은 정치를 통해 얻는 것이 없습니다.

그런 점에서 정치는 틀림없는 허업입니다. 진심으로 국민을 위해 평생을 바친 정치가가 인생을 돌아볼 때 허망할 까닭이 있겠습니까. 정치가 허업이라 말한 정치가와 동시대를 살아온 김대중 대통령의 자서전 어디에도 돌아보니 허망하다는 대목은 없습니다.

다시 새롭게 정치를 시작한 정진욱은 오직 국민에게 헌신하는 정치로 나아가려 합니다. 국민을 위해 유능하게 일하고 용감하게 싸우겠습니다. 국민의 요구와 바람에 응답하겠습니다.

이 책이 나오기까지 노고를 아끼지 않으신 모든 분의 이름을 적으려면 이 책만큼의 두께가 더 필요합니다. 조성일 편집장과 김이수 박사, 송현석 넥스트브릿지 대표의 노고에 대한 감사만을 따로 적습니다. 모든 분께 감사드립니다.

2023년 11월

정진욱 이재명 더불어민주당 당대표 정무특보

| 차례 |

Chapter 1

단식투쟁의 길

진욱아,
니가 혼자가 아닌게 되얏다.
곧 밥은 먹어야쓴다잉!

2023년 9월 9일, 올해 구십이신 어머니께서 형제자매들을 앞세우고 서울에서 광주 5·18 광장에 오셨다. 엿새째 곡기를 끊고 이재명 당대표와 연대 단식투쟁 중인 셋째 아들을 만나기 위해서다.

노구를 이끌고 오신 어머니는 내 손을 덥석 잡고서는 아무 말씀도 하시지 않았다. 그저 덥수룩한 수염 가득한 내 얼굴을 연신 쓰다듬으실 뿐이었다. 나는 안다. 어머니가 입 밖으로 아무 말씀을 하지 않아도 속으로는 무슨 말씀을 하시는지를. 학생운동을 할 때도 어머니는 그러셨다. 몸만 다치지 말라고 하셨다. 네가 얼마나 고민해서 하겠냐, 하실 뿐이었다. 이번에도 그런 눈빛이셨다. 어머니는 한 번도 내가 내린 결정을 반대하신 적이 없다.

나와 어머니는 형제자매들에 둘러싸여 그렇게 말없이 한참을 있었다. 내 손을 잡은 어머니의 손이 따뜻했다. 정말 오랜만에 느껴보는 어머니의 온기였다. 그렇게 나는 단식투쟁을 이어 나갈 힘을 얻었다. 더 치열하게 투쟁할 이유를 얻었다. 어머니처럼 평범하게 살아가시는 이 나라 국민이 따듯한 온기를 느끼는 세상을 만들어야 하지 않겠는가.

그날 밤 나는 잠을 이루기 힘들었다. 나이 든 어머니 앞에서 밥을 먹지 않는 모습을 보인 것은 큰 불효이다. 어머니 마음이 얼마나 아팠을까. 5·18 민주광장 한켠에 천막을 치고 그 안에 누워 있는 나는 왜 단식하는가를 다시 내게 물었다.

투쟁 수단으로 단식하는 시대가 다시 오리라곤 정말 생각하지 못했다. 일본의 후안무치한 후쿠시마 오염수 방류와 이를 사실상 찬성한 무도하고 무책임한 윤석열 정권에 맞서 결연하게 싸우자고 결심했던 건 8월 24일 첫 방류일 저녁이었다. 어떻게 싸울까. 이재명 대표님이 목포역 앞 광장에서 '국민항쟁'을 선언하고, 8월 31일 단식투쟁에 돌입했다. 단식투쟁을 결심하고 있던 나는 9월 4일 투쟁선언식을 마치고 시작했다. 당초 출마 선언을 하기로 한 날이지만, 내 출마 선언이 뭐라고, 투쟁 선언으로 바꾸었다.

이재명 당대표님의 단식투쟁 기간은 우리 국민에겐 특별한 '생각의 시간'이었다. 힘든 현실과 생업 때문에 나라가 망가지는 정치 현실에도 살기에 바빴던 국민이 우리가 처한 상황에 대해 깊이 생각할 계기가 생긴 것이다. 처음엔 왜 단식까지 하지 했는데, 그 기간이 길어지자 왜 야당 대표가 목숨을 걸고 단식하는지 온 국민이 생각에 빠진 것이다. 그렇다. 민생을 도탄에 빠트리고 경제를 최악의 침체와 위기로 몰아넣고, 외교 참사에 친일매국적 언동을 거듭하는 윤석열 정권. 이런 정권을 그대로 두면 대한민국이 결딴나고 국민이 살길이 없다는 국민적 사유와 각성, 이대로 두지 않겠다는 결단의 시간이었던 거다.

단식 기간 내내 내가 고민한 것도 다르지 않았다. 지금 대한민국의 위기를 어떻게 타개할 것인가. 도탄에 빠진 국민의 삶을 어떻게 구할 것인가. 내가 비록 힘 있는 정치인은 아니지만 지금 무엇을 해야 하는가. 그리고 이런 상황이 오기까지 정치인으로서 내게 책임은 없는가.

어머니는 한없이 부드러우면서도 강한 분이시다. 아버지 사업이 망하고 온 가족이 가난과 끊임없이 찾아오는 역경 때문에 힘들어할 때도 낙관을 잃지 않으셨다. 어머니는 떠나시기 직전에 말씀하셨다.

"진욱아, 나는 니가 혼자 굶고 있는가 걱정이었는디, 니가 혼자가 아닌게 되얏다. 그래도 곧 밥은 먹어야쓴다잉."

1980년 5월 27일 새벽, 광주항쟁 시민군은 계엄군에게 진압당하고 패배한 것처럼 보였다. 아니었다. 역사는 시민군이, 광주시민이 위대한 승리를 거두었다고 쓴다. 그렇다. 때로 역사는 뒤로 가는 것처럼 보인다. 패배한 것처럼 느껴질 때가 있다. 그러나 시간이 지나고 보면 무도한 권력은 언제나 패배했고, 압제에 맞서 싸운 민중은 언제나 승리했다.

어머니 말씀처럼 나는 혼자가 아니다. 나는 광주시민이다. 윤석열 정권의 폭정과 압제에 맞선 투쟁에서 내가 광주시민과 함께하는 한 나는 승리할 것이다.

"윤석열 정권은 헌정질서와 민주주의를 파괴하고 국민을 향해 전쟁을 선포했습니다. 국민 여러분 앞에 선언합니다. 오늘부터 국민의 한 사람으로서 무능 폭력 정권을 향해 '국민 항쟁'을 시작하겠습니다. 민주주의 파괴에 맞서 국민과 함께 민주주의를 지켜내겠습니다. 맨 앞에 서겠습니다. 사즉생의 각오로 민주주의 파괴를 막아내겠습니다. 마지막 수단으로 오늘부터 무기한 단식을 시작합니다."

2023년 8월 31일, 이재명 더불어민주당 대표님은 국회에서 가진 대표 취임 1주년 기자간담회에서 "무너지는 민주주의, 다시 세우겠다"고 선언하고 단식에 들어갔다.

이 대표님의 단식을 두고 사람들의 설왕설래가 있었다. 이 대표님은 일절 대꾸하지 않고 오로지 행동으로 보여주었다. 말보다 무서운 게 침묵의 항변 아닌가.

이재명 대표님의 단식이 하루 이틀 이어졌다. 콧방귀도 뀌지 않은 저쪽 사람들은 이성을 잃고 비인간적 행동도 서슴지 않았다. 21세기 한국 정치판이 고작 이 수준인가 싶을 만큼 한심한 조롱과 비행들이 앞서거니 뒤서거니 언론을 도배했다.

그럼에도 이재명 대표 '정무특별보좌역'이라는 '감투'까지 쓴 나는 여기에 대응할 수 있는 아무런 수단을 갖고 있지 않은 현실적 무력감에 절망했다. 저들의 폭압적 말 폭탄에 맞서 고함이라도 질러야 직성이 풀릴 것 같은 사람이 나만이었을까 싶었다.

그렇다. 나도 행동해야 한다. 이 대표님의 비장함도, 진정성도 함께 느끼고 싶었다. 적극적으로 지지하고 싶었다. 나는 결기를 새롭게 했다. 등골이 오싹해지고 머리카락이 쭈뼛 섰다. 우리 민주 진보 진영의 가치를 회복하기 위해 나서야 한다. 이 대표님이 '기자회견문'에서 인용한 "참여하는 사람은 주인이요, 그렇지 않은 사람은 손님이다"라는 도산 안창호 선생의 말씀이 가슴에 사무쳐왔다. "민주공화국의 주인으로 참여하고 행동할 때 비로소 한 걸음씩 전진했다"는 말 앞에서 나는 결심했다.

그렇게 나도 광주 5·18 광장에 천막을 쳤다. 이재명 대표 '단식 5일' 팻말 뒤에 정진욱 동조 연대 단식 '1일' 팻말을 달았다. 이렇게 이어진 단식에서 이재명 대표님은 19일째인 9월 18일 병원으로 후송됐다. 나는 연대 단식 16일째 새벽에 의식을 잃고 응급실행 119를 탔다.

나는 병원에서도 단식을 이어갔으나, 많은 사람이 말렸다. 이만해도 충분하다고 하였다. 얼른 건강을 되찾아 앞장서서 싸울 생각을 해야 하지 않겠느냐고 하였다. 나는 더 이상 고집부리지 않았다.

지난 1년 2개월이 넘도록 나는 하루도 빠짐없이 광주 동남갑(남구) 지역을 뛰어다녔다. 만나는 주민마다 이런 말씀을 하셨다.

"표 달라고 할 때는 나타났다가, 되기만 하면 코빼기도 안 비치드만."

"당선되면 사람이 완전히 달라져부러."

"초심을 잃으면 안 돼."

주민들이 가장 싫어하는 정치인이 '초심을 잃은 사람'이란 걸 알았다. 당선만 되면 주민과 가장 거리가 먼 사람으로 돌변하는 정치인 때문에 주민들이 엄청난 상처를 안고 있었다. 정치인의 변신과 변심은 주민들에겐 정말 트라우마가 돼 있었다. 작가 정채봉의 동화가 떠오른다.

세탁소에 갓 들어온 새 옷걸이한테 헌 옷걸이가 한마디 했다.

"너는 옷걸이라는 사실을 한시도 잊지 말길 바란다."

"왜 옷걸이라는 것을 그렇게 강조하시는지요?"

"잠깐씩 입혀지는 옷이 자기의 신분인 양 교만해지는 옷걸이들을 그동안 많이 보았기 때문이다."

- 정채봉의 《처음의 마음으로 돌아가라》 중에서

물론 우리는 '옷걸이'가 아니다. 우리는 날마다 성장하고 더 나은 사람이 될 수 있다. 괄목상대해야 하는, 좋은 점이 날로 늘어

나는, 새로운 사람, 다른 사람으로 커가야 한다. 그러나 분명한 것은 옷이 달라졌다고 사람이 달라지는 건 아니란 점이다. 옷이 달라지자마자 자신이 다른 사람이라고 생각하고 뻐기고 남을 무시하는 사람이 있다.

단식투쟁을 끝내고 다짐한다. 나의 초심은 오직 국민에 대한 무한책임과 헌신, 국민의 삶을 바꾸는 유능하고 진실한 정치이다. 작년 8월 28일 당대표 선거가 끝나자마자 그날 밤 광주로 와서 하루도 쉼 없이 한결같이 뛰었듯, 앞으로도 변함없이 낮은 자세로 주민을 섬기고 주민 곁에서 모든 것을 바쳐 일하겠다. 싸울 때는 용감하게 싸우고, 일할 때는 유능하게 일하겠다. 언제나 주민의 친구, 동생, 형, 동지가 되겠다. 초심을 잃지 않겠다.

이 다짐을 증거 하기 위해 16일 동안 이어졌던 '나의 단식투쟁 일지'를 싣는다.

2023년 9월 4일

단식투쟁 1일

'정진욱 단식투쟁 선언식'이 2023년 9월 4일 광주광역시의회에서 열렸다.

오늘 광주광역시의회 기자실에서 단식투쟁 선언 기자회견을 했습니다. 이재명 당대표님의 무기한 단식투쟁에 연대와 지지의 뜻을 담았습니다.

제가 단식투쟁 선언문의 제목을 '민족생존과 미래세대 생명을 위한 투쟁 선언'이라고 한데는 이유가 있습니다. 민족의 운명이 정말 위기에 처해 있습니다. 전쟁 위험이 커졌고, 외교에서 우리 결정권이 심각하게 위축되고 있습니다. 오염수 방류는 미래세대에겐 치명적입니다. 지금 우리가 싸우지 않으면 다음 세대는 우리에게 책임을 물을 것입니다. 그때 우리는 뭐라 해야 하겠습니까.

"잘못한 일이 없는데 사형선고를 받은 느낌입니다."

후쿠시마 오염수 해양투기로 인해 어업생존권을 빼앗긴 전남의 한 어민의 이 절규를 들으면서 가슴이 찢어지는 느낌이었습니다. 어찌 어업인들만의 일이겠습니까. 바다를 삶의 터전으로 삼고 있는, 바다를 사랑하는, 우리 모두의 고통입니다. 윤석열 검사독재정권이 들어서면서부터 지금까지 우리 국민은 잘못한 일이 없는데 사형선고를 받은 듯 살고 있습니다.

그리고 이 자리에는 사형선고가 아니라 실제로 아무런 잘못이 없는데 이태원 참사로 아들딸을 억울하게 잃은 두 분의 아버님께서 자리하고 계십니다. 광주에는 여섯 분의 이태원 참사 희생자가 있습니다. 저는 참사 직후 가족분들을 위로하기 위해 모두 만나 뵈었습니다. 그분들은 희생자들의 이름이 언급되는 것조차 꺼리는 우리의 평범하고 선한 이웃이었습니다. 저는 그때 제가 경험했던 윤석열 정권의 실체에 대해 말씀드렸습니다.

"이 정부는 다릅니다. 완전히 다릅니다. 여기 계신 가족들은 상상도 하지 못한 잔혹한 정부와 마주할 것입니다. 그런 정부를 겪고 나면 여러분은 엄청난 변화를 겪을 것입니다. 억울하게 세상을 떠난 아이들을 위해 싸우는 투사가 될 것입니다."

그 뒤로 저는 이분들을 뵙지 못했습니다. 그렇지만 언론과 가진 인터뷰 기사를 보면서 선량한 희생자 가족들이 윤 정권에 당하고 또 당하다가 투사가 될 수밖에 없게 됐음을 보았습니다. 여기 계신 두 분과의 만남은 그때 이후 처음입니다. 두 분께서 겪고 있는 삶의 변화를 지금 우리 국민이 겪고 있습니다. 이 정권은 선량한 국민을 투사로 내몰아가고 있습니다.

윤석열 검사독재정권은 우리가 겪어왔던 어떤 정부보다도 더 지독한 역대 최악의 정부입니다. 수많은 국민을 사지로 내몰고도 눈 하나 깜짝하지 않고 책임도 지지 않습니다.

해병대 고 채수근 일병님. 억울하게도 무능, 무대책, 무책임 정권 아래에서 돌아가셨습니다. 그런데 이 '삼무' 정권은 진실을 밝히려는 해병대 박정훈 수사단장을 구속하려 하고 있습니다. 왜곡, 조작, 구속. 검사독재의 특기입니다. 더불어민주당 이재명 당대표에 대한 수사에서도 400번 가까이 압수수색을 했습니다. 주변 사람에 대한 계좌 수색, 통신 기록 조사까지 하면 수천, 수만 번은 될 것입니다. 아무것도 나오지 않았습니다. 이렇게 했는데 아무것도 나오지 않았다면, 아무것도 없는 것입니다.

그런데도 이들은 한 가지 성공했습니다. 우리 국민의 머릿속에 "뭔가 있겠지"라는 바이러스를 심은 겁니다. '검사독재가 만들어낸 혐의'가 버젓이 "이재명 사법 리스크"라는 이름으로 불리고, 그것을 이유로 이재명 대표를 공격하는 민주당 국회의원이 있는 기막힌 현실을 우리는 목도하고 있습니다. 우리가 그동안 대한민국을 만들어가면서 여야, 좌우가 도달했던 기본적인 사회적 합의와 질서들이 송두리째 뿌리뽑히고 있습니다. 2년 전 후쿠시마 오염수를 해양에 투기하면 자신이 맞서서 싸우고 국제해양재판소에 제소하겠다던 국민의힘 국회의원과 자치단체장들은 180도 입장을 바꿨습니다. 박정희 대통령이 훈장을 준 홍범도 장군을 육사 교정에서 몰아내고 그 자리에 독립군 잡은 간도특설대 백선엽을 들여앉히려 하고 있습니다. 우리 국군의 뿌리가 독립군 광복군입니까, 일제가 세운 만주군관학교입니까. 독재 권력의 폭주와 무자비한 횡포에 국민의 인내는 한계에 다다르고 있습니다. 철 지난 이념논쟁으로 정권의 위기를 돌파하기 위해 국민에 대해 싸우자고 선전포고까지 하고 있습니다.

더 큰 위기는 외교에서 옵니다. 우리는 스스로 손발을 묶고 남의 전쟁에 끌려 들어가는 동맹을 강화하고 있습니다. 러시아-우크라이나 전쟁에서 죽은 러시아 청년들이 25만 명이라고 합니다. 지금 윤석열 정권의 외교는 우리 청년 수십만 명과 우리 민족의 운명을 담보로 벌이는 위험한 불장난입니다. 한세대만이 아니라 우리 민족 전체의 명운이 위태롭습니다.

광주·전남은 대한민국 민주주의의 심장입니다. 일찍이 호남은 대한민국이 어디로 가야 할지 방향을 제시하고 앞장섰던 대한민국호의 나침반이었습니다. 그래서 이순신 장군은, 약무호남 시무국가(若無湖南 是無國家), 만약 호남이 없었더라면 나라가 사라졌을 것이라고 하셨습니다.

우리 광주·전남 시도민이 나라와 겨레의 현실을 걱정하고 미래에 대비한 것은 누가 시켜서 한 일이 결코 아닙니다. 호남 의병과 5·18 민주화 운동의 자랑스런 전통은 우리 안에 내재되어 있습니다. 옳은 것이 무엇인지, 언제 일어나야 할지 때를 아는 힘이 우리에게 있습니다.

원래 이 선언식은 출마 선언을 위해 예약한 자리입니다. 지난 1년 동안 하루도 쉬지 않고 광주와 남구를 뛰어다니며 만난 광주시민의 바람과 요구가 어떤 것이고, 그것에 어떻게 응답할 것인지 밝히는 자리였습니다. 광주·전남 시도민의 정치에 대한 실망과 분노에 저 정진욱은 무한한 책임감을 느끼고 있습니다. 그래서 22대 국회의원 선거 광주 동남갑 출마를 선언하는 정진욱은 광주시민의 실망과 분노에 대해 어떤 해법과 방책이 있는지, 어떻게 책임질 것인지 밝히려 했습니다. 정치는 고통받는 국민에게 희망을 주는 것이며, 국민의 고통과 분노에 해결책을 제시하고 실행하는 '응답하는 정치' '유능한 정치'야말로 제가 하고자 하는 정치임을 밝히고 싶었습니다.

하지만 그토록 우려했던 후쿠시마 핵 오염수 방류가 시작되는 순간, 제 개인의 출마 선언은 중요하지 않고 우리 민족과 미래세대를 살리기 위한 투쟁에 모두가 나서야 할 때라고 판단하였습니다.

오늘 이 투쟁선언식이 끝나면 저는 구 도청 앞 5·18 광장에서 이재명 당대표님의 단식투쟁에 연대하는 단식투쟁에 들어갑니다. 그리고 광주·전남의 여러 인사께서 이재명 당대표님을 지지하고, 정진욱과 연대하는 릴레이 연대 단식투쟁을 하겠다는 의사를 밝혀왔습니다. 뜻을 함께하는 광주·전남 시도민 여러분 누구와도 함께 릴레이 연대 단식투쟁을 하겠습니다.

민주주의 회복이 우리 손에 달려 있습니다. 민족의 운명이 우리의 행동에 달려 있습니다. 우리 미래세대의 생명이 우리의 투쟁에 달려 있습니다.

위대한 광주·전남 시도민 여러분, 함께 나섭시다. 함께 싸웁시다. 우리의 운명과 우리의 미래, 우리 힘으로 열어갑시다.

2023년 9월 4일

정진욱 더불어민주당 이재명 당대표 정무특별보좌역

* 단식투쟁 첫날밤 이야기

광주시의회에서 투쟁선언식을 500여 명의 지지자와 함께하고 옛 전남도청 앞 5·18 광장으로 왔습니다. 오후 작렬하는 뙤약볕을 견디고 나니 밤이 왔어요. 정말 우리 국민을 지켜줄 정부도 나라도 사라졌구나 생각하니 비감한 마음이 들었습니다. 5·18 광장에서 단식투쟁을 할 줄은 정말 몰랐습니다.

텐트 바닥에 몸을 뉘니 응원부대가 달려왔습니다. "화이티이앵앵앵!" 귓가에 대고 캔디처럼 달콤하게 격려해줬습니다. 더 과격한 지지자는 얼굴에 다리에 팔에 사정없이 입맞춤을 해줬구요. 새벽이 될 때까지 모기 응원부대의 응원가는 전혀 줄어들지 않았어요. 팬이 이 정도는 돼야지요. 오늘 밤요? 지지자 한 분이 새 텐트를 가져왔습니다. 훨씬 상태가 낫습니다. 응원 모기들은 오늘도 다시 광주 전역에서 올 것 같습니다. '아주 막 열성' 팬들과 잘 지낼게요.

9월 5일

단식투쟁 2일

광주 시민사회 운동의 중추이자 광주·전남 김대중재단 사무총장인 김영광 선생이 아침 일찍 격려 방문하셨습니다. 한사람이 오는 건 한 세계가 온다는 것을 실감합니다. 서로 바빠서 얼굴만 스치곤 했는데, 오랜만에 지역의 원로 선배님들 모시고 전라도천년사, 촛불행동 이야기 오래 나눴습니다.

9월 6일

단식투쟁 3일

정진욱 정무특보는 9월 6일 아내 임선숙과 함께 이재명 당대표를 지지 방문했다.

이재명 대표님을 한 번은 뵙고 응원하고 싶어서 새벽 첫 기차로 올라갔습니다. 최고위원회의, 강서구청장 후보 진교훈 전 경찰청 차장 공천장 수여식이 모두 단식농성장에서 열리네요. 그 직후 이재명 대표님을 뵈었습니다. 힘든 것을 감추시는 수척한 모습에 인사보다 걱정이 앞섰습니다. 이재명 대표님에게 단식투쟁을 지지하는 광주시민·전남 도민의 뜨거운 응원을 잘 전했습니다. 감사의 눈빛을 보내주셨습니다. 저의 5·18 광장 연대 단식투쟁을 알고 격려해 주셨습니다. 오늘 오후에는 다시 5·18 광장에서 뵙겠습니다.

대학 같은 과 친구가 문자를 보내왔습니다. 단식하고 있는 친구가 걱정되나 봅니다. 친구는 넉넉하고 세심한 마음을 가진 사람입니다. 뛰어난 리더이기도 합니다. 문자에 작은 울림이 있습니다. 친구는 건강이 안 좋아졌다가 잘 회복하고 있습니다. 모두의 건강을 기원합니다.

9월 7일
단식투쟁 4일

'살아남은 자의 부끄러움.'
내가 그곳에 갈 자격이 있을까. 단식 장소를 5·18 광장으로 정하면서 제 마음속에 떠오른 첫 생각이었습니다. 1980년 5월 금호고 1학년. 5월 항쟁 이후 휴교가 끝나고 학교에 왔을 때 제 마음은 슬픔보다 온통 부끄러움으로 가득 차 있었습니다. 광주시민 모두가 그랬을 겁니다.

대학에 갔을 때부터 지금까지, 살아남았으니까, 광주에서 왔으니까, 당연히 학생운동을 하고, 더 열심히 싸우고, 겁나는 일도 앞장서고, 더 야물어야 하고, 더 열심히 책을 읽고, 더 정직해야 하고, 더 바르게 살아야 하고…. 그렇게 평생을 살았습니다. 생각해보니, 1980년 5월은 제 삶의 표상이자 기준이었습니다.

그럼에도 저는 여전히 5·18 광장에 설 자격이 없습니다. 하지만 민주주의가 파괴되고 민생이 도탄에 빠지고 민족의 운명이 풍전등화의 위기에 빠진 이 국난 앞에서는 다른 말이 필요하지 않았습니다. 싸워야 합니다. 싸울 때 싸우지 않으면 폭정과 폭압에 지배당하게 됩니다.

제가 모든 것을 바쳐 싸워야겠다고 생각한 것은 후쿠시마 오염수 방류 소식을 들었을 때입니다. 저는 그날 촘촘한 일정을 이행하느라 방류가 시작되고 한참 뒤에야 알게 됐습니다. 그때의 허탈감은 말로 표현하기 힘듭니다. 단지 오염수 방류의 문제가 아닙니다. 윤석열 정권의 사실상의 방류 찬성은 한미일 동맹이 군사동맹화하는 가장 뚜렷한 징표라고 생각했습니다. 러시아-우크라이나 전쟁에서 러시아 청년 25만 명이 죽었습니다. 2천 5백 명도 아니고, 2만 5천 명도 아니고, 25만 명. 2023년에 대학 수학능력시험을 치른 재학생이 35만 명이니 우리로 치면 한 학년 한 반에서 10명 중 7명이 전쟁 희생자가 된 겁니다. 문제는 대만해협과 한반도에서 전쟁 가능성이 커지고, 그 희생은 고스란히 우리 청년을 필두로 한 힘없는 우리 민중들 몫이 될 것이란 점입니다.

장사가 안 되고, 회사가 문 닫고, 취직이 안 되고, 그런데도 갈수록 더 상황이 악화할 것이 뻔한 민생의 파탄 앞에서 윤석열 정부는 책임이나 대책은커녕 아무런 감흥이 없습니다.

민주주의와 법치는 무너진 지 오래입니다. 우리 국민이 일어나야 합니다. 이재명 대표님은 8월 30일 목포에서 국민항쟁을 선언했습니다. 그리고 다음 날 단식투쟁에 들어가셨습니다. 저는 당초 9월 4일 출마 선언을 하려고 했습니다. 기자회견도 출마 선언을 위해 잡았던 겁니다. 그러나 후쿠시마 방류 앞에서 민생의 파탄 앞에서 민중의 삶과 민족의 운명이 백척간두의 위기에 서 있는데 제 출마 선언이 대수이겠습니까. 투쟁 선언으로 바꾸고 이재명 대

몸은 힘들지만 아직 맑은 정신으로 책을 읽고 있는 정진욱 특보.

표님과의 연대 단식투쟁을 하기로 결정했습니다.

정치는 국민의 요구와 바람에 응답하는 겁니다. 정치인으로서 저는 현 상황에 대해 무한책임을 집니다. 좌절하고 절망한 국민을 위해 더 빠르게 행동하고 응답하는 정치, 더 유능하고 새롭게 혁신하는 정치가 필요하다고 지난 1년간 하루도 빠짐없이 만난 광주시민들은 입을 모읍니다. 4일째 몸은 더 힘들지만, 정신은 맑아집니다. 제가 왜 이 자리에 있는지도 더 또렷하게 정리됩니다. 다른 곳이 아닌, 5·18 광장에서 읽고 싶었던 책, 《윤상원 평전》과 《안병하 평전》도 몸이 더 힘들어지기 전에 읽으려 합니다.

여전히 저는 5·18 광장에 설 자격이 없습니다. 영원히 그럴 것입니다. 하지만 5·18의 후예를 자임하며 단식투쟁 천막을 쳤습니다. 5월 정신을 가슴에 품고 5월의 전사들처럼 용기를 내어 싸워 가겠습니다.

'자비신행회'와 함께 배식 봉사하는 정진욱 이재명 당대표 정무특보.

* 낮에 있었던 일

단식하고 있는 제가 오늘 점심때 뭘 했을까요. 배식 봉사를 했습니다. 광주의 대표적 불교봉사단체 '자비신행회'와 함께 어르신들을 모시고 점심을 대접했습니다. 제가 가장 좋아하는 포도가 식사 전에 나왔고, 맛있게 보이는 떡이 후식이었어요. 먹고 싶어도 참아야지요. 많은 분과의 오래전 약속이라 단식 중이라고 안 갈 수가 없었습니다. 다리가 후들거렸지만 내색할 수 없었습니다. 배식 봉사가 다 끝난 다음, 점심 식사를 권하는 분들께 단식 4일째라 했더니, 깜짝 놀라셨습니다. 먹고 싶지 않았냐고요….

식사에 앞서 흥겨운 노래를 불러주신 두 분 가수 권미희, 배아현 님도 끝까지 배식을 하셨습니다. 소원정사 도계 스님, 원효사 해청 스님, 지선 스님께서 자비신행회를 이끌고 계십니다. 어려운 이웃을 위해 큰 자비와 무주상보시를 펼치는 분들께 존경과 감사의 마음을 보냅니다.

9월 8일
단식투쟁 5일

반가운 손님이 찾아왔습니다. 청년입니다. 광주의 이재명 대표 지지그룹 중 하나를 대표해서 김○○님이 오셨습니다. 정진욱 정무특보에 대한 관심이 친구들 사이에서 크게 높아져서 어떤 분인지 먼저 대표로 알아보고 오기로 했답니다^^. 아이들과 청년에 대한 정책을 꼼꼼히 묻습니다. 힘들지만 성심껏 답변해 드렸습니다.

9월 9일
단식투쟁 6일

아침 일찍 귀한 분이 오셨어요. 온몸이 저리고 어질어질하지만, 벌떡 일어나 나갔습니다. 제가 자주 다니는 윤영식당(국제호텔 2층) 이모께서 오셨거든요. 평소에 친누이처럼 맛있는 음식을 챙겨주시는 분입니다. 식당 출근길에 들르셨는데, 이렇게 일찍 출근하시는 줄 몰랐습니다. 부지런한 우리 시민들이 이 나라 이 사회를 힘들지만 성실하게 이끌어 가고 있습니다. 국가와 정부는 국민의 삶을 지키고 도와야 합니다. 국민을 하늘같이 받드는 민생정부가 반드시 필요한 이유입니다.

강기정 광주광역시장이 격려 방문하여 격문까지 써주었다.

밤 9시 좀 넘어 강기정 시장님 부부께서 오셨습니다. "진욱아, 형이 응원한다." 이렇게 격문을 쓰셨습니다. 계시던 분들이 모두 시장님과 잘 아는 사이라 11시가 넘도록 이야기꽃을 피웠습니다. 강 시장님은 옥살이한 교도소 만도 7곳이나 됩니다. 그곳에서 단식투쟁한 이야기를 듣는데, 유귀숙 사모님 감옥 단식도 함께 듣게 됐습니다. 5·18 특별법 제정을 위해 단식을 했는데, 단식 8일째 법 제정이 돼서 중단했답니다. 그런데 그날 돈가스 배식이 있었답니다. 도저히 그 냄새를 참을 수 없어 결국 커다란 돈가스를 먹고 말았다네요. 단식 후에는 미음부터 보식이 필요한데, 그냥 폭식을 한 것입니다. 젊었을 때는 젊음으로 이겨냅니다. 이제는 격려와 응원의 힘으로 버팁니다. 날마다 찾아와주시는 수백 명의 격려 행렬 덕분에 힘을 얻습니다. 엎드려 감사드립니다.

아빠를 따라서 귀여운 아이가 응원을 왔어요. 느닷없이 나타나서 "힘내셔요" 해서, 한 번 더 말해달라고 했어요. 배고픔을 견디느라 저도 모르게 찡그렸던 얼굴에 활짝 웃음꽃이 피었어요. 5·18 광장의 추억이 아이에게 즐겁게 기억되었으면 좋겠어요.

9월 10일
단식투쟁 7일

오늘은 일어나기가 더 힘드네요. 아침 첫 손님은 조기축구 하러 가는 길에 들르신 하나FC 문병삼 회장님과 이광우 직전 회장님 그리고 하나FC 원년 멤버 박금영 빛고을노인건강타운 자치회장님이십니다. 마침 제가 일요일 새벽에 조기축구장에서 자주 찾아뵌 클럽 분들이어서 헤어진 형제 만난 듯 맘이 뭉클했습니다. 눈이 잘 안 떠집니다. 작은 눈이 더 작아졌지만 응원하러 오신 분들은 제 가슴에 잘 담아두고 있습니다. 고맙습니다.

5·18 광장은 참 다이내믹한 곳입니다. 하루에도 몇 번씩 다른 풍경이 됩니다. 수없이 많은 사람이 다양한 목적과 표정으로 이곳을 걷습니다. 자주 저를 향해 정면으로 걸어오는 분들을 보게 됩니다. 사람과 사람이 정면으로 마주한다는 일이 참 크고 중요한 일이구나 새삼 배웁니다. 마주한다는 것이 어려운 일이지만, 마주하고서야 사람들 사이에 대화가 있고 반가운 악수가 있고 마음과 마음의 교감이 있습니다.

옛 도청을 마주하고 앉은 제 마음은 고1 80년 5월과 현재를 오

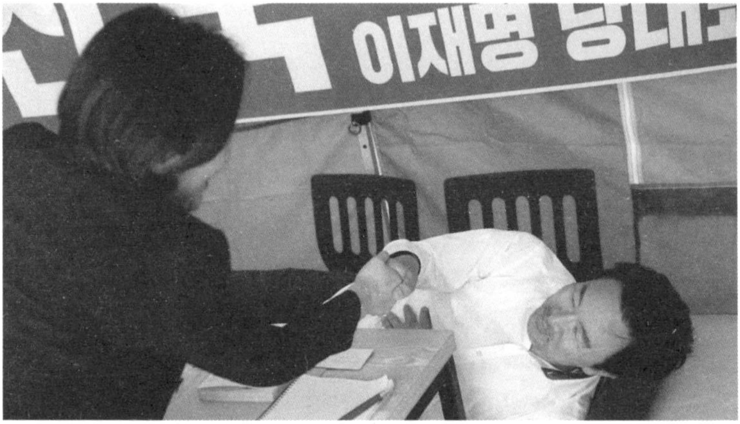

단식투쟁이 거듭되면서 어지럼증이 심해 누워서 방문객을 맞는 정진욱 정무특보.

가며 광주의 현실과 미래를 고민하게 합니다. 광주는 지금보다 더 잘 살 수 있고, 더 멋지게 될 수 있습니다. 광주사람들이 더 행복해지는 그 일에 몸 바치고 싶습니다.

9월 11일
단식투쟁 8일

어지럼증이 더 심합니다. 온몸이 얻어맞은 듯 안 아픈 곳이 없습니다. 머리 한쪽이 어제 오후부터 점점 더 아픕니다. 그래도 정신은 맑습니다. 오늘 아침 첫 응원 방문자는 압해정씨 광주·전남 대종회 사무총장이신 정규식 대부님이십니다. 제가 압해 정가이거든요. 지난번 대통령 선거 때 우리 종친들은 일치단결해서 종친이신 정세균 총리님을 도왔습니다. 정 총리님은 대기업에서 일한 경험을 가진, 민주당에서 드문 실물경제 전문가이고, 온화하고 합리적인 리더십은 새로운 시대와 잘 맞아떨어집니다. 정 총리님 캠프에 합류하고 싶었지만, 이미 이재명 지사님과 함께하고 있어서 참으로 난감했습니다. 이재명 지사님이 4차산업혁명 시대에 대한민국의 대전환을 이끌 적임자라고 판단했기 때문에 이재명 후보의 경선 캠프인 '열린 캠프' 대변인으로 일했습니다.

경선에서 정세균 후보님이 물러나자 바로 종친들이 계시는 캠프를 방문하였습니다. 그때 종친들 가운데서도 가장 격하게 섭섭함을 표명하신 분이 정 총장님이셨습니다. 저는 그분의 마음을 충분히 이해합니다. 몇 번을 다시 찾아뵙고 이해를 구하고 사과드린 끝에 총장님은 마음을 여셨습니다. 그리고 대선 본선에서 종친분들이 이재명 후보를 돕도록 정형현 회장님과 함께 나서셨습니다.

저는 어릴 적부터 유독 뿌리에 대한 애착과 자부심이 강했습니다. 당시에 나온 두터운 두 권짜리 대종보(족보)를 일없이 다 읽어보기도 했습니다. 정치인의 원초적인 정치적 기반은 학연 혈연 지연이라고들 합니다. 세 가지 연이 중요한 것은 사실입니다. 하지만 그 세 가지 연에 앞서는 정치인의 출발점은 가치와 철학과 약속입니다. 저는 정치인이 정치를 시작하면서 유권자와 만나서 표명한 가치, 철학, 약속이 '초심'이라고 생각합니다. 종친분들이 저를 이해해주신 것도 그 점일 것입니다. 국민을 하늘같이 받들고, 언제나 초심을 잃지 않고, 자신을 뽑아준 지역민들을 세심하게 살피면서, 일할 때는 유능하고 당차게 일하고, 싸울 때는 용감하고 굳세게 싸우는 정치인. 제가 닮고 싶은 정치가입니다.

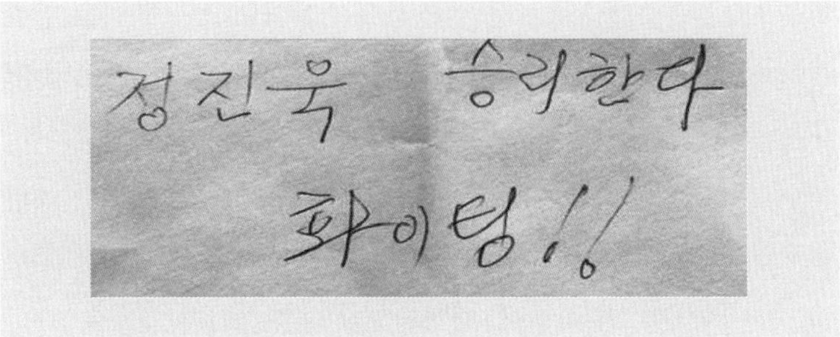

안성례 오월어머니회 회장님께서 직접 써서 보내준 격려글.

9월 12일
단식투쟁 9일

풀솜 같은 몸을 일으켜 방문객을 맞았습니다. 반가운 첫 방문자는 이민철 광주마당 이사장입니다. 저는 언제나 '이민철이 있어 광주가 희망이 있다'고 생각합니다. 광주의 미래를 책임지고 있는 멋진 후배입니다. 시민사회 일을 이민철 이사장처럼 진실하고 일관되게 하는 사람도 드뭅니다. 광주가 아끼고 키워야 할 귀한 인재 이민철 이사장과 함께하는 시간이 행복합니다.

안성례 오월어머니회 회장님께서 격려 편지를 보내셨어요. 안성례 어머니는 '광주시민의 어머니'로 불립니다. 5·18 당시 기독병원 간호사이셨고, 계엄군의 무자비한 폭력의 희생자가 된 많은 시민을 살려내셨습니다. 오월어머니회를 설립했고, 여성운동가, 시의원으로서 5·18 이후 광주의 정신적 기둥 역할을 하였습니다.

부군 명노근 전남대 교수님 또한 광주 민주화운동의 대부이셨습니다. 안성례 어머니의 응원에 새로운 힘을 얻습니다. 감사합니다.

9월 13일
단식투쟁 10일

천막에 걸려 있는 팻말이 10일째인 걸 알려줄 뿐, 저는 날짜 계산이 잘 안 됩니다. 오늘 첫 응원 방문자는 자전거를 타고 오신 어르신입니다.

"힘 내이. 이재명 대표는 못 잡어 넣어. 뭣이 나와야 넣제. 대선 나온 양반인디. 아, 당대표를 어찌케 잡아넣는당가."

힘드니 일어나지도 말라면서 하실 말씀을 마치자 휑하니 떠나셨어요. 저 무도한 자들은 죄가 없어도 만들어서라도 잡아넣을 겁니다. 이 말이 떠나시는 뒷모습을 바라보며 제 입가에 맴돕니다.

존경하는 고병일 후배가 찾아왔습니다. 광주·전남지역의 가장 중요한 금융기관인 광주은행장에 선임됐습니다. 마침 부근에 일이 있어 지나가는 길이었습니다. 제가 고교 1년 선배입니다. 선배가 10일째 단식 중이어서 발걸음이 떨어지지 않았나 봅니다. 광주는 그런 곳입니다. 정치를 떠나, 어려움을 겪는 사람의 안부를 살피는 마음, 세심하게 지역을 살피는 마음이 큰 성과로 이어질 것을 믿습니다.

9월 14일
단식투쟁 11일

오늘 첫 응원 방문자는 기독교실업인회(CBMC) 광주지회 분들입니다. 저는 가입한 지 오래되지 않은 회원입니다. 하나님께서 만드신 이 아름다운 세상을 파괴하고 있는 일본의 만행과 윤석열 정권의 폭정이 멈추기를, 민생과 민주주의가 회복되기를 간절히 함께 기도했습니다. 합리와 상식이 통하고 대화와 응답이 있는 정치가 실현되는 날, 멀지 않았습니다. 비가 억수같이 옵니다. 수상가옥이 따로 없습니다. 텐트 바닥 아래로 물이 강처럼 흐릅니다. 비 새는 곳이 있어 잠들지 못하고 천장을 봅니다. 다행히 물방울이 뚝뚝 떨어지지는 않고 송골송골 맺혔다 떨어지네요. 내일 아침 8시 반 불교방송 인터뷰도 있으니 어서 자야겠습니다.

9월 15일
단식투쟁 12일

계속 누워 있네요. 오신 분들께 결례입니다만 이해 부탁드립니다. 오늘 응원 오신 첫 분은 진심으로 존경하는, 마을운동가 민판기 선생님과 송암동 주민자치회장을 하신 류시열 고문님입니다.

"주역에 밀운불우(密雲不雨)가 있어. 구름은 잔뜩 끼었는데 아직 비는 안 오는 걸 말하는 괘야. 국민 마음이 지금 그래. 뭔가 해야 한다, 하면서도 아직까지 지켜보고 있어. 하지만 이대로는 안 된다는 것이 국민 마음이야. 결국 나설 것이네."

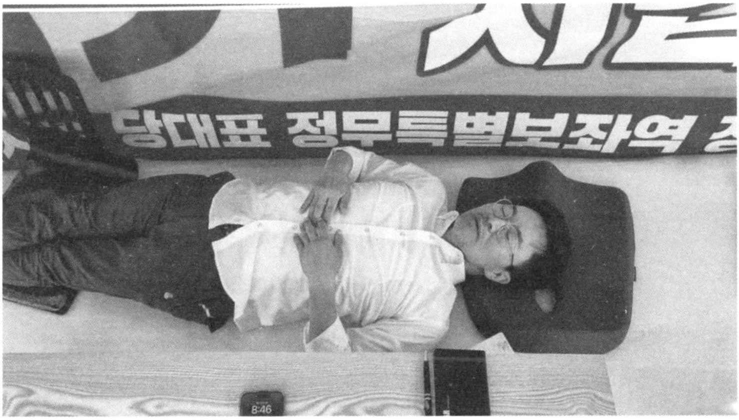

정진욱 정무특보의 단식이 하루하루 더해질수록 누워있는 시간이 더 늘어난다.

9월 16일
단식투쟁 13일

오늘 첫 방문자는 일찍 찾아오신 조용한 응원자입니다. 어제 84세 이신 어르신께서 오셔서 민주당 내부의 총질을 걱정하고 눈물 바람을 하고 가셨는데, 그분과 연관 있는 분께서 오셔서 응원과 지지의 말씀을 하시고 총총히 가셨습니다.

84세 어르신께서 하신 말씀은 "이재명을 지켜야 한다"입니다. 광주가 광주다워지려면 무엇이 옳은지 그른지 헷갈려선 안 된다고 말씀하셨습니다. 5·18 광장에서 확인한 광주 민심입니다.

* 힘들어서 페이스북에 단식투쟁 일기를 안 올렸더니 무슨 일이 있는지 걱정하는 전화를 많이 하셔서 늦게나마 올립니다.

9월 17일
단식투쟁 14일

단식투쟁 2주일째라니, 실감이 안 납니다. 몸이 많이 달라졌습니다. 오전과 오후 내내 방문하신 분들과 눈인사만 나누고 잠만 잤습니다. 어제 민주당 의총은 요란하게 결의는 했지만, 실행 플랜도 투쟁 의지도 아직 불명합니다. 여당인 줄 착각하는 거 같아 씁쓸했습니다. 지금이 국민에게 인정받을 마지막 기회입니다.

첫 방문자는 출마예정자 중 한 분입니다. 자리를 비운 사이 찾아오셔서 건강을 걱정하고 가셨습니다. 따뜻한 동지애를 느낍니다.

제 몸은 안 아픈 곳 없이 고단한데, 정신은 어지러우면서도 맑습니다. 늦은 밤, 5·18 광장 분수대는 바쁩니다. 대대적인 공사를 거쳐 '음악 분수'로 다시 태어나는 중인데, 오늘은 마무리 시험 가동이 한창이네요. 제가 13일간의 단식투쟁에도 덜 지친 것은 바로 이 분수대 덕분입니다. 분수에 비친 빛의 형상들이 음악에 맞춰 움직이는 것을 보면 삶의 활력과 의지가 생겨납니다.

오래 한 장소에서 분수를 지켜보다가 문득 여행 중 만났던 로마의 분수들이 떠올랐습니다. 그 유명한 트레비 분수에는 사람과 분수 사이를 가르는 어떤 장애물도 없습니다. 다른 분수들은 말할 것도 없지요. 분수 둘레에 사람들은 모여 앉아 더위를 식히고 아이스크림을 먹고 대화를 나눕니다.

5·18 광장의 분수도 원래는 그랬습니다. 5·18 당시 분수와 사

람들 사이에는 아무런 장애물이 없었습니다. 횃불대성회가 열리고 대토론이 벌어질 때 연설자는 분수대 맨 위층에 올라가 있고, 청중들은 분수대를 가운데 두고 적당한 거리를 유지한 채 앉아 있습니다. 그사이에 화단 같은 장애물은 없었습니다. 그런데 지금은 화단이 분수대와 사람을 가로막고 있습니다. 역사적 유물인 분수대를 보호하기 위해 화단을 만들었을 것입니다.

오랜 시간 분수대 주변을 걸으면서 생각 하나가 떠올랐습니다. 분수대 주변을 시민들이 앉아서 쉬고 놀고 대화하는 공간으로 만들면 어떨까요. 분수 가까이 편하게 앉아 아름다운 분수를 보면서 지금의 저처럼 지치고 고단한 삶을 위로받고 사색할 수 있으면 좋겠습니다. 현재의 화단을 없애고, 분수대를 둘러 적정한 거리에 둥그렇게 앉을자리를 만들면 좋겠다는 생각입니다. 그러면 분수대는 훨씬 더 시민들 가까이 다가갈 것입니다. 이 멋진 5·18 공원에 시민들이 앉아서 쉴 자리가 거의 없는 문제도 어느 정도 자연스레 해결될 수 있습니다. 예쁜 사진이 나오는 자리여서 틀림없이 젊은이들에게 전국적 명소가 될 것입니다. 5·18에 대해 알게 되는 것은 덤입니다. 함께 논의해 봤으면 합니다.

9월 18일
단식투쟁 15일

이재명 대표님께서 병원으로 실려 가셨습니다. 죽기를 각오하고 버티신다는 말씀을 전해 듣고 날마다 마음을 졸였습니다. 부디 아

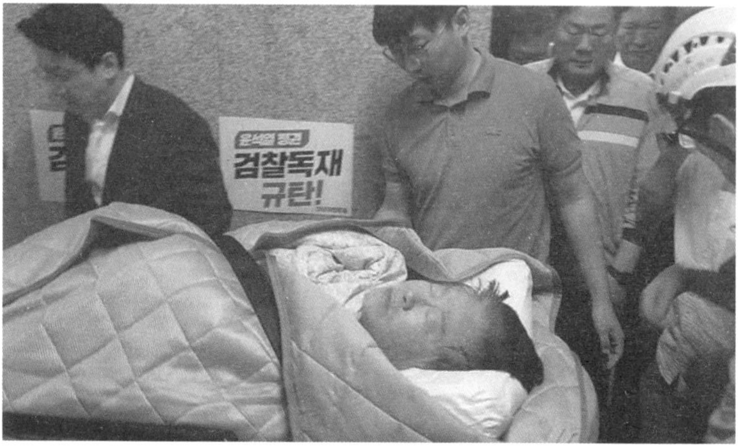

단식 19일만인 9월 18일 병원으로 후송되는 이재명 더불어민주당 대표.

무 일 없기를 기도합니다. 민주당의 일치단결 투쟁과 윤석열 정권의 민생 민주주의 파괴에 대한 사과와 국정 쇄신을 다시 강력히 요구합니다. 민주당은 이재명 대표님에 대한 체포동의안 부결을 즉각 당론으로 채택할 것을 요구합니다. 부당하고 불법한 검찰 독재에 맞서 싸우지 않는 국회의원은 국민이 심판할 것입니다.

9월 19일
단식투쟁 16일

시간이 지날수록 누에처럼 잠을 많이 잡니다. 하지만 정신은 더 또렷해져서 사소한 것은 사라지고 중요한 게 분명히 보입니다. 정말 아무것도 두렵지 않습니다. 우리 국민과 나라의 미래가 걱정입니다. 이재명 대표님에 대한 구속영장을 청구해놓고 외국으로

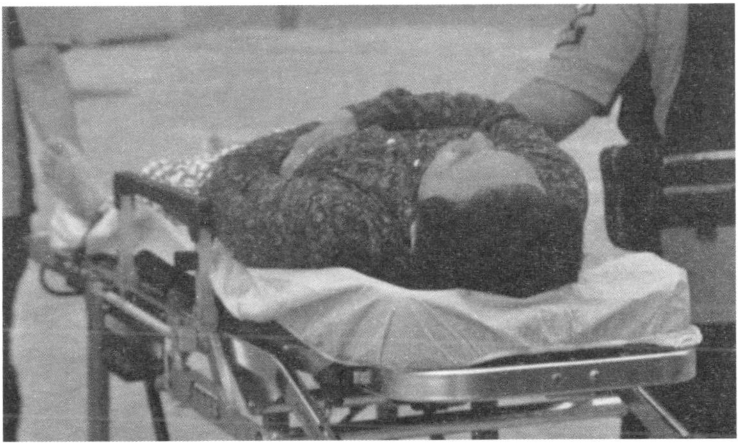

단식 16일만인 9월 19일 병원으로 후송되는 정진욱 이재명 당대표 정무특보.

도망가는 비겁하고 무도한 대통령의 나라. 그 나라를 바꿔야 합니다. 조작 수사 앞에서 검찰을 두려워하며 싸우기도 전에 패배주의에 빠져 체포동의안 가결을 주장하는 국회의원이 있다면 단연코 심판해야 합니다.

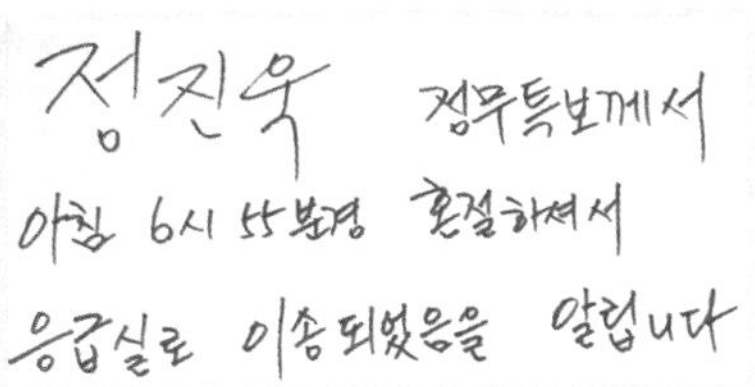

9월 19일, 이재명 더불어민주당 당대표 단식투쟁과 연대해 광주 5·18 민주광장에서 16일째 연대 단식투쟁을 하던 정진욱 민주당 이재명 당대표 정무특보가 오전 6시 55분쯤 혼절하여 전남대병원으로 긴급하게 옮겨졌음을 알리는 알림판이 단식 투쟁장 천막에 내걸렸다.

9월 21일

정진욱입니다. 단식투쟁 때 함께 해주신 모든 분께 감사드립니다. 전남대병원에 입원해 하루 더 하여 16일간의 단식을 마치고 치료 중입니다. 통증이 심해 진통제와 파스로 버팁니다. 미음 몇 숟갈도 줄어든 위가 못 받아냅니다. 이 긴급하고 비상한 때에 아프다고 가만 있을 수 없습니다. 이재명 대표를 지켜야 합니다. 최근 여론조사에서 80% 이상, 심지어 93%의 민주당 지지자들이 체포동의안 부결을 요구했습니다. 이것이 당원의 명령입니다. 민주당 지지자 80% 이상의 요구를 거부하는 국회의원이 있다면 반드시 심판해야 합니다. 저는 민주당 국회의원에 대해 심판해야 한다는 말을 한 적이 없습니다. 국민이 뽑은 대표이고 우리 당의 단결과 통일이 중요했기 때문입니다.

민주당 지지자의 뜻, 당원의 의사를 정면으로 거스르는 민주당 국회의원은 어떤 이유로도 용납할 수 없습니다. 구속영장 청구가 근거 없는 범죄자 만들기일 뿐만 아니라, 청구 시점에서 굳이 회기 중을 택하여 체포동의안 국회 표결을 유발하는, 민주당 내 분란을 목표로 한, 검사독재의 음모와 횡포라는 것을 민주당 국회의원들은 잘 알고 있을 것입니다.

단식 중인 이재명 대표님께서 체포동의안을 사실상 부결시키는 것이 검사독재를 제압하는 길임을 밝힌 상황입니다. 당원들의 뜻과 정확히 일치합니다. 당내 분란을 일으키며 윤석열과 싸우지 않고 이재명 대표를 비난하며 방향을 잃은 민주당의 일부 국회의원들이 이제라도 국민의 신뢰를 얻을 수 있는 중대한 기회입니다. 민주당 국회의원들께서는 체포동의안 부결에 일치단결 나서주시기를 엎드려 간곡히 부탁드립니다.

우리 민주당 지지자, 민주당원은 2023년 9월 21일 국회의 표결 결과를 눈을 부릅뜨고 지켜보고 있음을 명심하기를 바랍니다.

9월 22일

"이재명 대표 체포동의안 가결."

뭐라도 써야 하는데 얼척이 없어서 못 쓰고 있습니다. 진통제 덕분에 잠시 앉았습니다. 몸 상태로는 분노하면 안 되는데, 분노 뒤에 헛웃음이 나옵니다. 민주당이 어쩌다 이 지경이 됐는가. 국민의힘을 능가하는 웰빙 정당이 됐는가. 이재명 대표님에 대한 체포동의안에 찬성한 것으로 거론되는 민주당 국회의원들 몇 분은 우리가 그 살아온 내력을 잘 아는 분들입니다. 자기 분야에서 성공했고, 꽤 민주주의자로 활동했고, 예전에 함께 반독재투쟁을 했고, 이런저런 선거를 함께 치렀던 동지였던 분들, 뜨거운 마음을 나눈 동지였던 분들도 있습니다. 뭐라도 비판적으로 쓰기엔 너무 잘 알고 있습니다.

민주당의 기득권자들은 혜성같이 나타난 노무현 국회의원을 인정하지 않았습니다. 대선후보가 되자 후보 교체론을 들고나왔고, 탄핵도 시키려 했습니다. 시대가 달라졌다는 것을 모르고 자신들이 그동안 누린 권위와 권세를 유지하고 싶었던 겁니다. 이재명 시장이 도지사가 되고 국민의 압도적 지지 속에 대선후보가 되는 것을 인정하지 못하는 사람들이 있습니다. 문화 지체이자 정치 지체입니다. 노무현 이후의 경과처럼 이재명을 둘러싼 경과도 같을 것입니다. 노무현 이후의 경과대로라면 국민의 신망을 받는 새로운 정치 지도자를 인정하지 않고 무시하려 한 사람들은 역사의 반동 역할로 잠시 극우 언론의 스타가 됐다가 곧 소리 없이 사라져갈 것입니다. 역사적 역할이 80년대나 90년대에서 그쳤어야 하는데, 버텨서 출세하고, 출세하고 나서는 이 나라를 위해 무엇을 해야 하는지 소명 의식과 시대 감각을 잃었고 국민과는 아예 먼 거리를 두고 살아온 사람들은 더 빨리 그 역할이 끝날 것입니다.

정치인은 누구든 그렇게 될 수 있습니다. 열정과 소명 의식과 책임감을 잃으면 정치인의 유통기한은 끝난 것입니다.

자신도 압니다. 그냥 버팁니다. 국회의원이니까, 높은 사람이니까, 국회의원을 또 해야 한다는 삼단보다 더 높은 사단 또는 오단 논법으로 버팁니다. 누릴 만큼 누렸으므로, 누리지 않고는 살 수 없으므로, 계속 그 자리에 있어야 한다는 그 논법. 누구든 그 자리를 위협하면 물어뜯겠다는 그 절박한 수호 의지. 혹 모르지 않습니까. 이재명 대표가 구속될지, 그러면 당에 큰 변화가 와서, 자기(편)에게도 뭔가 엄청난 기회가 올지. 우리 지역에는 이런 주장을 펼치는 분이 몇 사람 있습니다. 내게 직접 이런 주장을 한 분은 장관과 국회의원을 역임한 사람입니다.

느닷없이 터질 한방을 기대하는 정치 타짜들이 있습니다. 정치는 생물이라며, 유권자는, 당원은 아예 쳐다보지 않고, 정치가 자신을 구해주길 바라면서. 국민은 처음부터 무시했기에 두렵지 않습니다. 오직 두려운 것은 오늘 국회의원이었는데 내일 국회의원이 아닌 것뿐. 그러지 말기를 바랍니다. 민주주의가 파괴되고 있습니다. 민생이 정말 너무도 어렵습니다. 동네 가게 한 곳만 가서 얘기 나눠 보십시오. 민족의 운명이 위기에 처해 있습니다. 한반도의 평화가 뿌리째 흔들리고 있습니다.

검사독재의 검은 마수에 국민의 신망받는 동지를 던져넣는 것을 어떻게 국민이 이해할 수 있을 건가. 용서할 건가. 그러니 이제 돌아오라. 당신이 원래 출발했던 초심, 그 거칠면서도 버릴 것 없는 민족 민주 민중의 그 자리로. 아니면 최소한 국민을 위한다는 그 명분의 자리로라도.

9월 23일

다행입니다. 이재명 대표님께서 24일간의 단식을 마치셨습니다. 저는 대표님과 동조하는 연대 단식을 4일 뒤에 시작했습니다. 16일째 되는 날 아침 일어나려다가 쓰러져 잠시 의식을 잃었던 것 같습니다. 동생이 "형님! 형님!" 외치는 소리가 멀리서 들렸습니다. 119 구급차에 실려 전남대병원 응급실로 옮겨졌고, 입원하게 됐습니다.

하지만 이재명 대표님께서 단식 중인데 중단할 수는 없었습니다. 입원한 날 하루 더 단식하여 16일째 단식을 마친 9월 19일 저녁 깊은 고민을 하게 됐습니다. 며칠 더 버틸 수 있지만 제가 단식을 마침으로써 대표님께서도 마치도록 해야겠다는 생각이 들었습니다. 제 단식 때문에 보름 남짓 고생하는 분들도 눈에 아른거렸습니다. 결국 9월 20일 단식을 멈췄습니다.

이재명 대표님은 저보다 무려 8일간을 더 하셨습니다. 의지력으로 버틸 뿐 신체는 이미 한계를 지났을 겁니다. 저는 10일을 넘길 때 심각한 몸의 이상을 느끼면서 죽을 수도 있겠다는 생각이 들었습니다. 단식도 관성이 있어서 스스로 그만두기 어렵다는 것을 알았습니다. 더욱이 단식을 시작하며 윤석열 정권에 요구했던 것들이 하나도 해결되지 않은 상황에서 단식 중단은 머릿속에 떠오르지 않았을 것입니다. 의료진이 잘 결정했습니다. 24일이면 민주주의와 국민의 삶에 대한 마음속 걱정을 전하기에 충분하고도 남는 기간입니다.

이제부터는 잘 회복하셔야 합니다. 경험자들은 입을 모아 단식 기간만큼의 회복 기간을 가져야 한다고 말합니다. 정치적 상황이 아무리 급박해도 건강을 회복하는 것이 우선입니다. 아무리 바빠도 바늘허리 실 꿰어 못 씁니다. 제 자신에게도 하는 말입니다. 실천이 쉽지 않습니다. 마음은 광주 남구 곳곳을 달립니다.

때로는 한 달 가까이 지역 활동을 못 하다 보니, 제가 동남갑 남구 주민들에게 잊히진 않았는지 문득 두려울 때가 있었습니다. 그런데 kbc 광주방송이 실시한 첫 여론조사에서 1위를 했습니다. 더 낮은 자세로 더 겸손하고 치열하게 뛰겠습니다. 여론조사에서 '광주 동남갑' 유권자께서 가장 바라는 '정책' 중심의 선거를 하겠습니다.

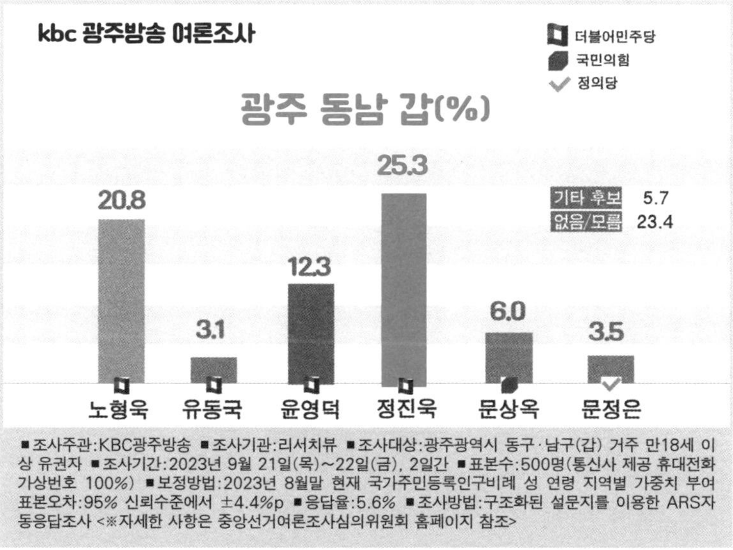

kbc 광주방송 첫 여론조사에서 당당히 1등을 한 정진욱 정무특보.

기록을 위해 남깁니다. 제 정무특보 공식직함은 '정진욱 민주당 이재명 당대표 정무특보'입니다. 그런데 이번 여론조사는 제 공식직함 중 '이재명'을 뺀 '정진욱 민주당 당대표 정무특보'로 실시됐습니다. 노무현, 문재인, 김대중, 이재명 등 이름을 빼겠다는 것입니다. 기존에 사람 이름을 넣은 사례를 보면, '김대중 정부 청와대 행정관'처럼 비공식 이름인 '김대중 정부' '노무현 대통령' 등을 부기한 것입니다. 비공식 직함에서 이름을 빼는 건 공식직함이 아니니 그렇게 결정할 수 있습니다. 그러나 정확한 공식직함 속 '이재명'을 뺀 것은 이해하기 어려운 일입니다. '김대중재단 이사장'에서 김대중을 빼면 '재단 이사장'이 됩니다. 민주당에 당대표는 그동안 여러 사람이 있었습니다. 당대표 정무특보는 특정 당대표에 기속돼 있습니다. 해당 당대표와 진퇴를 같이합니다. 그래서 '이재명 당대표' 정무특보라는 당대표의 이름이 반드시 들어가야 합니다. 앞으로 이어질 다른 매체들의 여론조사에서는 정확한 직함을 사용할 수 있기를 바랍니다.

9월 27일

새벽에 급하게 페이스북에 네 글자를 써서 올렸습니다. '영장 기각'. 이재명 당대표의 영장실질심사 결과를 기다리던 가슴 졸임과 기각의 결과를 처음 접한 감동을 제 문장력으로는 표현하기 어렵습니다. 만세, 만세입니다. 시간이 조금 지난 후 나는 정신을 가다듬었습니다. 그리고 '내 인생 최고의 선물'이라고 썼습니다. 법원의 기각 결정이 우리에게 준 것들입니다.

"인권의 최후 보루이자 헌정질서의 수호자가 사법부임을 확인한 것. 우리의 지도자 이재명 당대표께서 건재한 것. 정치는 정치인이 하는 것 같지만 우리 국민이 한다는 것을 보여준 것."

잠을 청했지만 쉬이 잠이 오지 않았습니다. 피곤하지 않았습니다. 국민이 원하면 이루어진다는 걸 거듭 확인했습니다. 인생을 살면서 이런 감동을 언제 느껴볼 수 있을까 싶어 오래오래 간직하고 싶었습니다. 강제로라도 제 기억 속에 깊게 각인해놓겠습니다.

Chapter 2

사람의 길

장그메 마을

장그메에 태를 묻고 광주의 기운이 키우다

나는 '장그메'가 고향이다. 여러분은 '장그메'란 낱말이 낯설겠지만 내겐 내 정체성을 고스란히 드러내 주는 '뿌리'를 상징한다.

장그메 마을은 전남 영광군 군남면 도장리 장고부락을 말한다. 앞으로는 불갑천이 흐르고 뒤로는 장산(長山)이 병풍처럼 둘러서 있는 곳이다. 전형적인 '배산임수(背山臨水)'의 땅인 이곳에 압해정씨들이 옹기종기 모여 둥지를 틀고 천년 간 내려오는 집성촌이다. 내가 어릴 때는 마을 주민의 80% 정도가 일가였다. 마을 앞 건너 왼편에는 순룡리가 용처럼 낮고 길게 불갑천을 향해 뻗어있다. 오른편엔 삼각산이 호랑이가 웅크린 것처럼 세 개의 등허리를 뽐내고 곧 튀어나올 듯 우뚝 서 있다. 에미(어머니) 산이라 불리는 원뿔형 문필봉이 안산이다. 그 너머 저 멀리 우뚝 선 진산인 불갑산이 빚어내는 조망 또한 빼어난 땅이다.

이 마을이 '장그메'로 불리게 된 데에는 여러 설이 있지만, 가장 유력한 설은 고려 말 한 장군이 여기에 묻혔다는 것이다. 그 장군이 타고 다닌 말 무덤이 장군 묘가 있다고 알려진 곳에서 멀지 않은 곳에 있다. 장군 묘는 못 찾았으나, 말 무덤에선 큰 칼과 장식용 구슬들이 나왔는데, 그 유물을 모두 일본 사람이 가졌다고 한다. 나는 어릴 적 아버지와 동네 어른들에게서 이 얘기를 직접 들었다.

장그메는 대일항쟁기에 한자로 마을 이름을 표기하는 과정에서 '장고(長古)'라는 이름이 붙여졌다고 한다. 천 년 이상 오래된 마을이니, 길 '장', 오랠 '고', '장고'는 나름대로 마을의 정체성을 담고 있다.

나는 압해정씨이다. 한자로 사람들이 정 씨 하면 으레 떠올리는 나라 이름 정(鄭)자가 아니라 넷째 천간 정(丁)자를 쓴다. 넷째 천간은 "갑을병정…" 할 때 네 번째에 나온다는 의미이다. 고무래를 닮았다 해서 사람들은 '고무래 정'이라고도 부른다. 하지만 이는 잘못된 것이라고 한다. 이 글자의 상형은 '못'의 모양이라고 한다. 낫 놓고 기역 자도 모른다는 의미의 사자성어인 '목불식정(目不識丁)'이란 말도 있다. 그래서 나는 중학교 때 친구들에게 우리 정씨가 유식과 무식을 가르는 지식의 기준이라고 장난스레 말하기도 했다.

장그메는 압해정씨 중시조 격인 정찬(丁贊)이 공민왕 때 영성군(靈城君)에 봉해졌던 데에서 유래해 '영성파'의 마을이 됐다. 영성은 영광의 옛 이름이다. 장그메에는 서원이었던 장산사가 있다.

장그메 마을의 또 다른 상징은 두 그루의 당산나무이다. 나무나이가 600년 된 할아버지 당산나무와 400년 된 할머니 당산나무가 있는데, 매년 음력 정월 사흗날에 당산제와 수살제를 올린다. 당산제는 당산나무에 풍요와 평안을 기원하는 제사이고, 수살제는 마을을 지켜주는 마을 신에게 지내는 제사를 말한다. 지금도 이 당산나무들은 장그메 마을의 평화와 안녕을 지켜주는 수호신으로 있다.

나는 어릴 적 윗정기동(윗마을) 할아버지 당산나무를 자주 껴안고 놀았다. 내 아름으로 7번 반을 해서 겨우 한 바퀴 돌았던 기억이 생생하다. 할머니 당산나무 옆에는 정자가 있어서 여름엔 그 느티나무 아래서 낮잠을 자곤 했다. 두 나무에 얽힌 추억이 너무 많아서 다 쓰기 힘들다.

아버지와 어머니

아버지 얘기부터 해야겠다. 나의 아버지 정병무(炳武)는 어릴 적 이름이 문권(文權)이었다. 병무는 무력으로 세상에 이름을 떨친다는 의미다. 반면 문권은 학문이나 문예로 권력을 가진다는 뜻이다. 두 이름이 가지는 방향은 정반대나 결국 마찬가지였다. 아버지의 인생이 반전에 반전을 거듭하였던 거다.

장그메에서 아버지는 '법학 박사' '서울법대 출신'으로 통했다. 마을에 일이 생기면 으레 아버지의 '유권해석'에 따라 결말이 지어지곤 했었다. 특히 마을 사람 누구든 송사 같은 성가신 일이 생기면 아침 일찍 아버지를 찾아와 상의했고, 아버지는 나름의 해박한 법적 논리로 엉킨 실타래를 풀면서 소장이나 진정서, 탄원서 같은 걸 직접 써주시기도 했었다. 그래서인지 마을 사람들뿐만 아니라 영광군에선 아버지가 서울대 법대를 나온 줄로 여겼다. 옆집 숟가락 개수까지 아는 동네에서 어느 대학 나온 줄 왜 몰랐겠는가. 아닌 줄 알면서도 그 해박함과 자상함에 그냥 그렇게 말했던 것 같다.

아버지는 원광대 동양철학과를 졸업하셨다. 동양철학을 공부한 아버지는 어떻게 법에 관한 해박한 지식의 소유자가 되었을까. 아버지께서 생전에 직접 이에 관한 말씀을 주시지 않아 정확한 연유는 알 길 없지만, 아마도 젊은 시절 '고시 공부'를 하시지 않았을까 짐작한다. 할머니는 아버지께서 고향 마을에 있는 장산사에서 공부한 적이 있다고 하셨다. 얼마나 열심히 했는지 너무 오래 앉아 있어서 일어설 수 없을 지경이었다고 한다. 아버지는 그런 분이셨다. 한가지 목표를 세우면 그것을 향해 모든 것을 던지는 집념의 사나이였다.

아버지는 어려서 서당에 다니셨다. 고만고만한 학동 중에 아버지가 유독 빼어나셨던 모양이다. 뭐든 척척 해내는 재주 많은 제자에게 스승은 '문권(文權)'이라는 아명을 지어주셨다. 학문으로 큰 권력을 가진 사람이 되라는 뜻이었을 것이다. 스승님은 "내 제자는 문권이밖에 없다"라는 말을 입버릇처럼 하셨다고 한다.

아버지는 서당 공부에 이어 제도권의 신식교육도 받으셨다. 초등학교를 거쳐 영광중학교에 입학했는데, 걸어서 이십 리(8km) 길이었다. 집안 형편이 넉넉하지 않아서 늘 쪼들리며 어렵게 학교에 다녔다. 한 번은 새 운동화가 생겼다. 얼마나 좋았는지 가슴에 품고 잤다. 학교에 갈 적에는 맨발로 걷다가 교문에 들어설 때 운동화를 가방에서 꺼내서 신었다고 한다.

아버지는 천생 선비셨다. 무서운 집념을 가진 분이었지만, 천성은 겁이 많고 부드러운 분이었다. 싸우는 것 자체를 싫어하는 분이셨다. 말에는 품격이 있었다. 아버지께서 욕하는 것을 한 번도 들어본 적이 없다. 어릴 때부터 그랬다고 한다. 아버지께서 화가 잔뜩 나면 고작 "이노무 자식!"하고 마셨다.

그런데 나는 어디서 배웠는지 어려서 욕을 좀 하는 아이였다. 동네 사람들이 자꾸 나를 막내라고 불렀다. 4년 터울의 남동생이 어머니 뱃속에 생기기 전이니, 아마 서너 살 때였을 것이다. 나는 막내라는 말이 싫었다. 아침 밥을 먹고 있노라면 동네 사람들은 우리 집 앞을 지나가면서 "막내야"하고 불렀다. 나는 분에 겨워 밥을 먹다 말고 냅다 뛰어나가서 욕을 해대곤 했다. 어린아이가 욕을 하니 재미가 있었는지 어른들은 더 "막내야, 막내야" 불러댔다. 집안에 욕 잘하는 사람이 없던 터라, 내가 욕하고 들어오면 아버지는 어안이 벙벙한 표정으로 나를 바라보시고는 아무 말씀도 안 하셨다. 너무 어려서 그랬던 것 같다.

동양철학을 공부하셨던 아버지는 남중학교(지금 영광 군남중학교)에서 잠깐 교편을 잡으셨다. 인성고와 광주대를 설립하신 김인곤 설립자께서 인수하여 운영했던 중학교였다. 도덕을 가르쳤을 거로 생각하지만 의외로 국어를 담당하셨다고 한다. 4남 5녀의 가장이었던 아버지는 교사 월급으로는 집안을 이끌 수 없었는지 농협으로 직장을 옮기셨다. 농협에서는 꽤 오래 근무하셨는데, 이때부터 어려웠던 집안 형편이 조금씩 피기 시작해 논밭을 장만하셨다.

그러다 아버지는 요즘 말로 벤처사업에 뛰어들었다. 조용한 성품의 소유자인 아버지에게서 이런 용기가 있었다는 게 나는 지금도 믿기지 않는다. 하지만 아버지는 늘 도전하는 삶을 사시려고 한 것 같다. 벤처사업은 다름 아니라 간척사업이다. 간척사업은 바닷가의 너른 뻘을 막아 농지로 만드는 작업을 말한다. 그런데 이 사업의 성공률은 한때 열풍이 불었던 닷컴처럼 매우 낮았다. 하지만 성공하면 큰 논이 생기는 엄청난 사업이었다.

아버지의 간척사업은 성공했다. 그리고 실패했다. 우리 집안의 오래고 오랜 고난과 역경은 이 간척사업의 결과였다.

바다를 막아 농지로 만드는 간척사업은 70년대 초에는 녹록한 작업이 아니었다. 막아놓았다 해도 큰 파도나 해일이 오면 곧 제방이 무너진다. 그럼 또 막는다. 이렇게 막고 뚫리고 막고 뚫리고를 반복하면서 어렵사리 제방을 완성한다. 그렇게 다 막아 준공이 되면 군청에 신고하고, 군청 지적계는 현장에 나와 확인하여 이상이 없으면 지적 등본을 발행해 준다. 이를테면 농지로 인정하고 번지수까지 부여받는 절차이다. 땅의 호적이 만들어지는 것이다. 그럼 끝이다. 이제 이 간척지를 경작하거나 팔면 된다.

그런데 아버지의 동업자는 군청 지적계 직원과 짜고 아버지 몰래 지적을 만들었고, 잽싸게 서울사람에게 팔아버렸다. 법률적으로 말하면 '사기'를 친 거다. 경찰서의 꽤 높은 자리에 있었던 동업자의 치밀한 전략에 소위 '법학 박사'도 어찌하지 못하고 속수무책으로 당하셨다. 힘들게 막아놓은 간척지의 소유권을 동업자가 고스란히 편취한 것이다. 아버지는 당연히 법적 대응을 하셨지만, 군청과 경찰서가 합작한 사기 수법은 상상을 초월했다. 아무리 용을 써도 모두 허사였다. 오히려 무고죄로 되치기당했다가 무죄판결을 받기도 했다.

그 뒤로 아버지는 청와대와 건설부, 농림수산부 등에 수없이 진정서와 탄원서를 보내 억울함을 호소했다. 몇 년이 흐른 뒤 건설부에 다니던 친지에게서 연락이 왔다.

"사무실 캐비닛에 아재가 보낸 진정서와 탄원서가 산더미처럼 쌓여 있다. 하지만 아무도 이 서류를 들춰보지 않는다. 아재가 이기면 다칠 공무원이 너무 많아 절대로 다시 수사하지 못한다. 포기하는 것이 좋겠다."

유신 시절이었으니 힘없고 빽 없는 보통 사람이 이렇게 당해도 하소연조차 할 수 없는 권력자 무소불위의 시대였다. 그때 아버지 나이 한창때인 마흔다섯. 우리 집 돈뿐만 아니라 일가친척들의 돈까지 끌어들여 벌인 사업이라 그 피해는 엄청났다. 당시 이 사건을 보도한 조선일보는 간척지의 시가가 1억 원이라고 했다. 간척지 규모는 고사를 지내기 위해 따라간 내가 태어나서 지평선을 처음 보았을 만큼 드넓어서 벌어진 입을 다물지 못했던 기억이 있다.

비록 처절하게 실패했지만, 나는 이 간척사업에서 아버지의 불굴의 도전 정신을 보았다. 그 간척지는 어떤 분이 먼저 시작했다가 실패해서 포기한 곳이었다. 그런데도 아버지는 모험을 감행하셨다. 한 번 결심하면 결코 물러설 줄 모르는 분이셨다. 아버지의 간척지 개발은 성공했다. 그 결과물이 아버지 것이 아니게 됐을 뿐이다. 이 땅은 지금도 대한민국 국토의 일부분이다.

간척지 「詐欺측량」

靈光군 ■山면 松岩리 9만여■ 郡職員과 짜고 가짜土地대장 발급

△문제가 되고있는 송암리 9만여평의 간척지.

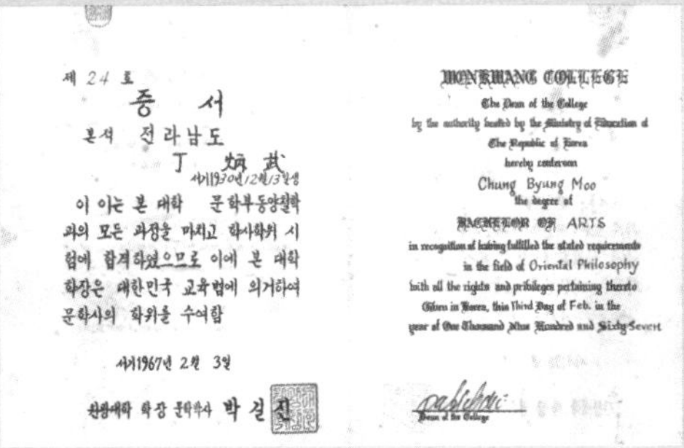

제 24 호

증 서

본적 전라남도

丁 炳 武

서기1930년 12월 13일생

이 이는 본 대학 문학부 동양철학과의 모든 과정을 마치고 학사학위 시험에 합격하였으므로 이에 본 대학 학장은 대한민국 교육법에 의거하여 문학사의 학위를 수여함

서기1967년 2월 3일

원광대학 학장 문학박사 박 길 진

WONKWANG COLLEGE

The Dean of the College by the authority vested by the Ministry of Education of The Republic of Korea hereby confers on Chung Byung Moo the degree of BACHELOR OF ARTS in recognition of having fulfilled the stated requirements in the field of Oriental Philosophy with all the rights and privileges pertaining thereto. Given in Korea, this Third Day of Feb. in the year of One Thousand Nine Hundred and Sixty Sevent

Dean of the College

“

아버지는 '장그메'에서 법학박사로 통했지만 원광대 동양철학과를 나오셨다. 그럼에도 간척지를 개발하다 신문에 대서특필 될 만큼 큰 사기를 당했다. 지금 구순이신 어머니는 타고 난 이야기꾼으로, 마음이 넓고 손이 큰 외강내유형이시다.

아버지의 야망과 집념 그리고 노력, 어머니의 따듯한 마음과 배려, 유머감각을 나는 배우고 닮고 싶었다.

아버지는 나중에 김대중 대통령을 모시고 평민당에서 활동했다. 평민당 송파을 지구당 수석부위원장을 지내셨다. 당시 언론 탄압 반대 집회 등 어떤 집회에서든 맨 앞에 서셨다. 겁이 많은 분이셨는데 그만큼 정의감도 컸기에 그러셨을 것이다. 지구당의 청년들에게 아버지는 언제나 인기가 좋았다. 열정이 넘치셔서 별명이 '청년'이었다. 얼마나 많이 걸으시는지 금세 구두 밑창이 다 닳아 새 신발을 사곤 했다. 정치학교에도 다니시면서 새로운 정치에 대해 꾸준히 연구했고, 언제나 청년들과 어울려 토론을 하셨다.

아버지께서 63세에 급작스럽게 돌아가셨을 때 가장 슬퍼한 사람들도 함께 활동한 청년들이었다. 장그메에서 서울로 올라온 우리 동네 사람들도 친아버지를 잃은 듯 애통해하였다. 나는 내 인생에서 가장 존경하는 분을 잃은 아픔에서 오랫동안 벗어나지 못하였다.

어머니 얘기를 해야겠다. 지금 아흔 살이신 어머니는 마음이 넓고 손이 크신 분으로 통한다. 어머니는 물건값을 깎지 못하신다. 아니 깎지 않으셨다. 외갓집이 동네에서 먹고 사는 쪽에 속하긴 했지만, 부자는 아니었다. 아버지는 적수공권, 빈손으로 시작해서 자수성가한 분이다. 물건값 흥정을 많이 하는 나로선 아직도 이해가 잘 안 되지만, 어머니는 물건을 살 때 가격을 묻고 적절하면 사고 아니면 안 사셨다. 가격을 깎기보다는 안 사는 쪽을 택하셨다. 시골장이라 어느 집 물건이 더 좋은지는 금세 알 수 있다.

품질 좋은 물건을 취급하는 곳이 단골집이 됐다. 장사하는 분도 점차 어머니의 방식을 알고는 두세 번 거래하고 나면 적정한 가격을 불렀다. 포천장과 영광읍내 장의 웬만한 상인들은 모두 어머니를 잘 아셨다. 어쩌면 어머니는 시장에서 정찰제를 실천한 최초의 사람인 셈이다.

어머니는 남에겐 자애로우면서 우리에겐 무척 엄하셨다. 나와 형제자매들이 부모님께 맞은 매의 99.9%는 어머니에게 맞은 것이다. 나는 아버지에게 한 번인가 맞은 것 같은데, 어머니에게는 수없이 맞았다. 초등학교에서 때로 선생님들은 "누가 대표로 맞을래" 하면 나는 주저 없이 나가서 매를 맞았다. 친구들이 "안 아프냐?" 하면 나는 "나는 집에서 맨날 맞아서 매가 하나도 안 무서워" 했다.

어머니는 형제간에 싸우는 것을 가장 싫어했는데, 4남 4녀가 대부분 연년생이어서 날마다 싸움이 그치질 않았고, 그러면 형제자매 모두가 다 맞으니, 매 맞는데 이골이 났다. 초등학교 고학년이 되면서 어머니가 매를 들면 나는 "엄마, 때리고 나면 엄마도 맘이 아프죠? 우리가 반성하니까, 첨부터 때리지 말아버려요" 하면 어머니가 웃고는 매를 내리시곤 했다. 중학교에 들어가자 어머니께서 나를 부르시더니, "이제 너도 다 컸으니 앞으로는 매를 들지 않겠다. 네가 잘해야 한다" 하셨다.

어머니는 타고난 이야기꾼이다. 어머니의 유미 감각은 정말 탁월하시다. 마을의 사건이든 누구 흉내든 어떤 소재라도 어머니가 들려주면 듣는 이들은 쏙 빨려 들어간다. 우리 자식들에게도 많은 이야기를 해주셨는데, 일반 사람들이 쓰지 않는 단어나 표현을 많이 사용하셨다.

장그메에선 저녁이 되면 동네 아주머니들이 함께 모여 놀곤 하는데, 좀 나이 드신 분들과 젊은 사람들이 각기 모여서 밤늦게까지 음식을 먹으며 재밌게 이야기를 나누곤 했다. 이때 김점옥 여사 쟁탈전이 벌어진다. 어머니가 어디로 가느냐에 따라 그날 저녁 이야기판의 분위기가 달라지기 때문이다. 어머니는 주로 나이가 많은 분들 쪽으로 가곤 했는데, 그게 서운한 나이 적은 아주머니들이 다음 날 아침에 집에 찾아와서 오늘은 우리한테 와야 한다고 다짐받아 가곤 했다.

어머니는 어려운 형편인 사람들을 소리 없이 도우셨다. 우리가 사업에 실패해서 어려워졌을 때 마을 분들은 누구랄 것 없이 우리를 도와주셨다. 그분들은 으레 이렇게 말씀하시곤 했다. "대안아짐(어머니의 댁호)이 나한테 얼마나 잘했는디."

아버지의 야망과 집념 그리고 모든 것을 바치는 노력, 어머니의 따듯한 마음과 배려 그리고 어떤 어려운 상황에서도 잃지 않은 낙관과 유머 감각. 내가 배우고 싶었고 닮고 싶었던 부모님의 모습이다.

가난

사람들은 내가 '가난'을 소재로 글을 쓸 만큼 우리 집이 가난했을까 하고 낯선 표정을 지을지도 모르겠다. 사실 내가 어렸을 적 우리 집은 어렵지 않았다. 군남면은 물론이고 영광에서 몇 손가락에 드는 부자라는 이야기를 듣곤 했었다. 시골 살림에 아버지와 작은아버지 두 분이 대학을 나오고, 누나와 형들이 모두 광주로 유학을 갔으니 괜찮은 편에 속했을 것이다.

아버지가 사기를 당한 초등학교 3학년 때 어려워진 집안은 내가 고등학교에 들어갈 때는 상상하기 어려울 만큼 힘들어졌었다. 고등학교 1학년 어느 날 나는 돈을 마련하기 위해 참고서 몇 권을 들고 헌책방을 찾았다. 한 권도 사주지 않았다. 돈이 꼭 있어야 했다.《수학의 정석》을 들고 다시 헌책방으로 갔다. 책방 주인이 좋아하면서도 이상하다는 듯이 나를 쳐다봤다. 그때부터 고등학교 내내 나는 수학 공부를 던져버렸다.

고등학교 2학년 때의 어느 날, 나는 학교를 다녀왔는데, 어두컴컴한 마루에 한 살 위 형이 앉아 있었다.

"진욱아, 나는 학교 그만두고 태백에 가서 광부가 될란다. 광부가 월급이 젤 많다드라."

나는 형을 말리고 있었지만 둘 다 학교 다닐 처지가 아니란 것을 알고 있었다. 형과 나는 서로 부둥켜안고 한참을 울었다. 형은 그길로 광주 대동고를 자퇴하고 강원도 태백으로 갔다. 미성년자인 형은 광부가 될 수 없었다. 태백 부근 황지에서 남의 집 머슴살이를 하다가 1년여가 지나서 다시 돌아왔다. 형과 우애가 각별했던 나는 형이 그리웠다. 이따금 보내주는 편지를 읽었다. 형이 돌아와 대학에 가기로 결심하고 대입검정고시를 쳐서 합격했을 때가 내 인생에서 가장 기뻤던 순간이다.

나는 고등학교 졸업식 하루 전날 1년 치 납부금을 한꺼번에 내고 졸업장을 받을 자격을 갖추었다. 행정실에서 밀린 납부금을 내고 막 나오는데 김영 교장 선생님께서 졸업식 준비를 위해 오셨다가 나를 발견했다. 명색이 총학생회장이 무슨 일로 졸업 하루 전에 학교에 왔는지 궁금하셨던 것 같다.

"납부금 내러 왔습니다."

교장 선생님은 말을 잇지 못했다. 행정실로 들어가시더니 내가 냈던 납부금을 그대로 가져다가 돌려주셨다.

"나는 진욱이가 학생회장을 하고 있어서 가정형편이 어려울 거라고는 전혀 생각을 못 했다. 이건 장학금이다. 받거라."

교문을 나서는데 눈발이 날렸다. 고개를 하늘로 쳐들고 한참 동안 눈을 맞았다. 울어서는 안 된다고 생각하는데 눈물이 났다. 언제나 내게 아낌없는 사랑을 베풀어주신 김영 교장 선생님의 은

혜를 잊지 않고 있다. 고등학교 2학년 때 집이 없어 헤맬 때 따뜻하게 품어주신 넷째 작은아버지와 작은어머니의 사랑과 은혜를 가슴에 간직하며 살고 있다.

내가 고등학교를 졸업했을 즈음이 우리 집이 가장 힘들었을 때였던 것 같다. 버티고 버티다가 결국 장그메 집을 팔고 서울로 이사를 왔다. 마을에서 가장 큰 5칸 집을 더 키운 7칸 집 규모의 팔작지붕 기와집은 금세 팔렸다. 집 판 돈으로 빚잔치를 하고 나니 남는 게 없었다. 천신만고 끝에 셋집을 구했다. 서울 창신동 낙산바위 위에 지어진 낙산시민아파트였다. 창신동 언덕바지가 바로 낙산이라는 바위산 기슭인데, 이곳은 서울에서도 유명한 판자촌이었고, 일본말 '하꼬방촌'으로 더 불렸다. 이런 판자촌을 배경으로 쓴 작가 이철용의 소설《꼬방동네 사람들》의 제목 '꼬방동네'는 '하꼬방동네'에서 '하'자를 빼고 지었다고 한다.

낙산시민아파트는 말이 아파트지, 말로 설명해도 이해 못할 것이다. 아파트에 들어서면 바로 부엌이다. 그 부엌에 방이 두 개 있다. 거실 같은 것은 없다. 물론 화장실은 없고 공동화장실이 있다. T자 모양 구조인데 두 개 방 중 하나는 주인집이고, 다른 방 하나가 우리 집이다. 조그만 방에서 우리 가족은 많게는 10명, 적을 때는 7~8명이 모여 살았다.

이 글을 쓰기 위해 인터넷을 뒤져보니, 1976년에 개봉된 이장호 감독의 영화《그래그래 오늘은 안녕》의 시작 부분에 이 낙산시민아파트가 등장한다는 사실을 알았다.

이때가 우리 가족이 그나마 모여서 산 시기이다. 아버지와 어머니와 4남 4녀의 대식구가 방 한 칸에 올망졸망 살았던 거다. 물론 거처가 모두 이곳은 아니고, 누나 몇은 다른 곳에서 살았지만, 우리가 모두 모일 때가 종종 있었다. 누울 자리는 언제나 부족했다. 내 자리는 의자였다. 가족들이 누우면 자리가 없어서 나는 밤새워 책상 앞에서 공부했다.

이때가 우리 가족 모두가 한데 모여 살았던 나름 행복했던 시절이었다. 이야기하기를 좋아하시는 어머니의 유전자를 물려받은 우리 형제자매들도 모이면 희희낙락 얘기꽃을 피우며 시간 가는 줄을 몰랐다.

이런 행복도 우리 가족에겐 사치였던 모양이다. 그 아파트가 지은 지 오래된 데다 바위 위에 터를 잡았던 터라 무너질지도 모른다고 했다. 안전 문제를 이유로 집을 비우라고 했다. 우리 가족은 다시 이산가족이 되어 뿔뿔이 흩어졌다. 나와 둘째 형, 그리고 아버지는 서울 화곡동의 한 지하실로 이사했다. 반지하가 아니라 창이 아예 없는 진짜 지하실이었다. 건물 지하에 창고로 지은 공간이었다. 맨바닥에 난방시설은 아예 없고 그나마 엄청 두꺼운 스티로폼이 있어서 냉기를 막아줬다. 그 위에 누워 이불을 덮으니 더없이 포근하고 따뜻했다.

나는 거기서 중광 스님을 만났다. 중광 스님이 어떤 분인지 알 만한 사람도 있겠지만, 대부분이 낯설 것이다. '걸레 스님'으로 유명한 화가 중광 스님은 자유로운 영혼의 대명사처럼 삶이든 예술이든 모두 남이 절대 따라할 수 없는 자신만의 세계를 살아가는 분이었다. 그분의 에세이 집이 그 지하실 한켠에 떡하니 놓여

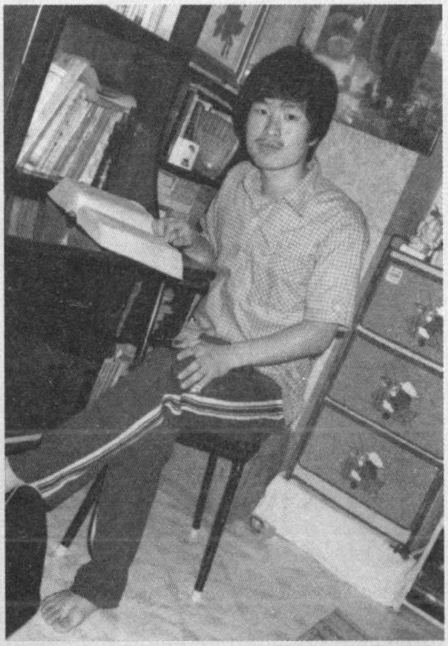

"

어렸을 적 우리 집이 가난했다고 하면 믿지 않을지 모르지만 사실이다. 고향 집을 팔고 서울 낙산아파트 단칸방에서 살 때 내 자리는 언제나 의자였다. 누울 자리가 부족했기 때문이다. 그런 이 집도 안전 문제 때문에 비울 수밖에 없었다.

있는 게 아닌가. 거침없는 중광 스님의 삶의 이야기는 나를 다른 세계에 사는 듯 현실의 힘듦을 잊게 했다. 비록 지금 처지가 힘들어도 끝끝내 좌절하지 않고 내 방식의 내 삶을 개척해야겠다고 다짐했다. 나중에 기회가 되면 중광 스님을 찾아뵙고 어린 시절 힘과 용기를 주셔서 고맙다고 인사하리라 했는데, 오래전 먼 소풍을 떠나셨다.

대학에 들어갔을 때, 나는 학생을 가르치는 아르바이트를 남보다 두 배는 했다. 법으로는 금지돼 있어서 몰래바이트라 했다. 우리 집엔 돈을 벌 수 있는 사람이 많지 않았다. 시위를 하다 최루가스가 옷에 묻은 채 과외를 갔다가 과외 집 온 집안에 난리가 났었다. 그 뒤로는 윗옷을 벗어 화단에 놔두고 들어가곤 했다. 과외로 번 돈은 모두 어머니께 드렸다. 대학생이 두 명, 나중엔 세 명이 되고 식구가 많다 보니 돈은 언제나 밑 빠진 독이었다. 그리고 희한하게도 사건 사고가 며칠 걸러 한 번씩 터졌다.

아침에 학교에 갈 때 나는 어머니께 1천 원만 받았다. 더 받으면 다 쓰기 때문에 더 주셔도 그냥 1천 원만 갖고 갔다. 그때 지하철비가 350원인가 해서 왕복하면 300원 정도가 남았다. 학생식당에서 점심을 사 먹기에는 부족했다. 처지가 비슷한 친구들이 몇 명 있었다. 우리는 플라스틱으로 된 명찰 크기의 식권을 사서 그걸 넣는 듯하다가 그냥 안 넣는 방식으로 돈을 아꼈다. 따로 줄을 서면 좋았는데, 친구라고 줄줄이 서서 그러니, 지켜보는 알바생이 봐주려야 봐주기 힘들었다. 듣기 싫은 소리를 들어도 악착같이 아껴야 했다. 미안한 마음, 죄책감이 들었지만 다른 방법이 없었기 때문이다.

학생운동을 하면서도 친구들은 곧잘 미팅을 했다. 나는 그럴 여유가 없었다. 내가 가장 이해하기 어려운 건 고향에서 올라온 친구들이 당구를 치는 것이었다. '얘들은 어디서 돈이 나 당구를 칠까?' 친구들이 당구를 치면 나는 한켠에 앉아서 책을 읽었다.

대학 때 미팅을 세 번 했다. 내가 하자고 해서 한 적은 없다. 모두 대타로 억지로 끌려 나간 거였다. 꽃처럼 예쁜 이화여대 행정학과 학생과 한편이 됐다. 커피숍에 모였다가 저녁 6시쯤 일행과 헤어져서 바로 보내주려 했다. 그런데 몇 마디 대화를 나누다가 이대 부근을 좀 걷게 되었다. 밥때여서 뭘 먹고 싶은데 '마침' 돈이 없었다. 이야기에 이야기가 이어져서 세 시간쯤 걸으니 배가 등에 붙었다. 정말 배고팠다. 짜장을 먹고 싶었다. '이번에 사주시면 다음엔 제가 살게요.' 입술 앞까지 말이 나왔다가 도로 들어갔다. 배고프고 피곤하고 부끄럽고 해서 집에 보내주려고 지하철 이화여대역에 서 있는데 정말 미안하기 이를 데 없었다. 나 같은 놈을 누가 다시 만나겠는가. 그때 그분이 말했다. "다른 사람들도 우리처럼 재밌는 시간 보내고 잘 돼 있으면 좋겠어요."

지난 수십 년간 우리 가족이 겪은 가난의 역사, 가난하기 때문에 더 가난해지는, 그래서 수없이 이어지는 한 사람 한 사람의 고통과 역경을 말하려면 이 책을 다 채워야 할 것이다.

우리 가족은 가난에 기죽지 않았다. 없다는 말도 하지 않았다. 결혼하고도 한참 지났을 때 아내가 말했다. "왜 당신은 힘들다고 말 안 해요. 당신 처지를 말해야 다른 사람들이 오해하지 않아요."

부자가 될 기회가 없었던 것은 아니다. 취직하고 사업을 하면서 좀 여유 있게 부자처럼 살 때도 있었다. 그때마다 가족 중 한 사람의 사업 실패나 부도가 기다렸다는 듯 덮쳐왔다. 그걸 어떻게든 막고 나면 10년 20년 동안 버는 족족 모두 은행에 바치는 고행이 시작되곤 했다.

가난이 내게 준 가장 큰 가르침은 어렵고 힘든 사람들이 나처럼 수없이 많다는 것이다. 그리고 없는 사람, 힘든 사람의 마음을 누구보다 잘 안다는 것이다.

누구를 만나든지 나는 그 사람은 어떤 어려움이 있는지부터 살피게 된다. 이분에게는 내가 모르는 힘든 일이 있을 텐데. 나도 모르게 "힘드실 텐데 어떻게 견디셔요? 어떻게 먹고 사셔요?" 하는 말이 나오려 한다. 내 급한 사정 때문에 "국회의원 준비하는 정진욱입니다, 관심 갖고 도와주십시오" 하는 내내 미안함과 부끄러움이 내 마음속에 가득하다. 어르신들이 많이 모이시는 동별 한마음 축제에 가서 어르신들 앞에 서면 마음에 무엇이 울컥 올라온다. 얼마나 힘들게 여기까지 오셨을까. 내가 이분들의 어려움과 고통을 이해할 수 있을까. 그것의 100분의 1이라도 줄여드릴 수 있을까.

우리 가족은 가난했기 때문에 서로의 어려운 처지를 더 잘 이해한다. 더 깊은 우애를 나눈다. 콩 반쪽이라도 나누었다. 지금도 그렇게 하고 있다.

책, 책, 책

나는 어렸을 때 '야생의 소년'이었다. 오직 동네를 뛰어다니며 노는 것이 내 즐거움이었다. 당시엔 영광군청 공무원들이 검은색 지프차를 타고 마을을 방문하곤 했다. 멀리서 차 소리가 나면 나는 집 앞 밭을 가로질러 차가 멈추는 마을회관까지 단숨에 달려갔다. 차에서 내리는 분들께 인사하면 그분들은 "어느 집 아들인고?" 하시면서 용돈을 주시곤 하였다. "문권 아들입니다." 대부분이 아버지를 잘 알고 계셔서 머리를 쓰다듬어 주셨다.

나는 초등학교에 들어갈 때까지 공부에 전혀 관심이 없었다. 무얼 가르쳐 주려고 하면 악을 쓰면서 도망가 버렸다. 워낙 위로 누나와 형이 많았고, 모두 공부를 잘해서 내가 초등학교에 들어갈 때까지 한글을 못 읽어도 누구 하나 걱정하지 않았다. "튼튼하게만 자라다오"였다. 나는 자유로운 영혼이었다. 몸으로 하는 것은 무엇이든 좋아했지만 머리로 하는 건 완강하게 거부했다.

그런 내가 초등학교에 들어가서 첫 받아쓰기 시험에서 백 점을 받았다. 가족들이 좀 놀랐다. 마을에는 "진욱이가 학교 들어가서 사람 됐다"는 말이 쫘악 퍼졌다.

초등학교에 들어간 뒤로는 글자라고 생긴 것이면 무엇이든 다 읽었다. 그토록 공부를 싫어했던 아이가 어떻게 이처럼 달라질 수 있는지 그 이유는 나도 모른다. 굳이 이유를 대라면 한 가지는 있다. 어머니 젖을 네 살까지 아주 늦도록 먹었는데, 젖을 떼기 위해 온갖 방법을 써도 말을 안 듣다가도, "젖을 먹으면 학교 선생님이 학교에 못 오게 한다"고 하면 한숨을 푹 쉬고는 젖을 그만 먹었다고 한다.

나는 학교 다니는 걸 정말 싫어했다. 대학교는 등교를 마음대로 한다는 말을 듣고, 초등학교 이후 꿈은 대학생이 되는 거였다. 놀고먹는 사람을 '먹고 대학생'이라 했는데, 나는 '먹고 대학생'이 장래 희망이라고 말하곤 했다. 학교 다니기 싫어한 것은 아마도 학교를 이유로 젖을 못 먹게 하려는 탓인가 생각하기도 한다.

장그메에도 학교에도 책이 없었다. 아버지가 농협에서 가져오시는 《새농민》 그리고 집에 배달되는 《전남매일신문》《전남일보》 신문을 샅샅이 읽었다. 신문은 며칠이 지나서 우편으로 배달됐다. 아버지가 읽고 난 신문은 둘째 형과 내 차지였다.

나는 신문에서 정치면과 사회면을 좋아했다. 내가 가장 열심히 읽었던 것은 2면 정치면 왼쪽 상단에 정치 가십을 다룬 박스였다. 훗날 내가 신문기자가 된 것도 어린 시절 신문과 함께 놀았던 인연 때문인가 생각할 때가 있다.

초등학교 때 학교 도서관에 비치된 책을 모두 읽어야겠다고 맘먹은 것이 5학년 때인데, 6학년 중반에 다 읽었다. 6학년 때 도서관을 관리하는 도서반장이 돼서 소장 도서를 모두 세보았더니, 천 권이 조금 넘었던 것 같다. 시골 초등학교 도서관이 그랬다.

허기진 내 독서 욕구를 채워준 것은 아버지께서 사 모으신 책들이었다. 아직도 아버지께서 사셨던 책들이 남아 있다. 아니, 아버지께서 돌아가시고 나니, 아버지의 유산은 오직 책 몇십 권뿐이었다. 그런데 이 책들의 수준이 정말 대단했다. 대양서적에서 나온 한국의 명저 시리즈와 인물 한국사 등 당대 최고 지식인들이 집필한 책들인데, 책의 내용이든 책의 편집과 장정이든 당대 지식인들이 가장 아꼈을 책들이다. 영광 시골의 지식인이었던 아버지께서 어떻게 이런 책들을 사 모으셨는지 지금도 궁금하다. 나락 두 섬을 주고 샀다는《이희승 국어대사전》은 내 어린 시절 가장 많이 본 책이다. 무엇이든 궁금하면 일단《이희승 국어대사전》,《이홍직 국사대사전》,《이가원 한자대사전》을 펼쳤다. 읽어도 무슨 말인지 모르면 아버지께 여쭙는다. 아버니께서 사례를 들어서 일목요연하게 설명해주셨다. '체비지(替費地)'란 단어를 설명해주시던 아버지의 목소리가 아직도 생생하다.

어릴 적 책과 관련한 에피소드 하나. 우리 집 윗방에서 우연히 국회의원들의 프로필을 모아둔 책을 발견했다. 아마 어떤 월간지의 별책부록이었을 것이다. 책장을 넘기다 내가 아는 사람을 발견했다. 김대중. 우리 동네에서 이름이 많이 회자 되고 대통령 선거 포스터를 본 기억이 있었나. 거기엔 "100년에 한 번 날까 말까 한 정치가"라며 엄청난 독서가이며 명연설가라고 소개하고 있었다.

그런데 거기에 그 국회의원이 가장 좋아하는 책을 소개하는데, 김대중 국회의원은《바이블》이라고 답하고 있었다. 위대한 정치가가 좋아하는 책이름이 바이블? 그 단어를 나는 몰랐다.《이희승 국어대사전》을 찾아보았다. 그리고 크게 실망했다. '성경'이라고? 뭔가 엄청난 것이길 기대했는데. 지금이야 나도 김대중 대통령처럼 가장 좋아하고 즐겨 읽는 책이 성경이지만 어린 나는 어떤 마법서 같은 책을 기대했던 것 같다.

내겐 지금 일만 권이 넘는 책이 있다. 운진각 사거리에 있는 지원회관 빌딩 3층에 서고를 마련하고 혼자 그 넓은 공간을 즐겼었다. 그러다 부득이 나오면서 그 책들은 지금 박스에 갇혀 있다. 새 책도 많지만 오래되고 손때가 묻어서 누구를 주기도 힘들다.

대학 시절에 악착같이 모은 3천여 권의 책은 집 계단에 쌓아두었더니, 고물상이 집어가버렸다. 내 청춘이 날아간 것 같아 한참을 울었다.

돈이 없는 내가 책을 살 수 있었던 것은 오직 한 분의 도움 덕분이다. 정규성 코스모스그룹 회장님. 해방 후 한때 재계 6위까지 이름을 올리셨던 큰 사업가이셨다. 명동 입구 코스모스백화점과 코스모스 전자를 경영하셨다.

그분은 나와 같은 압해정씨이고 할아버지뻘이시다. 집안에서 서울대 합격생이 나오자 그분이 찾아오라고 해서 대학 1학년 때 4월에 찾아뵈었다. 친자식처럼 기뻐하시면서 한 달에 용돈이 얼마나 필요하느냐고 하셨다. 첫 달 신입생환영회비를 내고 어쩌고 하면서 5만 원 정도 들어간 듯해서 "5만 원입니다" 했더니, 한

달에 한 번씩 직접 찾아와서 5만 원을 타가라고 하셨다. 직접 와야 얼굴을 볼 수 있으니 꼭 그렇게 하라고 하셨다. 내가 졸업할 때까지 정규성 회장님은 한 달도 거르지 않고 그 약속을 지키셨다. 당시 회장님은 무척 노령이신데다 코스모스그룹은 부도 위기에 몰리고 있었다. 내가 부담돼서 안 가려 하면 비서를 시켜서 왜 안 오느냐고 재촉하셨다.

나는 5만 원을 받으면 바로 종로서적과 교보문고로 갔다. 종로서적엔 내 중학교 친구가 근무하고 있어서 내가 새로 나온 좋은 책을 고르는 데 큰 도움을 주었다. 몰래바이트로 번 돈은 모두 어머니께 드렸지만, 정규성 회장님의 장학금은 책 사는 데 썼다. 대개 3~4만 원어치를 사고 1~2만 원은 어머니께 드렸는데, 사실 받은 돈 모두를 드려도 부족한 상황이었다. 하지만 나는 악착같이 책을 샀다. 양손에 책을 사 들고 지하철을 타고 집에 오는 그 순간, 온몸과 마음에 퍼지는 행복감과 충족감에 세상이 다 내 것이었다. 프랑스 중세 때 민중 속에서 살았던 시인 프랑스와 비용의 시집을 사서, 아주 큰 소리로 읽으면서 걸었을 때, 전두환 군사독재 치하의 암울함이 일거에 사라지는 통쾌함을 느꼈던 기억이 온몸에 생생하다.

시위가 끝나고 저녁 뒤풀이하고 나는 학교로 다시 갔다. 학교 부근으로 이사한 뒤에는 지하철 끊기는 걸 걱정하지 않고 문이 닫힐 때까지 도서관에서 책을 읽었다. 밤 11시경 맨 마지막으로 도서관 문을 나서는 남모르는 즐거움을 누리곤 했다.

광주, 광주, 오월광주

나는 오월광주에 마음의 빚을 지고 산다. 선배들이, 친구들이, 나보다 더 어린 동생들이 목숨 바쳐 불의한 권력에 맞서 싸우다 목숨을 잃었는데, 나는 살아남았다. 살아남은 자의 슬픔보다 부끄러움이 더 크다.

광주가 피로 물들었던 1980년 그때 나는 광주 금호고 1학년이었다. 그맘때 나의 정치의식은 정치에 관심이 많을 뿐 누구나 갖는 정의감 이상의 특별한 것은 없었다. 어떤 정치적 사건이나 입장에 대해 내 나름의 판단을 할 수 있는 정치에 관한 지적 수준이 형성돼 있지 않았다.

1979년 10월 26일 박정희 대통령이 돌아가셨을 때 나는 영광군남중 3학년이었는데 하늘이 무너지는 슬픔을 느꼈다.

하지만 박정희 대통령의 사망 이후 일어난 갖가지 정치적 소용돌이를 보면서 내 의식도 변화가 일기 시작했다.

1980년 5월 들어 전국뿐만 아니라 광주에서 민주화 시위가 점점 그 강도를 더해가고 있었다. 어느 날 뜻밖의 이름을 접했다. 데

모하는 사람들이 '전두환'은 물러가라고 외쳤던 거다. 시사 월간지에 전두환의 인터뷰 기사가 실려 있었다. 기사의 내용이 다 생각나지는 않지만, 이것만은 분명히 기억한다. 정치에 관심이 없다면서 정치가 안정되면 반드시 군으로 돌아가겠다고 했다.

아마 그날이 5월 18일 일요일로 기억된다. 나는 기원과 희상 두 형과 집 근처 조선대 운동장으로 축구를 하러 갔다. 학교에 군인이 있으니 조심하라고 했는데 설마 하면서 갔던 것 같다.

공을 주거니 받거니 하는데 군인들이 나타났다. 다짜고짜 우리를 때렸다. 눈빛에 살기가 가득했다. 대들려다가 그만두었다.

우리는 일요일이면 전남도청 옆 의상실 거리에서 의상실을 하시는 작은어머니댁에 가서 저녁을 먹고 놀다 오곤 했었다. 이날도 군인들에게 얻어터진 다음 우리는 누나들과 함께 작은어머니댁으로 향했다. 금남로 분위기가 여느 때와 달랐다. 사람들이 우리에게 "군인에게 잡히면 죽는다"며 얼른 집으로 가라고 했다.

다행히 우리는 무사히 작은어머니댁에 도착했다. 그러나 맛있는 저녁을 두려움 속에서 먹었다. 그런데 우리는 집으로 무사히 돌아갈 수 있을까. 군인들에게 잡히면 죽는다던 길 가던 사람들의 당부가 계속 머릿속을 맴돌았다. 하지만 어쩌랴. 우리는 집으로 돌아가기로 하고 작은어머니댁을 나왔다. 군인들의 폭행은 남녀노소를 가지지 않는 무차별이었지만, 그래도 여자들에겐 덜할 것 같다는 생각에서 남자와 여자를 나눠 따로 집으로 가기로 나름 전략을 세웠다. 우리 남자 형제들은 담벼락에 바싹 붙어 기다시피 하면서 발걸음을 옮겼다. 그런데 마침 할머니 한 분이 우리와 같은 방향으로 가셨다. 할머니가 수호신이라도 되는 듯 옆에 딱 붙어서 갔다. 할머니는 길을 가다 누군가를 만나면 묻지 않았는데도 우리를 손주라고 둘러대셨다. 다행히 우리는 무사히 집으로 돌아올 수 있었다.

다음 날, 학교에 간 나는 친구들의 말을 듣고 충격을 받았다. 다들 어제 시내에서 군인들과 맞서 싸웠던 이야기를 해대고 있지 않은가. 나는 도대체 무얼 했는가. 나만 중요한 일에 빠진 거 같았다. 사실 나는 우리 친구들까지 시위에 참여할 거란 생각은 하지 못했다. 하지만 친구들은 참여했다. 친구들 무용담의 흥미진진함보다 나 자신의 불참이 더 크게 와 닿았다.

이날 학교는 일찍 끝났다. 시내 상황이 너무 위험해서 일찍 귀가시키기로 한 것이다. 학생들을 모두 스쿨버스에 태운 다음 선생님들이 동승해서 집까지 바래다주셨다. 스쿨버스가 몇 번이고 학교와 시내 곳곳을 오가는 대이송 작전이었다. 선생님들의 표정이 비장했다. 돌이켜보면 대부분 우리보다 10여 살 더 많은 청년이었던 선생님들께서 오히려 더 큰 위험을 안고 있었다. 광주에 온 군인들은 청년만 보면 가만두지 않았다. 목숨을 걸고 제자들을 지킨 선생님들의 은혜를 다시 생각하며 감사드린다.

시골집에서는 난리가 났다. 한 살 터울 바로 위 형과 나는 유달리 혈기가 왕성하고 정의감이 강한 성격이었다. 지나다가 무슨 일이 있으면 절대로 지나치는 법이 없었다. 부모님은 광주에 희상과 진욱이를 그대로 두면 반드시 군인들과 싸우다가 무슨 일이 생길 거라고 판단했다. 괄괄한 누나들의 손에 이끌려 영광으

“

나는 오월광주에 마음의 빚을 지고 산다. 살아남은 자의 부끄러움. 친구와 선배들이 목숨 바쳐 이 땅의 정의와 민주주의를 위해 항쟁하였지만, 살아남았기 때문이다.

로 낙향하기 위해 다음날인 20일 아침 버스 터미널로 갔다. 다섯 살 위의 큰형은 광주 집에 남았다. 대학생은 보이는 순간 군인들의 잿밥이 될 게 뻔했기 때문이다.

터미널은 군인들 세상이었다. 자다 깨어난 듯 게슴츠레한 눈을 한 군인들은 우리 형제를 험악하게 쳐다봤다. 군인들이 대학생이나 일반인들을 붙잡고 뭔가를 물었지만, 고등학생 교복을 입고 있어선지 우리를 잡지는 않았다. 나와 형은 특별히 할 일이 없어 시골집에서 농사일을 도우며 누나들이 보내오는 광주 소식을 들었다. 말로 형용할 수 없는 잔혹함에 치를 떨었다. 큰형과 누나들의 안부가 걱정되기도 했다. 그때 시민군이 영광 읍내에 왔다고 한 형이 알려 주었다. 형과 나는 당장 달려 나가고 싶었지만, 가족들은 조금도 틈을 주지 않았다. 며칠 뒤 광주에 살던 둘째 형 친구가 고향 마을에 나타났다. 차가 없어서 이틀 동안 걸어서 왔다고 했다. 밥을 못 먹은 데다 머리는 봉두난발에 사람의 행색이 아니었다. 그 형에게서 광주의 참상과 시민군의 활약을 들었다. 평소에 무척 용감한 형인데 말을 잇지 못하고 울었다.

우리 반에서 가깝게 지내는 친구는 상무대에 잡혀갔다가 몽둥이로 머리를 맞았다. 시위하다가 잡혀갔는데, 군인들이 "너는 어떻게 했어?" 하길래 "전두환 씨 물러가라고 했습니다"라고 하자마자 때렸다고 한다. 함께 울다가 웃었다. '전두환을 찢어 죽이자'는 시위 구호가 나온 데는 이유가 있었다.

5·18을 겪으면서 고1 진욱이는 훌쩍 어른이 되었다. 친구들은 죽고 다쳤는데, 혼자 살아남았다는 부끄러움에 말수가 줄었

다. 인간의 잔혹함에 몸서리가 쳐졌다. 민주주의가 무엇인지 이제 비로소 생각하기 시작했다. '민주주의는 피를 먹고 자란다'는 구절을 그때 어디선가 읽었다.

개학하고 얼마 지나지 않아 광주에는 심한 피부병이 돌았다. 나와 형들도 예외가 아니었다. 거의 모든 사람이 피부병을 앓았다. 손까지 심해서 장갑을 끼고 다녔다. 버스를 타면 모두들 장갑을 끼고 있었다. 극심한 피부병 팬데믹이었다. 왜 피부병이 돌았는지 그 이유를 모른다. 다만 사람들은 사람이 너무 많이 죽어 생긴 것이라고 했다. 그랬을 것이다.

그렇게 나는 오월광주를 보냈다. 그리고 고교 1학년 말이던가 2학년 초이던가 어느 날 방안 벽장을 열었다가 큰 발견을 한다. 거기에는 책과 신문, 유인물이 산처럼 쌓여 있었다. 큰누나와 친구들이 의식화 학습모임에서 읽었던 책들 그리고 오월광주 때의 유인물들이었다. 아마도 큰누나와 친구들은 역사의 기록을 위해 특히 신문을 모았던 것 같다.

이 뭉치 속에서《러시아 혁명사》가 눈에 들어왔다. 서울대 김학준 교수가 쓴 이 책은 정말 무협지처럼 읽혔다. 김 교수의 저술은 아니고 다른 이의 책을 많이 참고한 책이라고 나중에 들었다. 학교가 끝나 집에 오면 잠자기 전 30분은 무슨 일이 있어도 이 책을 읽었다. 누가 말하지도 않았는데 나는 전두환 군부독재를 끝내기 위해선 혁명이 필요하다고 생각했다. 혁명가가 되어야겠다고 창작 노트에 적었다. 노트에 내 얼굴을 그려놓고 "나는 반항한다. 나는 혁명가다"라고 썼다. '혁명'이란 말은 낭만적이기도 했다.

장학퀴즈

2024년 국회의원 선거에 출마하기 위해 광주 남구에서 본격적으로 활동하기 시작했을 무렵 많이 들었던 말이 있다. 광주에서 얼마나 살았고, 광주를 위해 한 일이 무엇인가?

중요한 질문이다. 광주에서 오랫동안 살지 않고, 광주를 속속들이 잘 알지 못하고, 광주의 발전과 미래를 위해 살아오지 않은 사람을 광주의 대표자로 세울 수는 없기 때문이다.

나는 1980년 고교를 광주에서 다녔고, 대학을 졸업한 1988년 다시 광주로 돌아왔다. 남구에 살기 시작한 것은 1990년 무렵이다. 누나가 살던 봉선동 라인하이츠가 남구의 첫 보금자리였다.

그 뒤 결혼하고 아내가 광주에서 변호사를 하기 위해 1998년 광주로 내려왔을 때 봉선동 라인효친아파트 처형집 문간방 하나에서 갓 태어난 아들과 함께 살았다. 그때 나는 서울에서 일하고 있어서 주말부부였다. 그 뒤 무등2차아파트로 옮겨서 지금까지 살고 있다.

광주를 위해서 무엇을 했느냐고 하는 사람들을 위해 나는 목록을 만들어주었다. 그중 가장 먼저 적은 것이 장학퀴즈에 출연하여 광주의 뛰어난 실력을 자랑한 일이다. 글자 그대로다. 내가 장학퀴즈에 출연한 것은 광주의 실력을 보여주고 싶었기 때문이다.

장학퀴즈는 그 당시 가장 인기가 높은 프로그램이었다. 지금으로 보면 무한도전, 미스트롯보다 더 높은 인기였다. 일요일 아침 온 가족이 모여 장학퀴즈를 시청하는 것이 거의 모든 가정의 풍경이었다.

하이든의 '트럼펫 협주곡 3악장'을 시그널 음악으로 해서 장학퀴즈는 문을 열곤 했다. 핸드폰에서 이 음악을 검색해보면, 나이 든 세대라면 그때의 느낌이 올 것이다.

장학퀴즈는 지금은 교육방송(EBS)로 옮겨 계속되고 있지만 그땐 문화방송(MBC)의 간판 프로그램이었다. 진행자는 차인태 아나운서. 일요일 아침에 장학퀴즈를 보면서 내가 다 맞추곤 하자 주변에서 한 번 나가보라는 권유가 많았다. 광주에도 인재가 있다는 걸 보여주라고 하셨다. 그리고 월장원이 되면 대학 장학금을 받을 수 있었다.

나는 장학퀴즈를 담당하는 PD에게 편지를 썼다. 내가 나가면 잘 할 수 있다고 구구절절 어필했다. 답이 없었다. 그렇게 시간이 지났는데 너무 아쉬웠다. 다시 편지를 썼다. 고교 2학년 여름쯤 답이 왔다. 한 번 올라와서 예선을 치러보라는 것이었다.

"네가 정진욱이구나. 자기 자랑을 엄청나게 했던네."

예선을 통과하고 주장원전에 나갔다. 다른 학생이 버튼을 누를 틈도 없이 쭈욱 정답을 맞혔다. 월장원전도 비슷했다. 신문을 열

제16기 차석 장학증서 선경 제29호

학교 광주 금호고등학교
성명 정진욱
생년월일

위 학생은 선경이 제공하는 MBC-TV의 장학퀴즈 프로그램에 출연하여 주장원 월장원을 거쳐 제16기차석으로 선발되었으므로 본인이 대학을 진학하는 경우 소정의 절차에 의하여 2년간 소요되는 전학비를 선경장학금으로 지급하고자 이 증서를 드립니다

1983년 2월 일

주식회사 선경
선경합섬주식회사
회장 최종현

MBC

기념패

광주금호고등학교
3학년 정진욱

위 학생은 장학퀴즈 제16기 장원전에 출연하여 좋은 성적을 거두었기에 기념패를 드립니다.

1983. 2.

주식회사 문화방송
사장 이웅희

“

나는 MBC 장학퀴즈 출신이다. 광주의 실력을 보여주며, 주장원, 월장원, 기장원전에 출전하였고, 부상으로 장학증서를 받아 대학 등록금 걱정을 덜었었다.

심히 읽고 도서관을 뻔질나게 드나들며 책과 책제목(^^)을 읽어 온 덕을 봤다. 도서관에서 13권인가로 이루어진 아놀드 토인비의《역사의 연구》를 읽고 있었는데, 그 문제가 월장원전 영어 듣기 문제로 나왔다. 원제목은 'A STUDY OF HISTORY'인데 나는 'A'를 'THE'로 답했다. 그래도 정답으로 인정해주었다.

기장원전은 한참 뒤, 3학년 때 있었다. 나가야 할지 고민하다가 나갔다. 기장원전에 출전해야만 대학 등록 장학금을 받을 수 있기 때문에 내린 결정이었다. 기장원전에선 조금 해프닝이 있었다. 주장원, 월장원전과 달리 이번에는 천장에 매달린 모니터를 보며 문제를 푸는 것이었다. 그런데 나는 당시 안경을 안 쓰고 있었는데, 시력은 심한 근시였다. 모니터에 나오는 문제가 전혀 보이지 않았다. 내가 손을 들어 사정을 얘기했지만 방법이 없다고 했다. 문제 풀이에서 거의 손을 놓았다. 버튼을 눌러도 당황해서인지 알면서도 틀리곤 했다. 다른 출연자들은 침착했고 실력이 정말 대단했다.

마지막 문제. 1, 2등을 다투는 두 사람에게 마지막 50점 문제를 누가 맞히느냐에 따라 등수가 바뀔 수 있었다. 점수 차가 40점 이내였다. 그래서 나는 당초엔 참여하지 않아야겠다고 생각했다. 그런데 문제를 듣다 보니 그럴 수가 없었다.

"논밭의 땅의 힘을 북돋우기 위해 다른 곳에서 흙을 옮겨와서 뿌리는 것을 무엇이라고 합니까?"

우리 고향마을 어르신들의 얼굴이 떠올랐다. 해마다 우리 마을에서 하는 일이었다. 당연히 마을 어르신들은 정답을 안다. 그런데 만약에 내가 이걸 못 맞히면, 안 맞히면 그분들은 어떻게 생각할까. 나는 버튼을 눌렀다. "객토."

끝나고 나서 두 사람에게 미안하다고 했다. 둘은 모두 답을 몰랐다고 했다. 그들은 정말 뛰어나면서도 겸손한 인재들이다. 한 사람은 현재 경제학 교수를 하면서 탁월한 경제 칼럼을 쓰고 있고, 또 한 사람은 연구원의 박사로 일하고 있다.

장학퀴즈가 MBC에서 시작한 지 45주년, EBS에서 방송한 지 20주년을 맞은 2017년에 이를 기념하는 특집방송이 있었다. 이때 나는 50대 대표로 출연하는 영광을 안았다. 이 방송은 장학퀴즈에 출연했던 10대부터 50대까지 모인 아주 특별한 방송이었다. 소위 신세대랄 수 있는 'MZ' 세대부터 50대에 이르기까지 온 세대가 한 자리에 모여 다양한 퀴즈를 풀며 세대 간의 문화를 나눌 수 있었다. 세대 차이에도 불구하고 장학퀴즈라는 같은 뿌리와 동질감을 깊이 느낀 자리였다.

정치학과 진학과 학생운동

나는 고등학교를 졸업하고 재수를 한 다음 서울대 정치학과에 들어갔다. 어떻게 보면 나름대로 의도하고 정치학과를 선택했다고 볼 수 있다.

내가 정치학과를 선택하는 데에는 여러 가지 요인들이 있는데, 아버지의 영향이 가장 컸다. 아버지는 언제나 정치에 관심이 많았고, 또 직접 정치 현장에서 정치인으로 뛰어다니셨다.

특히 아버지는 6월 항쟁 때 정말 치열하게 참여하셨다. 아버지께서는 문익환 목사가 의장으로 있던 민통련(민주통일민중운동연합)의 '민족학교'에 다니셨다. 민족학교는 당연히 민주화와 통일운동의 하나로 운영되었는데, 당국의 여러 방해 공작에도 불구하고 많은 사람이 참여했다.

아버지는 김대중으로 상징되는 재야 민주화 세력과 그 뜻을 함께하셨다. 그래서인지 김대중 총재가 창당한 평화민주당에서 활발히 활동하셨다. 아버지는 타고난 활동가이자 정치가셨다. 평화민주당 서울 송파을 지구당 수석부위원장이셨는데, 송파 지역의 청년은 물론 장년들까지도 아버지를 형처럼 친구처럼 잘 따랐다. 아버지는 보안사 윤석영 이병 양심선언 때 재야인사들과 함께 가두시위를 하셨는데, 가장 앞에 서셔서 내가 다 걱정할 정도였다. 알다시피 윤석양은 이등병이란 계급이 말해주듯 이제 막 군에 들어간 신출내기였지만, 운동권 출신이라는 사실이 밝혀지면서 강압적인 조사를 받다 회유 끝에 보안사 편에서 일한다. 그러다 김대중과 김영삼, 노무현 등 정계 거물들을 비롯한 1천여 명이 넘는 민간인 사찰 자료를 갖고 보안사를 탈출해 폭로하기에 이른다.

이 사건의 파장은 매우 컸다. 국방부 장관과 보안사령관 등이 사직했고, 국군보안사령부의 명칭도 국군기무사령부로 바뀌게 했다. 평소엔 '이노무 자식'이 가장 심한 욕일 만큼 온화하고 신중하고 겁도 많았던 아버지께서 민족민주운동에 참여할 땐 어디서 그런 힘과 용기가 나오는지 두려움이 없고 과감하셨다.

아버지는 송파을 거여 마천 지역의 시의원을 준비하셨다. 아버지는 현역 의원인 지구당위원장에게서 공천에 대한 내락을 받은 상태였지만 결과는 아버지의 기대와 달랐다. 아니 지구당위원장과의 약속과 달랐다. 아버지께서는 정말 헌신적으로 지구당위원장을 돕고 지구당 일을 하셨다. 그 위원장이 약속을 저버렸다. 변심한 이유에 대해선 흉흉한 소문이 나돌았다. 서울시 시의원 도전은 아버지의 인생에서 가장 중요한 마지막 도전이었다. 아버지께서 못다 이룬 도전은 내 도전과제가 되었다.

내가 정치학과를 지망한 또 하나의 이유는 '오월광주' 때문이

“

아버지는 정치에 관심이 많으셔서 민주화 운동에 적극 나서셨고, 서울 시의원에 출마하려고 준비하였지만 뜻을 이루지 못하였다.

었다. 대학에 가면 그냥 있을 수 없다고 생각했다. 고등학교를 방문한 당시 서울대 국문학과에 다니던 정재권 선배님께 여쭈었다. "학생운동도 하고 공부도 하려면 법대와 정치학과 중 어디가 더 좋을까요?" "정치학과지."

내가 고교 2학년 때 몇 번을 독파한《러시아 혁명사》의 저자 김학준 교수의 약력에 서울대 정치학과가 있었던 것도 영향을 주었다. 나는 그때 '정치학과'라는 게 있는 줄 처음 알았다.

5·18이 끝난 후 광주에 있는 여러 고등학교 3학년 선배들이 각 학교에서 한두 명씩 모아 '명고(鳴鼓)'라는 이름의 서클을 만들었다. 이 모임은 해마다 한 학교에서 한두 명씩 뽑아 그 아래 학년으로 계속 대물림되는 방식이었다. 고3 학력고사가 막 끝날 즈음, 지금은 고인이신 민성기 형이 내게 찾아와 가입을 권유했다. 나는 아주 흔쾌히 가입했다. 모임에 나가 보니 광주의 쟁쟁한 친구들이 모여 있었다.

우리는《해방 전후사의 인식》같은 책을 함께 읽으며 토론하고, 신안의 안좌도로 엠티를 다녀오는 등 보통 대학 1학년이 할 수 있는 것들을 3학년 졸업 직전 겨울에 모두 경험했다.

《해방 전후사의 인식》을 읽을 때의 일이다. 아무리 읽어도 진도가 나아가지 않았다. 그동안 책이라면 꽤 읽었는데 당혹스러웠다. 벽이 앞에 있는 것 같았다. 그렇게 몇 날 며칠, 몇 주를 고생하다가 어느 날 머릿속이 뻥 뚫리는 경험을 했다. 아마도 뇌에 '사회과학적 구조'가 새로 만들어지느라 그랬을 것이다. 나는 그걸 뇌에 길이 새로 난다고 표현한다. 한 번 길이 나기 어렵지 길이 열리면 그때부터는 쉽다. 그래서 처음 어떤 일을 익히고 돌파하려면 끈기가 필요하다. 그 뒤로는 어떤 책을 읽어도, 아무리 막혀도 그냥 묵묵히 도전한다. 언젠가는 이해되는 순간이 온다. 리영희 교수의《전환 시대의 논리》를 읽을 때도, 헤겔을 읽을 때도 똑같은 경험을 했다. 한 번 길을 열면 비슷한 책은 그냥 읽힌다. 처음이 어려울 뿐이다.

내가 정치학과를 선택할 때 가족들은 그냥 지켜보았다. 넷째 작은아버지만은 법대를 가지 않으려는 것을 못내 아쉬워하셨다. 마침 그해 연말인가에《월간 조선》은 '천하제일 서울법대'를 다루었는데, 작은아버지는 이 책을 사다가 읽어보라고 주셨다. 나를 설득하기 위해서였다. 그런데 육사 출신 군인들과 그들의 하수인이 된 서울법대 출신을 가리키는 '육법당'이라는 단어만 배우고 정치학과를 갈 이유만 하나 더 생기고 말았다.

나의 정치학과 진학이 당연하였듯 학생운동을 하는 것 역시 자연스러웠다. 선배에게 공부와 운동을 함께 할 수 있으려면 어느 과를 선택해야 하는지 물었던 나의 질문이 이 모든 걸 함축하고 있다. 더욱이 나는 광주 출신이라 학생운동은 선택이 아니라 필수였다.

나는 서울대의 주요 언더서클인 '경제법학회'(경법)에 들어갔다. 농업경제법학회(농법) 등과 함께 서울대 운동권에서 핵심적인 역할을 한 경제법학회에는 금호고 선배들이 많이 활동하고 있어서 편안한 마음으로 들어갔던 것 같다. 나는 정치학과 내 학회

“

대학에 들어가서는 광주의 아들답게 자연스럽게 학생운동을 했고, 진로를 정하지 못한 채 졸업했다. 대학원 진학도 생각해봤지만 정답이 아닌 거 같아 방황했다.

인 '민족과 국제관계연구회'에서도 활발히 활동했다.

운동권의 일반적인 경로는 3학년쯤 시위의 '동을 뜨고(주동자가 되어 시위를 주도함)', 그다음은 당연히 공안당국에 잡혀가고, 기소되고 재판받고 징역을 산다. 감옥에서 나오면, 당연히 노동현장에 위장 취업하여 노동운동가의 삶을 살게 된다. 나도 그런 경로를 걷고 있었다. 하지만 86년이 되면서 운동에 변화가 일고 있었다. 당시 경법 선배들이 만든 '반제동맹' 사건으로 선배들이 거의 모두 잡혀들어갔다.

나는 이끌고 지도해줄 선배들이 모두 사라진 상황에서 이래저래 고아 같은 신세가 되었다. 사회구성체이든 주체사상이든 이들 논쟁에서 나는 한국 사회의 운동과 민중이 주체적인 역할을 해야 한다는 입장이었다. 나중에 보니 이른바 관악자주파의 입장이었는데, 나와 함께 운동한 선배와 친구들은 모두 NL이었고 나 또한 그런 입장이어서, 나는 참으로 묘한 입장에 서 있었다.

나는 3학년이 되면서 과회장이 되었다. 부모님은 내가 학생운동을 하는 것을 반대하시지는 않으셨다. 반드시 해야 할 일을 하고 있다고 믿으셨다. 그러나 내 앞날이 이 때문에 막힐까 노심초사하셨다. 좌익운동하다 인생의 모든 길이 막혀 힘들게 사는 같은 세대들의 아픔을 잘 알고 있었기 때문이다.

어느 날 집으로 전화 한 통이 걸려 왔다. 누군가 내가 집에 있는지 물어보는 전화였다. 아버지는 전화를 끊자마자 부랴부랴 내 책너미에서 제목이 위험해 보이는 책과 유인물을 상자에 담아 들고 밖으로 달려 나가셨다고 한다. 경찰들이 집에 찾아와서는 내가 집에 없는 것을 확인하자 주변만 서성이다 돌아갔다. 그런 일은 그 뒤로도 여러 차례 있었다. 우리 학교의 어떤 과 여성이라면서 학교 주변 다방에서 몇 날 몇 시에 잠깐 보자고 했는데, 친구가 대신 나가보니, 경찰이 주변에 깔려 있기도 했다.

아버지께서는 NL(민족해방론)과 PD(민중해방론)의 사상투쟁에 대해 매우 궁금해하셨다. 뭐가 그리 달라서 반독재투쟁을 하면서 운동권 내부에서 그렇게 싸우느냐고 하셨다. 아버지의 젊은 시절에도 비슷한 사상 논쟁이 없었던 것은 아니어서 사상 논쟁의 배경을 잘 이해하셨다.

그러나 시간이 흐르고 보니 그런 사상투쟁은 더 큰 대의에 비하면 아무것도 아니란 것이었다. 시간이 많이 흐른 지금 나는 아버지의 말씀에 전적으로 동의한다. 모든 이론은 회색이며, 오직 푸르른 것은 저 생명의 나무라는 말을 나는 진심으로 믿는다.

내 아내, 임선숙

사람들은 무척 궁금해한다. 둘이 어떻게 만났느냐고 묻곤 한다. 아내 임선숙은 나보다 더 널리 알려진 사람이다. 더불어민주당 지명직 최고위원을 지내고 나니 그 질문이 더 많아졌다.

2022년 9월 6일, 이재명 대표는 전당대회에서 당대표에 당선된 후 대표가 직권으로 임명할 수 있는 최고위원에 "호남을 포함해 지방에 대해 특별히 고려"하겠다는 약속 이행 차원에서 임선숙 전 광주지방변호사회 회장과 서은숙 더불어민주당 부산시당위원장을 지명했다. 이날 더불어민주당은 임선숙의 인선 배경을 "진보적 시민사회 운동에 진력, 지역사회 신망이 높은 인물"이라고 설명했다.

'민주당이 지금 위기인데 호남을 대표하는 상징성 있는 인물이 나서야 한다'며 주변의 강력한 권유와 추천으로 아내가 최고위원에 지명되자, "임선숙 변호사가 대체 누구야?" 하며 궁금해했다.

광주는 달랐다. 아내가 중앙 정계에서는 낯선 이름이었지만 광주·전남에서는 활발한 활동을 해왔었다. 아내는 지난 대선 당시

'광주·전남 변호사 152인 지지 선언', '영호남 변호사 472인 지지 선언', '전국 변호사 및 법학 교수 1000인 지지 선언' 등을 주도하며 이재명 민주당 후보를 도왔었다.

아내가 최고위원이 되자 나에게 정치를 그만둔 거냐고 물어오기도 했다. '최고위원이 된 부인도 당연히 정치에 나설 텐데, 부부가 함께 국회의원에 출마할 수는 없을 것이고, 그럼 누가 안 나가는 건가.'

아내는 시민사회 분야에서 활발하게 활동하면서도 정치, 정당과는 거리를 유지해왔다. 최고위원 지명 전에는 그 어떤 정당에도 적을 둔 바가 없다.

아내는 '호남권 대학 출신 최초 여성 사법시험 합격자'라는 수식어를 달면서 꽤 여러 개의 '최초' 커리어를 기록한다. 2012년 민주사회를 위한 변호사모임(민변) 광주지부장, 2018년 광주지방변호사회 회장 등의 중책을 전국에서 여성 최초로 역임했다. 민변지부장과 지방변호사회 회장을 모두 역임한 사람도 아내가 최초이다.

아내는 변호사로서 시민사회의 일뿐만 아니라 형편이 어려운 사람들을 열심히 도왔다. 운동가여서가 아니라 천성이 남을 돕기를 좋아하는 사람이다. 인권변호사로서 국가보안법 위반 등 시국사건 변론을 많이 했고, 한센병 환자, 광주 인화학교 성폭력 피해자 등에 대한 법률지원 활동을 해왔다. 노무현 정부 시절인 2006년에는 장관급인 제3기 대통령 자문 국가균형발전위원회 위원을 지냈고, 문재인 정부에서는 국무조정실 정부업무평가위원회

위원과 법무부 검찰과거사위원회 위원으로도 참여했다. 그간의 경력은 정치와는 직접적인 관계가 별로 없었다.

그러다가 지난 6·1 지방선거에서 강기정 민주당 광주시장 후보의 대변인 겸 공동총괄본부장을 맡았고, 당선된 후 광주광역시장 인수위원회 부위원장 겸 현안 TF 위원장을 맡았다. 처음으로 정치영역의 일을 한 것이다. 그 뒤를 이어 민주당 최고위원이 되니까 본격적으로 정치에 참여하는 것으로 보는 사람이 늘어났다.

아내는 그동안 민주당 등 정치권으로부터 최고위원이나 국회의원 전략 공천 등 제안을 여러 차례 받았었다. 그때마다 아내는 모두 고사해왔었다.

내가 아내를 처음 만난 건 1989년이다. 대학을 졸업하고 광주에 내려와 있을 때였다. 혁명운동을 계속할 것인지, 다른 길이 있는지, 길이 보이지 않을 때였다.

지금은 친구의 아내가 된 분에게 여자친구를 소개해 달라고 했다. 현재 5·18 광장에서 전남대병원으로 가는 길, 당시 의상실 거리에 있던 레스토랑 '라비앵로즈(장미빛 인생)'에서 소개팅이 잡혔다. 내가 원해서 하는 첫 미팅이었다.

나는 89년 1월 3일, 약속 장소로 나갔다. 나와 만나기로 한 여성은 오지 않았고, 중매쟁이 격인 소개자로 임선숙이 나왔다. 임선숙은 친구에게서 부탁받고 자기 친구를 소개해 주기 위해 나온 것이다. 임선숙은 약속 시간에 늦는 자기 친구를 절대 안 나올 친구가 아니니 조금만 기다려달라고 했다. 친구가 올 때까지 30

여 분 동안 임선숙과 얘기를 나누었다. 내가 찾아온 사람이었다.

그 후 나는 친구에게 부탁해서 친구의 여자친구 집에서 임선숙을 다시 보는 자리를 만들었다. 떡국을 먹으러 오라고 했다. 이틀 뒤인 1월 5일 나와 임선숙은 친구 집에서의 떡국 파티에 초대됐다. 나는 미리 친구에게 부탁해 놓았다. 내가 뭔가 이야기를 시작하면 모두 자리를 피해달라는 거였다. 그렇게 임선숙과 나 두 사람만 남았다. 나는 임선숙에게 앞으로 어떻게 살 거냐고 물었다. 임선숙은 둘만 있게 되자 잠깐 당황하더니 진지한 모습으로 답했다. 학생운동을 하다 휴학하였는데, 복학을 앞두고 고민이 많다고 했다. 사법시험을 준비하고 싶은데, 운동을 그만두려니 마음에 큰 부담이 된다고 했었다.

나는 임선숙에게 세상에는 다양한 역할이 필요한데, 운동은 내가 하면 된다, 당신은 당당하게 사법시험을 준비하라, 라고 했다. 임선숙이 이미 내 마음속 깊은 곳에 들어온 터라 나는 상대가 당황하든 말든 말했다. 나는 판단을 잘하는 사람이다. 내가 보기에 당신은 사법시험에 반드시 합격한다. 그러면서 세 가지를 이유를 들었다. 첫째, 당신의 말에 탄탄한 논리가 있다. 둘째, 당신은 실력이 있다. 주변 사람들이 하나같이 합격할 거라고 한다. 셋째, 글씨를 잘 쓴다. 사법시험 2차 필기시험은 글씨체가 중요하다. 당신은 합격할 것이다.

나의 무모함과 오지랖은 당황해했던 임선숙의 경계심을 누그러뜨렸고, 결국 이때부터 우리는 요즘 말로 사귀기 시작했다. 연인 관계란 게 항상 웃음만 있는 게 아니듯 우리 역시 잠시 헤어

“

어떤 문장으로도 나는 아내를 제대로 그려내지 못한다. 임선숙이 대학을 졸업하던 날 책임지겠다는 말을 했다. 그것이 프러포즈였다.

지기도 하면서 더 도타운 정을 쌓았다. 내가 그녀를 좋아하는 만큼 아니 나보다 더 임선숙은 나를 좋아했다.

한 달쯤 헤어진 적이 있는데, 보고 싶어 견딜 수가 없어서 광주로 내려갔다. 임선숙이 공부하는 백도(전남대 흰색 도서관 건물)로 찾아갔다. 그때 마침 임선숙이 문을 열고 나왔다. 나를 발견하곤 “형”(그땐 여자도 선배를 ‘형’이라 불렀다)하고 놀라던 그 목소리를 지금도 생생히 기억한다.

임선숙이 졸업하던 날 나는 당신을 책임지겠다고 했다. 사랑 고백을 넘어 프러포즈 같은 거였다. 임선숙은 자신이 지금 돈도 없고 사법시험 합격도 못했지만, 언젠가 저력을 보여주겠다고 했다. 내게는 그럴 필요가 없었다. 나는 임선숙을 만난 이후로 한 번도 임선숙이 사법시험에 합격하지 못할 걸로 생각해 본 적이 없다. 시험이 안될 때마다 임선숙에게 말했다. “걱정 마. 이 세상에 사법시험에 반드시 합격할 사람은 당신밖에 없어.”

임선숙은 결국 ‘최초’라는 수식어를 달고 당당히 합격했다. 시험을 치르는 사람에게 필요한 것은 오직 하나다. 합격할 것이라는 믿음. 나는 한 번도 임선숙의 합격을 의심하지 않았다. 길을 가다가 눈에 띄는 돌멩이라도 있으면 그 돌에다 기도했다. 그렇게 우리는 어려운 시기를 함께 감내한 동지였다. 원팀이었다.

나는 프러포즈를 못했다. 졸업식 날 내가 책임지겠다고 한 것이 프러포즈가 돼 버렸다. 기자를 하던 94년 2월쯤인가, 임선숙이 살고 있던 잠실의 장미아파트로 퇴근했더니, 임선숙의 올케와 임선숙이 싱글벙글이었다. 무슨 좋은 일이 있는가 했더니, 올케가 "진욱 씨, 우리가 결혼 날짜를 잡았어요" 했다. 아니 이게 무슨 말인가. 임선숙의 1차 사법시험이 얼마 남지도 않았는데, 결혼이라니. "우리가 이제 광주로 내려가니까, 고모(임선숙)가 살 곳이 없잖아요. 결혼하면 될 것 같아요."

건축사 시험을 보러 서울로 와서 잠실 장미아파트에서 살았던 임선숙의 오빠네 가족이 이제 내려갈 때가 됐으니 결혼을 하라는 것이었다. 임선숙을 합격시키는 것을 역사적 사명처럼 생각하고 살고 있는데 결혼하면 어떻게 한단 말인가. 이미 그렇게 결정했다면 결혼한 다음에 합격시키자. 맘을 바꿔 먹었다.

94년 4월 24일. 마포에 있던 서울대 동창회관에서 우리는 서울대 정치학과 황수익 교수님을 주례로 모시고 결혼식을 올렸다.

신혼여행은 괌이었다. 임선숙의 첫 해외여행이었다. 신혼집은 신림9동 언덕배기 산밑에 있는 반지하방이었다. 거실은 없고 방만 두 개가 있었다. 화장실은 방보다 훨씬 높은 위치에 있었다.

내 목표는 결혼 후 1년 안에 1차에 합격하게 하는 것이었다. 결혼을 앞두고 전남대학교 법대 교수님들께 인사드리러 갔더니, 교수님들의 실망이 이만저만이 아니었다.

"아니 왜 결혼을 먼저 하는가. 합격하고 해도 늦지 않은데. 선숙이가 첫 테이프를 끊나 했더니 이제 안 되겠네." "제가 반드시 합격시키겠습니다." "틀렸어. 다들 그렇게 약속해놓고는 아내를 솥뚜껑 운전수 만들어 버렸어." 교수님들께 드린 약속을 지켜야겠다고 다짐했다.

1차 시험을 일주일 앞둔 금요일 저녁. 나는 한 재벌 2세와 함께 반지하방으로 갔다. 이름을 대면 알만한 대그룹 산하 증권사 부사장이었다. 그때 나는 우리나라에서 처음으로 행해진 '적대적 M&A' 특종을 했다. 아무도 몰랐던 것을 단독 보도한 거다. 그 그룹이 당시 한 유명한 우량기업을 인수하였는데, 대주주 중 한쪽의 의사와 반해서 한 것이었다. 지금은 M&A가 수시로 일어나지만 그때까지 우리나라에는 대주주의 의사에 반해서 남의 회사를 집어삼키는 적대적 M&A는 한 번도 없었다.

나는 그 M&A의 문제점을 조목조목 기사로 썼는데, 이 때문에 증권감독원(현재는 금융감독원으로 합쳐졌다)이 나서서 조사하는 바람에 그 그룹은 정말 힘들어했다. 아무리 막아도 안 되니 서울대 출신 선배인 그 부사장이 나와 만나기 위해 온 것이다. 그분과 저녁을 먹었는데, 집에 가자고 했다. 그냥 돌려보냈어야 하는데, 나는 그분과 함께 반지하방으로 왔다. 우리 집에는 먹을 것이 거의 없었다. 당시 우리는 생식 건강법을 실천하느라 오행생식을 먹고 있었는데, 그 때문에 다른 식재료나 반찬이 전혀 없이 살고 있었다. 오래된 사과 하나가 있어서 그걸 깎아 내놓은 아내 맘을 그때는 몰랐다. 밤 3시가 넘을 때까지 우리는 얘기를 나눴고 아내는 옆에 앉아있었다.

내가 집으로 손님을 데려온 데는 이유가 있었다. 아내는 결혼하자 내게 한 가지 부탁을 했다. 밤 11시 이전에는 집에 와 달라는 것이었다. 혼자서 집에 있으려면 걱정이 돼서 공부가 잘 안되니 늦지 말아 달라는 부탁이었다. 기자라는 직업의 특성상 밤 12

시 넘어 들어가는 일이 다반사였던 나는 그때부터 11시 이전 귀가를 반드시 지켰다. 그때도 집으로 안 가면 아마 밤을 새워서 그 분과 술을 마셨을 것이다.

재벌 2세였던 그분은 아마도 우리 집 같은 반지하방은 처음이었을 것이다. 집안에 들어오자 농담처럼 "아이고, 이런 데 살면서 우리를 그렇게 괴롭혔어?" 했다.

임선숙은 늘 나를 배려한다. 더불어민주당 중앙당에 함께 인사하러 간 적이 있다. 그곳에서 만난 사람들은 당연히 나보다 최고위원을 지낸 임선숙을 알아보았고, 반가움에 인사하러 다가왔다. 그럴 때 임선숙은 자신보다 나를 먼저 그들에게 제 남편이라고 소개한 다음에 인사를 나누며 회포를 풀었다. 참 고마웠다.

이 글을 쓰는 지금 이재명 당대표 정무특별보좌역인 나는 이재명 대표의 단식에 힘을 보태기 위해 광주 5·18 광장에서 동조 단식에 들어간 지 열흘째다. 밤늦게까지 단식장을 지키던 아내 임선숙이 페북에 이런 글을 남겼다. 어떻게 내 마음의 고마움을 다 전할 수 있을까.

"저녁부터 내리기 시작한 빗줄기가 제법 세졌다. 빗방울 떨어지는 소리를 듣고 있으니 이러다 텐트 구멍 나는 건 아닐까 싶기도 하다. 텐트 지붕 가장자리에 빗물이 많이 고여 몇 차례나 텐트 안에 있는 우산으로 텐트 지붕을 쳐서 물을 털어 냈다. 밤사이 텐트가 잘 버텨주길 바랄 뿐. 며칠 동안 한낮에는 땀이 비 오듯

덥더니, 갑작스러운 비로 기온이 21도로 뚝 떨어졌다. 벌써 한기가 느껴진다. 이불이 얇을 것 같은데 자꾸 괜찮다고 한다. 남편이 5·18 민주광장에서 단식투쟁을 시작한 지 10일째. 풀솜 같은 몸이 비에 젖기라도 하면 어쩐다…. 새 단장 중인 광장의 분수대에서 뿜어나오는 보라색 분수가 광장 바닥의 빗물에 비춰 아름다운 밤이지만…. 눈길은 광장 한편의 푸른 텐트로만 향한다. 달리 할 말이 없네. 힘·내·라!!!!!"

임선숙은 2023년 3월 27일 더불어민주당 최고위원직을 사퇴했다. 이른바 반명계 의원들이 윤석열 검찰의 공격으로 위기에 처한 이재명 대표를 흔들어댔다. 당 내부의 힘을 모으자면 임선숙 최고위원의 희생이 필요하다는 데 우리는 의견이 일치했다. 이날 임선숙은 마지막 최고위원회의에서 이런 말을 하고 백의종군의 길에 나섰다.

"오늘 회의를 마지막으로 평당원으로 돌아갑니다. 윤석열 대통령의 검사 정권이 검사 권력을 손에 쥐고 행정 권력도 장악했습니다. 이들의 다음 목표는 국회입니다. 저들에게 가장 두려운 상대가 누구입니까. 하나 된 힘 있는 민주당이고 유력 대선 후보인 이재명 대표입니다. 그래서 이재명 죽이기와 민주당 분열에 혈안입니다. 우리 안에 다양성을 존중하면서 하나가 될 때, 위기의 순간에 손잡고 싸워야 동지입니다. 우리 모두 더불어 손잡고 대한민국의 미래, 민주주의와 국민을 지키는 싸움에 나서야 합니다.

호남 지명직 최고위원 자리가 민주당의 갈등을 치유하는 탕평과 통합의 계기로 사용되길 바랍니다. 이재명 대표를 구심으로 한 민주당의 화합과 단결을 이루어 내년 총선과 대선에서 민주당이 승리하는 길로 나가는 출발점이 되길 기대합니다."

팔불출을 무릅쓰고 한마디 하자면, 내 아내 임선숙 멋지다. **하지만 힘 있는 정치적 수사 말고도 그녀에겐 섬세한 모성애도 있다. 9월 6일 페북 글을 인용하며 그녀에 관한 이야기는 줄이겠다.**

"도청 앞 5·18 광장에서 단식투쟁 4일을 넘긴 남편(정진욱 이재명당대표정무특보)를 두고 집으로 돌아오는 발걸음이 무겁다… 집에 오니 14살 (반려묘) 율리의 목소리가 처량하다. 아침에 정신없이 나가면서 밥을 챙겨주지 못했나 보다… 비어있는 밥그릇… 새벽 1시가 되도록 배고팠을 것을 생각하니 애잔하고 미안하다… 율리야 너라도 많이 먹고 힘내라…."

신문기자

학생운동을 나름 치열하게 했지만 제대로 결실을 거두지 못한 채 졸업한 나는 어떻게 살 것인지 심각하게 고민했다.

대학 4학년 때인 87년 대선에서 나는 김대중과 김영삼 후보의 단일화 운동을 열심히 하였다. 학교 아크로폴리스 광장에서 후보단일화 요구 단식농성을 했다. 그때 단일화 요구 성명서를 내가 썼는데, 많은 이들이 명문이라고 했다. 그 이전에 황수익 교수님은 수업 시간에 아예 누가 대통령이 되어야 하는가 하는 주제로 토론까지 하도록 해주셨다. 이때 나는 김대중 후보가 되어야 한다는 주제로 열변을 토했다. 나는 4학년 졸업여행 때 황 교수님을 모시고 여행하면서 인품에 반해서 교수님을 존경하게 됐는데, 이 토론을 계기로 황 교수님을 더 존경하게 되었다. 그래서 황 교수님을 나중에 내 결혼식 주례로 모셨다.

졸업하자 나는 대학원 진학을 생각했다. 하지만 대선 결과는 너무도 참담했다. 김대중 후보의 낙선이 '지역감정' 때문이라는 현실 앞에 절망했다. 세상이 너무나 부조리했다. 이런 세상에서

도망치듯 대학원에 가는 건 너무도 한심해 보였다. 나는 대학원 진학을 포기했다. 세상 속에서 뭔가를 해야 한다고 다짐했다. 혼자 사숙하던 멘토의 실패는 곧 다시 내 인생을 바꾸도록 했다. 그때 대학원에 갔다면 아마도 나는 교수가 됐을 가능성이 높다.

마음 같아서는 세상을 근본적으로 바꾸는 혁명운동을 계속해야 했지만 길이 보이지 않았다. 이렇게 심하게 방황할 때 정운영 교수께서 광주 전남대에 오셔서 강연하신다는 얘기가 들렸다. 평소 존경하던 분이라 한걸음에 달려가 강연을 들었다. 정 교수님은 주로 정의로운 경제와 사회에 대해 말씀하셨던 기억이 난다.

강연이 끝나고 정 교수님은 학생들과 질의응답 시간을 가졌다. 이때 나온 질문이 딱 나를 두고 하는 것 같았다. 한마디로 운동이 퇴조하고 있는데, 우린 어떻게 해야 하느냐, 길을 가르쳐달라. 정 교수님은 단호하게 답을 하셨다. 지금도 그 목소리 그 울림이 귀에 쟁쟁하다.

"여러분 스스로 길을 찾아라. 나는 여러분에게 세상 바라보는 눈을 가르쳐 줄 수 있을 뿐이다. 살아가는 것은 여러분의 몫이다."

뭔가 명쾌한 답을 갈구했던 나는 좀 실망했다. 뒤통수를 한 대 세게 맞은 기분이었다. 물론 정 교수님이라고 해서 똑 부러지는 정답을 알려줄 수는 없었다. 그 당시는 동유럽 공산주의 체제가 무너지는 대전환기였고 과도기였다. 운동과 혁명이라는 1차 방정식에서 벗어나 운동과 삶이라는 고차 방정식을 풀기에는 더 오랜 시간이 필요했다.

여전히 내 머릿속에서는 '운동'과 '삶'이 충돌하고 있었다. 어제의 결론은 '운동', 오늘의 결론은 '삶', 내일의 결론은 다시 '운동'… 이렇게 하나로 수렴되지 못하고 무한반복을 계속하고 있었다. 어디에도 내 자리는 없었다. 이 고통스러운 고뇌 앞에서 나는 답을 찾지 못하고 말라가고 있었다. 운동을 함께 할 동지를 찾았지만 이제는 운동의 시대가 아니었다. 방향 전환이 필요했다.

낭인처럼 지내던 어느 날, 아마 1991년 봄이었던 거 같다. 길에서 우연히 같은 과 친구를 만났다. 친구는 대뜸 나더러 자기가 지금 MBC에 입사원서 접수하러 가는데 같이 가지 않겠느냐고 했다. 특별히 할 일이 없던 나는 그러자며 따라갔다.

MBC에 도착한 친구는 나더러 너도 원서를 써보라고 권유했다. 그럴까. 그렇게 나는 MBC에 원서를 썼다. 나는 당연히 '기자'직을 지원할 걸로 생각했는데, 친구는 PD직을 지망했다. 친구는 좀 쑥스러운 말투로, 기자보다 PD가 더 똑똑하지 않냐 했다. 그래? 애초에 아무 계획이 없던 나는 씩 웃고는 다시 PD로 바꿔 지원했다. 필기시험에서 그 친구는 떨어지고 나는 붙었다. 졸지에 난생처음 입사 면접시험을 보게 되었다. 사전에 아무런 준비 없이 면접장에 들어갔다. 지금도 생생하게 기억한다.

면접관이 물었다.

"왜 PD가 되려 합니까? PD가 되면 어떤 프로그램을 만들고 싶은가요?"

"통일 다큐멘터리를 만들겠습니다. 지금부터 우리 민족이 통일로 가는 모든 과정을 담아서 통일되는 순간까지를 기록한 장대한 통일 다큐멘터리를 만들고 싶습니다."

약간 당황(아니 황당)한 듯 면접관이 물었다.

"존경하는 정치인을 말해보세요."

"김대중 선생님과 노무현 의원을 존경합니다."

"이유는?"

"김대중 선생은 지략이 많아 조조 같다고 비난하는 사람들이 있습니다. 그러나 저는 그분이 지도자로서 끊임없이 나라의 앞날을 걱정하고, 준비하고, 공부하는 그 모습이 존경스럽습니다. 노무현 의원은 국민이 바라는 바를 잘 알고 꼭 할 말을 하는 훌륭한 정치인이라고 생각합니다."

"말을 들어보니 상당히 정치적인데, 왜 정계로 가지 않고 이리로 왔나요?"

"모든 일에는 때가 있다고 생각합니다."

KBS 기자로 일하는 선배에게 면접장에서 겪었던 일을 얘기했더니, 선배 왈 "자알 했다. 확실히 떨어졌다" 하셨다. 이 과정에서 나는 자연스레 언론사 취직으로 방향을 잡게 되었다.

나는 1992년 12월 2일 한국경제신문 기자로 입사하면서 사회인으로서 첫발을 내디뎠다. 취업 준비를 하면서 내가 깨날은 것이 있다. 취업은 단순히 생계를 해결하는 직장이 생기는 일만이 아니다. 그보다 훨씬 더 큰 의미가 있다. 한 사람이 사회적 존재로서 인정받는 가장 중요한 일이다. 한 인간이 성장하는 데서 반드시 존재해야 하는 통과의례이다. 그래서 취업이든 창업이든 직업을 갖는 건 청년들에게 목숨을 걸 만큼 중요하다. 한 사회는 청년들의 인간적 성장을 위해 일자리를 마련해줄 책무가 있는 것이다.

나는 세상에 들어가는 길로 취직을 생각했기에 오래 직장생활을 할 생각은 없었다. 처음엔 속으로 1년 정도 생각하였다. 얼떨결에 시작한 기자 생활은 내 적성에 맞고 재미있는 직업이었다. 1년이 막 넘어갈 무렵 생각을 다시 했다. 고작 1년 하면 시쳇말로 '먹튀(먹고 튀는)'하는 사람처럼 보일 것 같았다. 3년 동안 치열하게 하자는 것으로 계획을 수정했다.

나는 만 3년, 햇수로는 4년 만에, 1995년 12월 31일 자로, 한 달 전쯤 사직서를 냈다. 회사에서는 사표를 수리하지 않고 계속 설득했다. 내가 쓴 마지막 기사는 1995년 한 해 동안 증권사들의 실적 기사였다. 정확한 실적은 96년 3월 주총 때 나오지만 대략적인 실적은 연말에 나온다. 나는 일일이 모든 증권사에 전화를 걸어 실적 기사를 썼다. 그 기사를 회사에서 96년 1월 초에 냈다. 내가 회사를 그만두는 것으로 알았던 분들이 내 이름이 달린 기사를 보고 그만두지 않아서 다행이라고 전화하기도 했다.

큰일이든 작은 일이든 끝까지 최선을 다하는 것. 그때나 지금이나 내가 실행하고 있는 내 신조이다. 나는 연말에 그만뒀지만, 사표는 1996년 2월에 수리됐다.

벤처 창업

기자는 역사의 기록자이다. 나는 기자를 할수록 역사를 기록하는 사람보다 역사를 만들고 싶다고 생각하게 됐다. 경제신문의 특성상 기업의 최고경영자를 많이 만났다. 그들을 보면서 나도 경영자가 되고 싶다고 생각했다. 현실적으로는 무너진 집안을 일으켜 세우려면 사업 외에는 다른 길이 없었다.

신문사에서는 내가 곧바로 정치할 것으로 보았다. 내게는 그럴 경제적 여유가 없었다. 집안은 여전히 빈털터리였다. 나는 창업을 결심했다. 벤처 창업의 붐이 조금씩 시작되고 있었다. 좋은 벤처기업을 창업해 세상에 기여하고 집안도 일으키고 싶었던 거다.

사표를 낼 때만 해도 나는 좀 순진했던 거 같다. 창업하려면 자금을 마련하고 사람도 모아야 하는데, 맨땅에 헤딩하듯 세상에 나왔다. 세상이 내가 생각하는 대로 움직일 거라는 착각이 있었다. 사업을 시작한 젊은이가 겪는 모든 난관과 고난을 겪었다.

나는 불굴의 의지를 가진 사람이다. 내 사전에 '포기'란 단어는 없다. 조금씩 사업에 눈을 떠갔다. 성공한 사업과 실패한 사업의 목록이 쌓여갔다. 그러던 차에 장학퀴즈 출신 모임 '수람'의 선배인 ㈜우리기술 김덕우 대표님으로부터 함께 일하자는 제안을 받았다. 이미 아내가 사법시험에 합격하고 연수원을 거쳐 막 개업한 때였다. 돈을 좀 벌면 몇 년 동안 집중해서 사법시험을 집중적으로 공부해볼까 하는 계획을 세우고 있던 차였다.

우리기술은 제어계측공학을 전공한 김덕우 선배가 창업한 감시제어시스템 전문업체였다. 수람의 맏형으로 통하던 김 대표는 혼자서 힘들게 벤처기업을 하는 내게 자신과 함께 일해보자고 제안했다. 나는 우리기술이라는 벤처기업보다는 '김덕우'라는 개인을 더 좋아했다. 김 대표는 '공돌이'답지 않은 폭넓고 해박한 인문학 교양의 소유자다. 나는 한 번은 잭 웰치의 신간 자서전을 그에게 권하려고 들고 갔다가 되레 그에게서 잭 웰치 경영의 장점과 한계에 대해 강의를 들었다. 그 덕에 최근 밝혀지고 있는 GE(제너럴 일렉트릭) 경영의 문제점을 생각해 볼 기회를 가질 수 있었다. 박학다식한 그는 자타가 공인하는 아이디어맨으로 사업뿐만 아니라 사회의 진보에 대한 뜨거운 열정을 갖고 있었다. 우리기술은 특허기업이라 할 정도로 많은 등록 특허와 출원 중인 특허를 갖고 있었다. 대부분은 김 대표의 아이디어에서 비롯된 것이다.

김덕우 대표를 만나는 사람은 우선 큰 얼굴을 보고 놀란다. 중고교 시절 맞는 모자가 없을 만큼 그는 큰 얼굴의 소유자다. 이 큰 얼굴에 살짝 웃음이 번지면 영락없이 해맑은 장난꾸러기 소년이 된다. '참 매력 있다'는 느낌이 든다. 이걸 보고 끌리지 않을 사람이 없다. 또 그는 큰 머리 소유자답게 비상한 두뇌와 행동력을 모두 갖춘 드문 경영자이다. 성격도 화통하고 가식이 없었다.

김 대표는 그릇이 큰 사람이었다. 사람에 대한 포용력과 돈을 어떻게 벌고 쓰느냐가 사업가 그릇을 가늠하는 잣대라고 본다. 그는 자신과 적대적인 처지에 있는 사람들을 포용하는 아량도 겸비한 인물이다. 코스닥 열풍이 불 때 그는 '묻지마 투자자'의 돈을 쓸 수 없다면서 코스닥행을 스스로 미뤘다. 우리기술은 코스닥 열풍이 지나간 2000년 초반에 상장(등록)했다. 보통 기업가라면 할 수 없는 행동이었다. 이 때문에 우리기술이 조달한 돈은 적었지만 주가 하락으로 인한 투자자의 원망은 듣지 않았다.

나는 과분하게도 우리기술에서 '신규사업 담당 이사'직을 맡았다. 기술을 본업으로 하는 회사에서 새로운 사업을 시도하는 임무였다. 인터넷서점 '모닝365' 창업이었다. 이 무렵 인터넷서점 업계는 춘추전국시대였다. 자본과 물류가 성공을 담보했다.

이 같은 시점에 우리가 인터넷서점에 진입하는 것은 리스크가 컸다. 처음에 김 대표는 인터넷 쇼핑몰을 하자고 했다. 나는 좀 더 단순한 인터넷서점을 하는 것이 좋겠다고 했다. 알고 보니 인터넷서점은 단순한 사업이 아니었다. 결국 김 대표의 추진력과 뚝심, 그리고 나의 확신이 결합된 진짜 '어드벤처'가 시작됐다.

모닝365는 '또 하나의 인터넷서점'이 아니라 '새로운 인터넷서점'을 지향했다. '지하철을 이용한 물류배송시스템'이 바로 택배에 의존하는 기존 인터넷서점 물류시스템과는 확연히 구분되는 특이한 비즈니스모델이었다. 이 모델은 특허까지 받은 당시 획기적인 모델로 평가받았다.

당시 서울의 지하철역은 300개가 넘었다. 서울의 전 지역을 연결하는 거미줄 형태의 조밀한 노선망이었다. 모닝365는 아침에 주문해서 저녁에 지하철에서 찾아가는 모델을 지하철공사에 제안했다. 지하철공사는 사업성이 있다고 판단하였다. 그렇다면 당연히 사업을 제안한 모닝365에 우선권이 주어져야 함에도 공정성을 기한다는 차원에서 공개입찰을 실시했다. 2001년 10월이었다. 다행히 모닝365가 이 사업을 따냈고, 향후 5년간 '지하철 물류 포스트'에 대한 독점적인 사업 권한을 갖게 되었다.

후발 인터넷서점 모닝365는 날개를 달았다. 이 독특한 마케팅정책은 모닝365를 최단기간 내에 업계 정상의 위치에 올라서게 했다. 그때만 해도 인터넷서점에서 책을 주문하면 받기까지 삼사일이 족히 걸리던 때인데, 주문한 그날 고객이 지정한 지하철역의 '해피숍'에서 책을 받을 수 있다는 것은 큰 장점이었다.

이 같은 물류시스템은 매출액 상승 수준이 연 단위가 아니라 월 단위로 30%의 초고속 증가세를 나타냈다. 사실 사업 초기에 확신과 기대는 있었지만 이렇게 큰 효과가 나타날지 몰랐다. 지하철이라는 특수한 환경이 '모닝365'를 고객과 더 밀접하게 연결하게 하는 브리지 역할을 했다.

또한 정해진 곳에 지하철로 물류를 운반하는 것이므로 물류비를 획기적으로 줄였다. 고객 니즈에 충실한 마케팅정책이 어떤 성공을 가져오는지 확실하게 보여준 사례라고 나는 생각한다.

또 이 해피숍은 전통적인 오프라인 서점처럼 많은 책을 갖추

"

존재 증명을 위해 신문기자가 됐고, 예정된 3년을 채우고 벤처기업으로 이직하여 새로운 차원의 인터넷서점을 창업하여 단숨에 업계 2위로 도약시켰다.

지는 않더라도 베스트셀러 중심으로 책을 살 수 있는 오프라인 서점 기능도 함께 가지고 있었다. 이를테면 온-오프라인이 결합한 '새로운 인터넷서점'이었다. 물론 책만 취급하는 게 아니라 영화표 예매나 도서 상품권 판매 같은 부가서비스를 제공하여 명실상부한 '인터넷 문화공간'으로 기능하도록 확대하기도 했다.

전자상거래가 활발한 우리나라에서는 '물류'의 역할이 비용의 측면을 뛰어넘어 핵심적인 사업 전략이 되어야 한다. 그래서 이때 나는 회사의 경영방침을 '미래지향적이고 도전적인 경영, 그리고 아름다운 회사'를 표방했었다. 모닝365는 후발주자였지만 단숨에 업계 2위로 급부상하면서 시선을 끌었다. 모닝365는 인터넷서점의 M&A 붐이 일 때 SK텔레콤에 인수됐다.

나는 평소 구상해오던 온라인과 오프라인이 결합한 인터넷서점 사업의 성공을 마무리하고 싶었다. 우리나라 최대 오프라인 서점인 교보문고 상무로 전직하여 교보문고 인터넷서점 사업본부 본부장을 맡았다. 오프라인에서 확고한 1위인 교보문고에 인터넷 옷을 입히는 일은 쉽지 않았다. 나는 먼저 인터넷교보문고의 낡은 유저 인터페이스를 바꾸는 리뉴얼 작업을 했다. 현재의 교보문고는 그 당시 바꾼 틀에서 크게 달라지지 않았다.

온, 오프라인이 한 몸이 돼 인터넷서점업계를 완전하게 평정한다는 내 구상은 오프라인 앞에서 무기력했다. 물류사업부장은 내게 "상무님은 왜 앞으로 없어질 사업을 하러 오셨습니까?"라고 물었다. 이 질문은 당시 오프라인 교보문고에서 일하는 사람들 일부의 생각을 담고 있었다. 미국 최대 오프라인서점 반스앤노

블이 온라인서점을 하려 할 때도 비슷한 반응이 있었다고 한다.

문제는 변화에 저항하는 사람들의 숫자가 적어도 이들의 목소리만 부각되기 쉽다는 점이다. 조용한 다수는 변화를 바라면서도 그 결과를 알 수 없어 입을 다물게 된다.

내가 교보문고에서 배운 것은 사람의 생각을 바꾸는 것이 결코 쉬운 일이 아니라는 점이었다. 더욱이 성공한 사람, 성공했던 기업은 쉽게 바뀌지 않는다. 기존의 방식으로 성공했는데 바꿀 이유가 없다고 생각한다. 우리 모두 변화를 이야기하지만, 막상 변화가 닥치면 얼마나 힘들고 고통스러운 것인지 금세 깨닫는다. 변화에 대한 저항은 그렇게 시작된다. 온라인에서 성공했던 나는 온라인과 오프라인의 결합에서도 성공할 수 있다고 믿었다. 하지만 온라인사업본부장인 나는 압도적 다수였던 오프라인 직원들을 설득할 수 있는 위치에 있지 않았다.

온라인을 잘 몰랐던 당시의 최고경영자가 온라인 매출액을 수백 수천 배를 일시에 늘릴 수 있다는 한 사기꾼의 말에 속아 넘어가는 일까지 발생했다. 최고경영자를 신뢰하기 힘들었다. 나는 다시 벤처기업으로 돌아가고 싶었다. 최고경영자에게 이야기했더니, 자본 없이 사업하면 바깥은 춥고 배고프다면서 말렸다. 그분은 여전히 내게 애정이 있었다. 사실 교보문고에서 나는 과분한 관심과 사랑을 받았다. 내가 구상한 온라인과 오프라인의 결합은 이루어지지 않았지만, 오프라인 1위 교보문고의 명성은 조금도 줄지 않았다. 인터넷교보문고는 업계 1위는 아니지만 3대 인터넷서점으로서 자리를 굳건히 지키고 있다.

텔레비전 앵커

나를 아는 사람에게 진욱이는 '책을 좋아하는 진욱'이다. 대학 1학년 때 광주에 와서 친구를 기다리다가 길바닥에 앉아 책을 읽고 있는데, 다른 친구가 반갑게 인사했다. "야, 나는 멀리서 보니까 꼭 진욱이처럼 책 읽는 놈이 있구나 생각하고 가는데 자세히 보니까 너드라."

나에 대해 다른 걱정을 안 하는 부모님께서 학교 공부는 안 하고 맨날 책만 읽는다고 걱정할 정도였다.

요즘의 수능은 독서력 없이는 결코 고득점이 불가능하다. 국어의 지문은 책을 엄청나게 읽은 사람이 아니면 문제 풀이는 놔두고 제시간에 그것을 다 읽기도 벅차다. 그만큼 독서가 중요하다.

교보문고를 그만두고 한 인터넷서점에서 영입 제의를 받고 있는데, 한국경제TV에서 저자와의 대화 프로그램을 진행해보지 않겠느냐고 제안이 왔다. '독서대학'이란 프로그램으로 공 아무개 씨가 내 앞의 진행자였다. 그분은 '재계의 논객' 또는 '시장경제의 전도사'로 유명한 보수적인 인사였지만 베스트셀러를 낸 인기 작가였다. 해박한 지식과 깊은 통찰력의 소유자라 프로그램이 풍성했음에도 문제는 시청률이었다. 시청률이 낮으면 아무리 유명인이어도 계속 쓸 수가 없는 것이 방송의 생리다.

내가 진행한다고 시청률이 올라갈까. 프로그램 이름을《독시대학》에서《스타북스》로 바꾸었다. 첫 방송을 하는데 숨어있던 사투리들이 줄줄이 쏟아져 나왔다. 그래도 저자의 책을 숙독하고 나누는 대화에 시청자가 반응해 주었다. 출연한 저자들도 자기보다 더 책 내용을 잘 아는 나와 금세 친해졌다. 경제경영서가 주였지만 안 다루는 분야의 책이 없을 정도로 다양한 책을 다루었고, 다양한 저자를 만났다.《인간시장》의 저자 김홍신 작가는 인생에 대해 도통의 경지에 오른 분이었다. 내가 김대중 대통령에 했던 공업용 미싱 발언에 대해 이 자리에서 사과하면 어떻겠냐 했더니, 곧바로 인정하고 사과했다.

IMF 외환위기 당시 경제부처 차관직에 있었던 분은 한국경제의 과거와 미래를 다룬 책을 냈는데, 자신은 외환위기에 책임이 없는 것처럼 말씀하셨다. 아무리 좋은 대책을 내놓아도 책임이 있는 건 인정해야 한다. 그 점을 지적했더니 국민께 사과했다.

현재 가장 인기 있는 유튜버 중 한 분인 이동형 작가는《김대중과 김영삼》이란 책으로 일거에 베스트셀러 작가가 됐다. 안동사람임에도 김대중 대통령을 편견 없이 높이 평가했다. 나는 김영삼 대통령도 하나회를 척결하고 금융실명제를 실시한 커다란 공적이 있다는 점을 말했다. 우리는 금세 의기투합했다.

내가 가장 공들여 읽었던 책은 문정인 교수의《중국의 내일을 묻다》였다. 외교 분야에서 대한민국 최고의 석학을 모시고 나누는 대담이라 정말 큰 부담이었다. 책 선정을 내가 하기 때문에 스스로 떠안은 부담이었다.

중국의 외교와 안보 관련 대표적 학자들과의 인터뷰를 담은 책이다. 문 교수님이 베이징대학 초빙교수로 머무는 동안 이뤄진 대담이다. 어쩌면 중국의 대표적인 국제정치학자들이 한국인에게 자기 생각을 솔직하게 털어놓은 최초의 책일 것이다. "중국의 시각에서 중국을 봄"으로써 중국에 대한 편견을 없애고, 중국을 제대로 보도록 이끄는 책이었다.

그런데 내가 가진 생각은 저자와 아주 조금 달랐다. 나는 이전에 중국을 상당히 믿었고 미래를 함께 할 만한 이웃으로 생각했다. 그러나 중국의 맨얼굴은 나의 일방적 호감과는 달랐다. 미국에 대해서는 비판적 입장을 언제나 견지해왔지만, 미래를 함께한다면 중국보다 미국이 더 나은 파트너라는 것이 내 생각이었다. 아무리 잘 지내려 해도 인접한 나라끼리 사이가 좋을 수 없는 것이 국가 간 관계의 철칙 아닌가.

이 문제를 놓고 꽤 긴 시간 동안 문정인 교수님과 토론에 가까운 대담을 하였다. 미세한 입장 차이지만 외교는 나라의 운명을 걸고 하는 일이다. 즐거운 대화를 나누면서 차이에 대해 그냥 인정해도 무방한 그런 경우가 아니었다. 최고의 석학인 문 교수님은 내 의견도 언제나 경청하셨다. 우정어린 유쾌한 토론이 끝나고 나서 문 교수님은 내가 내민 책에 이렇게 적어 주셨다.
"대단한 진행자입니다."

나는 《스타북스》를 6년 7개월간 진행했다. 내가 선거에 출마하기 위해 그만두지 않았다면 아마 10년은 채웠을 것 같다. 우리 사회 거의 전 분야를 다룬 책 500여 권의 저자를 만났다. 힘든 시기였지만 책을 통해 그리고 우리 사회에서 자기 분야의 가장 성공한 저자들을 통해 힘과 지혜를 얻었다. 가장 많이 배우고 마음의 평화를 가장 크게 누렸던 시기였다.

얼마 전 김대중재단 권노갑 이사장님을 뵈었다. 박사과정을 밟는 중인데 내년에 박사학위를 따면 세계에서 최고령 박사학위 취득자가 될 것이다. 그분은 김대중 대통령께서 성공한 것은 책을 많이 읽었기 때문이라면서 광주·전남 김대중재단의 지역별 추진위원장들에게 책이 가장 앞서가는 정보를 담고 있다고 역설하셨다. 나도 전적으로 동의한다.

사건 사고는 뉴스가 가장 빠르지만 세상의 큰 변화는 책이 가장 먼저 담는다. 저자들의 통찰과 선견지명은 책이 아니면 담기 어렵기 때문이다. 시대를 관통하는 지혜와 통찰력이 있으면 이루지 못할 게 없다. 나는 책의 힘을 믿는다.

Chapter 3

정치인의 길

김대중과 노무현

나는 어린 시절부터 수많은 정치인의 삶을 배우고 연구해왔다. 그분들의 정치사상과 정치 철학에서 내가 가야 할 길을 찾았다. 그런 점에서도 나는 정치 신인이 아니다.

초등학교 때 우리 집에는 《전남일보》와 《전남매일신문》이 편지처럼 배달됐다. 우편으로 오다 보니 당일 치 신문이 아니라 하루나 이틀이 지난 구문이었지만 그래도 뉴스로선 손색이 없었다.

나는 정치면과 사회면을 주로 읽었는데, 특히 정치 뒷얘기를 담은 가십난을 재미있게 읽었다. 나는 이때 신문을 통해 김대중, 김영삼을 잘 알게 됐고, 유진산, 이철승, 신도환 같은 정치인의 이름도 알게 되었다. 중학교 때는 이철승의 중도통합론이 단골 기사였다. 유도선수 출신인 신도환 의원이 누군가를 엎어치기를 했다는 것도 신문 가십을 통해 알게 되었다.

야당 정치인이면서도 박정희 대통령을 몰래 돕는 자를 '사쿠라 정치인'이라고 부른다는 사실도 알았다. '사쿠라(さくら)'는 일본어로 '벚꽃'이지만, 사전에는 "다른 속셈을 가지고 어떤 집단에

속한 사람. 특히 여당과 야합하는 야당 정치인"이라고 풀이한다. '벚꽃'이 어떻게 '야합하는 자'의 의미를 갖게 됐는지는 정확하진 않지만, 말고기를 의미하는 일본어 '사쿠라니쿠(さくらにく)'에서 비롯됐다고 한다. 말고기는 벚꽃과 비슷한 연분홍색인데, 그 색깔 때문에 쇠고기로 착각하고 먹었다. 그런데 말고기였다는 거다. 요즘은 거의 안 쓰지만 그 당시는 겉과 속이 다른 정치인들에게 사쿠라라는 말을 많이 썼다.

정치인을 꿈꾸는 사람들에겐 롤모델이 있다. 나의 롤모델은 세 분이다. 김구, 김대중 그리고 노무현. 김구 선생님은 따로 책 한 권을 써야 하니 나중에 기회가 되면 말씀드리겠다. 《백범일지》를 읽어보시면 왜 그분이 롤모델인지 말하지 않아도 알게 된다.

내가 김대중 대통령을 처음 만났던 기억은 아주 어렸을 때로 거슬러 올라간다. 아마도 초등학교 1학년 때쯤 아닐까 싶다.

그때 내 고향 장그메의 마을회관 창고 벽에 선거 벽보가 붙어 있었다. 꽤 여러 장이 붙어있었는데, 귀퉁이가 떨어져 바람에 흩날리고 있었다. 선거 벽보가 그렇듯 얼굴 사진과 이름이 크게 박혀 있었다. 벽보 아래에 한자로 크게 쓴 '金大中'이란 이름이 눈에 확 들어왔다. 한자 밑에 조그맣게 한글로 토를 달아놓았던 것 같다. 그 이름이 자석처럼 확 내 눈을 잡아끌었다. 지금은 정확하게 누군지 기억나지 않지만, 옆에서 함께 그 벽보에 눈길을 보내던 이가 귓속말로 이렇게 내게 속삭이듯 말했다.

"이 양반이 대통령에 나왔는디, 아주 훌륭헌 분이여."

아마 나는 이때부터 '김대중'이란 정치인을 맘속에 품었던 것 같다. 우리 집 윗방에서 만난 국회의원 소개 책자에서 발견한 그가 가장 좋아하는 책이《바이블》이란 말에 실망했었지만, '100년에 한 번 나올까 말까 한 정치인' 같은 그에 관한 글은 나도 저런 정치인이 되고 싶다는 꿈을 꾸게 하기에 충분했다.

박정희 정권의 탄압으로 미국에 망명 중이던 김대중 선생이 1985년 2월 8일 김포공항으로 귀국했다. 필리핀의 유력 대권후보 베니그노 아키노가 미국에서 귀국하면서 공항에 내리자마자 살해당한 일이 있었다. 나는 그분을 지키고 싶어서 그날 김포공항에 갔다. 삼엄한 경찰의 장벽으로 길이 막혀서 멀리 공항이 보이는 길옆에 서 있는데, 내 옆에 조세형 의원님이 똑같이 공항을 바라보며 서 계셨다.

그날의 장면은 훗날《김대중 자서전》에서 읽을 수 있다. "1985년 2월 8일 오전 11시 40분, 꿈에 그리던 고국의 땅을 밟았다"로 시작한다. 신변을 염려해 미국의 하원의원 등 여러 사람이 동행했다. 비행기에서 내리자 갑자기 사복경찰이 뛰어나와 에워쌌고, 이를 저지하려는 동행자들과 몸싸움까지 벌이면서 일반 승객과 갈라놓았다. 부부만 따로 강제로 엘리베이터에 태웠고, 입국심사를 해야 한다며 여권을 내놓으라고 했단다. 일반인처럼 입국심사대를 거치겠다고 하며 버티자 결국 입국심사를 생략한 채 미리 준비한, 밖을 보지 못하도록 커튼을 친, 흰색 마이크로버스에 태워 공항을 빠져나왔다고 한다.

사람들은 그를 '선생님'이라고 부르기도 한다. 정치권에서는 '선생님' 하면 으레 '김대중'을 뜻한다. 사실 나는 이 호칭에 거부감이 있었다. 많은 사람이 깊은 존경의 의미를 담아 그렇게 부르겠지만, 한편에서는 경멸의 의미가 담긴 비아냥거림의 표현으로 쓰기도 하였기 때문이다. 하지만 김대중이란 걸출한 정치인은 우리 현대사에서 흔하게 찾아볼 수 없는 국민의 사표란 점에서 '선생' '선생님' 호칭만큼 더 좋은 건 없을 듯싶다.

내가 김대중 선생님을 직접 뵌 것은 2년여 세월이 흐른 1987년 대통령 선거 유세장에서였다. 그때 나는 직접 그의 연설을 처음 듣고는 조금 실망했다. 나는 그날 연설에서 멋지고 웅장한 그의 목소리를 기대했다. 그런데 전라도 억양의 쉰 소리였다. 처음엔 다른 사람이 소개하는 걸로 착각할 정도였다. 하지만 시간이 지나면서 그의 목소리는 나를 끌어들였고, 어느새 나는 단 한마디도 놓치지 않으려는 듯 그의 연설에 푹 빠져 있었다. 대학 때 대구 출신 친구가 들려준 이야기가 불현듯 떠올랐다. 1971년 대선 때 경찰이었던 그의 아버지더러 김대중이 뭐라 하는지 조사해오라고 했단다. 그의 아버지는 녹음된 그의 연설을 밤새 메모하며 듣다가 반해 평생 김대중의 열혈지지자가 되었다고 한다.

김대중의 연설에는 메시지가 있었고, 심금을 울리는 공감대가 있었다. 특유의 "저는 이렇게 생각하는데, 여러분은 어떻게 생각하십니까"라며 공감을 불러일으키며 청중과 하나가 되도록 하는 마법을 갖고 있었다.

대학생이었던 나는 1987년 대통령 선거에서 김대중과 김영삼의 단일화를 촉구하는 단식농성을 주도했었다. 정치학과를 중심으로 아크로폴리스 광장에서 때 이른 추위에 떨고 배고픔을 견디며 농성하던 생각이 난다. 나는 그때 성명서를 직접 작성해 낭독하였는데, 정치학과 선배가 명문이란 칭찬과 함께 누가 썼느냐고 묻더란 얘길 전해 듣고는 어깨가 으쓱해지기도 했었다.

이때까지 나는 김대중을 이른바 '비판적으로' 지지했다. 당시 나는 하루라도 빨리 세상을 바꾸려면 혁명을 해야 한다고 주장했다. 민중이 해방되고 민족이 하나 되는 세상을 꿈꾸었다. 이런 입장이었으니 김대중의 노선은 쁘띠부르주아인 서민 대중의 혁명적 의식 전환을 가로막는 것처럼 보였다. 마르크스-레닌주의자를 자처하던 나로선 김대중은 쁘티부르주아를 대표하는 정치인이었다.

하지만 나는 점차 대중과 함께하는 민중 친화적인 그의 정치철학에 공감하면서 과격했던 나의 신념에 변화가 생기기 시작했다. 그가 나의 인생에 개입한 것이다. 산업화보다 더 나은 경제발전 모델을 찾다가 결국 박현채 교수의 '민족경제론'에 뿌리를 둔 '대중경제론'를 정립했는데, 서민 대중을 위한 경제정책과 함께 민족 자주적 경제 체제를 만들겠다는 구상이었다. 그의 이런 경제론은 끊임없는 학습을 통해 수정 보완되었고, 훗날 IMF 체제를 극복하는 결정적인 힘이 되었다.

2009년 8월 18일, 위대한 정치가 김대중 대통령이 먼 길을 떠나셨다. 그날 저녁 나는 그의 빈소가 차려진 서울 신촌 세브란스 장례식장으로 갔다. 거기서 여러 사람과 얘기를 나누는 중에 그가 한국경제가 발전할 길을 찾기 위해 얼마나 치열하게 경제를 공부했는지, 그가 찾은 자유주의적 경제론이 IMF 외환위기 때 어떤 역할을 했는지 들으며 감탄하지 않을 수 없었다. 자유주의적 경제론이 옳아서가 아니라 그의 탐색과 학습이 결국 IMF 시기에 한국경제의 대응을 가능하게 만든 것이다. 물론 과도한 자유주의적 개혁이 우리 서민들에게 남긴 정신적 경제적 상처 또한 김대중 대통령의 유산임은 분명하다.

김대중 대통령이 남긴 업적 중 가장 큰 업적은 산업화에 늦었던 대한민국을 정보화에서 가장 앞서는 나라로 만들었다는 것이다. 또 하나, 벤처기업을 부흥시켜 기존의 기득권 경제 세력이 아닌 청년들로 이뤄진 새로운 경제 세력을 만들어냄으로써 민주주의 발전의 물적 토대를 마련했다는 점이다.

노무현. 내가 그의 이름을 처음 들었던 때는 1985년 대학 2학년이었다. 나의 정치학과 친구 최만정을 통해서였다.

만정이는 부산 미문화원 점거 농성에 참여했었다. 내 어머니께서 집에 놀러 온 만정이의 손을 잡고 이렇게 당부하셨었다고 한다. 진욱이는 운동하다 잡히면 안 되는 처지이니 네가 좀 말리라고 했단다. 그런데 며칠 후 텔레비전 뉴스에 만정이의 구속 소식이 나오자 어머니를 비롯한 식구들이 깜짝 놀랐다.

사실 만정이는 이 투쟁을 준비하면서 내게 자신의 거취를 암시했다. 하루는 학교 뒤 넓은 풀밭인 버들골로 나를 불러내더니 "나는 학교를 다니기 힘들 것 같다"고 했다. 나는 왜 그런지 이유를 묻지는 않았다. 다만 뭔가 큰일이 준비되고 있다는 사실을 직감할 수 있었다. 대학 2학년생이 대학 생활을 끝낼 만큼 뭔 일이

지금까지 나의 정치적 사표로 계신 정치인은 두 분이 있다. 김대중과 노무현. 김대중 대통령은 끊임없는 학습과 연구를 통한 집념으로 민주주의를 개척했다. 노무현 대통령은 진화하면서 정치인의 최종 버전, 즉 끝판왕이 되었다.

있을 거라면, 시위에 주동을 뜨는 것 말고 뭐가 있겠는가.

그런데 만정이가 구속됐다가 좀 일찍 풀려나 학교에 왔다. 반가웠다. 전두환 정권은 이 사건을 크게 확대하지 않으려 했다. 그런데도 만정이를 비롯한 사건 관련자들이 법정 투쟁을 너무 세게 해서 전두환 정권을 곤혹스럽게 했다.

누가 변호사였는지 내가 물었다. 당시 시국사건 변호사는 사람들의 큰 관심사였다. 낯선 이름이 튀어나왔다. 노무현.

만정이는 노무현 변호사를 신뢰했다. "부산에서 새롭게 운동에 참여한 변호사인데, 정말 똑똑해"라고 했다. 변호를 그렇게 열정적으로 하는 사람은 처음 봤다고 했다. '노무현'이란 이름 석 자가 또렷하게 와 박혔다.

노무현을 다시 만난 것은, 나만이 아닐 테지만, 정계에 입문하여 국회의원이 된 그가 '5공 청문회'에서 보여준 활약을 통해서였다. 명패를 던지며 결기를 보이면서 그는 당당한 태도로 날카롭게 군부 독재자들을 다그쳤다. 그의 외침은 국민의 가슴에 맺힌 응어리를 풀어주었고, '혁명'에 매몰된 나의 관념과 거칠게 충돌했다.

진화하는 정치인 노무현을 보면서 나는 그가 정치인의 최종 버전 같다고 생각했다. 비유가 적당한지 모르지만, 프란시스 후쿠야마가《역사의 종말》에서 했던 말처럼 노무현은 정치인이 다다라야 할 최종적인 곳에 도달한 사람 같았다. 자본주의와 공산주의의 대결에서 결국 자본주의가 이기면서 역사는 이제 '자유주의 승리로 끝났다'라고 하였다. 한때 시를 썼던 문학청년인 나는 늘 '어머니'를 주제로 시를 쓰고 싶었는데, 박노해의 시 '어머니'를 보고 어머니 시는 더 이상 쓸 필요가 없겠다고 생각한 것과 비슷한 감정이었다.

한 번은 《말》지 기자로 있던 후배 김종석이 '정범구 박사가 만난 사람들' 코너의 인터뷰 대상으로 노무현 의원이 선정됐다고 귀띔해주었다. 만사 제쳐두고 따라가고 싶었지만, 일이 생겨 못 갔다. 그때 노무현 의원을 만났다면 내 인생은 달라졌을지도 모르겠다.

나는 김종석 기자에게 노무현 의원이 어땠는지 물었다. 후배는 정말 매력적인 정치인이라고 했다. 그러면서 노무현 의원이 자신도 장관을 맡으면 잘 할 수 있다는 말을 했다고 전해주었다. 김대중 대통령에게 자신의 존재와 능력을 어필하는 것 같았다고 했다. 노무현은 2000년 부산 험지에서 출마하여 낙선한 후 8월에 해양수산부 장관이 되었다. 그분의 자서전 《운명이다》의 한 구절을 보자.

"늘 혼자 정치를 한 것이나 다름없던 내게는 말할 수 없이 큰 축복이었다.… 국정 운영 전반을 경험하고 공부하는 기회를 가지는 것이 정치 지도자가 되려는 사람에게는 매우 중요하다고 생각해서 그렇게 한 것이다."

늘 험지만을 찾아다니던 노무현은 2002년 4월 민주당 대통령 후보가 됐다. 그가 대통령 후보가 될 것으로 예상한 사람은 많지 않았다. 광주에서의 돌풍을 기점으로 그는 온 국민의 마음을 흔들었고, 대통령 후보직을 거머쥐었다.

노무현의 정치에서 나는 대중(지지자)과 함께하는 정치가 무엇인지를 알 수 있었다. 기득권층이 아닌 삶의 현장 저 밑바닥에서 가장 진실하게 살아가는 민중과 공감하며 함께 뛴다면, 현란한 레토릭보다 진솔한 공감의 한마디가 강력한 지지를 끌어낸다는 것을 그분은 입증했다.

노무현이 후보가 되는 순간부터 후보 교체론이 나왔다. 그 정도로 노무현의 민주당 내 지지기반은 취약했다. 하지만 노무현은 조금도 물러서지 않았다. 노무현의 전투력은 내 상상을 뛰어넘었다. 마침 그해 6월 13일에 있었던 지방선거에서 영남권에서 단체장 하나라도 당선시키지 못하면 후보직을 재신임받겠다고 배수진을 쳤다. 그의 회고에 따르면 지지층 결집을 위한 승부수였는데, 결과는 영남은 고사하고 호남을 제외한 전국에서 패배했다. 후보 교체론이 더 힘을 받을 상황이었다.

나는 정당한 민주적 절차를 통해 뽑힌 후보를 흔든다는 건 민주정당에서는 있을 수 없는 일이라고 생각했다. 후보의 지지율이 떨어지면 함께 힘을 합해 지지율을 올릴 노력을 해야지 끌어내리려고 하는 건 도무지 이해되지 않았다. 해서 나는 기업인 '최초'로 노무현 지지 선언을 할 계획을 세웠다. 그때 나는 기자에서 기업인으로 변신해 있었다. '모닝365'라는 인터넷서점을 창업해 2년 만에 업계 2위권에 진입시킨 상태였다.

하지만 이런 정치적 행위를 할 땐 꼭 고려해야 할 전제가 있다. 회사에 피해를 주어서는 절대로 안 된다는 점. 회사 안팎의 사람들과 의논했다. 모두 나의 순수한 취지에는 공감했다. 하지만 모닝365가 이제 막 걸음마를 뗀 데다 여전히 고객들에게 좋은 이미지로 호감을 사야 하는 상황이란 현실적 조건이 컸다. 고객 중에는 나의 취지에 공감하는 사람도 있지만 그 반대의 경우도 있다. 반대하는 고객들이 그냥 마음으로만 비판하면 또 모르겠지만 혹 불매운동이란 또 다른 사건을 만들어내면 어쩌나 하는 걱정이 있었다. 또 대표이사의 정치적 행동으로 관계 당국에 미운털이 박히면 혹 세무조사 같은 것에 시달릴 수도 있다는 우려가 있었다. 내가 이 같은 행동을 하려면 대표이사 자리를 내려놓고 해야 한다는 결론에 도달했다. 결국 나는 그 계획을 실행에 옮기지 못했다.

대신 나는 광주의 한 신문에 칼럼을 썼다. 후보 교체론을 정면 비판하고 노무현 후보의 정통성을 주장한 글이었다. 정기적인 칼럼을 쓰던 아내의 이름으로 그 칼럼은 나갔다.

당시 나와 같은 생각을 한 사람이 많았다는 사실은 노무현 후보가 정말 드라마틱하게 대통령에 당선되는 과정을 보면 공감이 간다. 여기서 그 과정에 대해서는 대부분이 잘 알고 있기에 자세하게 언급하지는 않겠다.

노무현이 당선되던 날, 나는 후배 이명재와 김공운과 함께 광화문으로 달려가 덩실덩실 춤을 추었다. 후배 김공운이 "형들, 그렇게 좋아?"하고 묻던 게 지금도 귀에 쟁쟁하다.

기쁨도 잠시, 노무현 대통령은 임기 내내 기득권층의 비상식적인 비토에 시달려야 했다. 아웃사이더 대통령의 비애라는 말로 치부하기엔 그때의 상황은 상상을 초월했다. 야당은 그렇다 하더라도 여당 내에서조차 그의 권위를 인정하려 들지 않았다. 이들은 분열주의와 지역주의, 기회주의, 반칙과 특권으로 만들어진 자기들의 기득권이 침해당할까 봐 전전긍긍했다.

원칙과 상식으로 상징되는 노무현의 정치가 힘을 받게 되면 이 기득권들은 더 이상 이 땅에서 세상을 쥐락펴락하며 떵떵거릴 수 없게 된다는 위기의식의 발로에서 목숨 건 투쟁을 걸어왔다. 오죽하면 탄핵당할 수 있는 위기까지 갔을까.

가까스로 임기를 마쳤지만, 노무현에 대한 기득권층의 공격은 멈추지 않았다. 하지만 국민은 알았다. 그가 낙향해 터전을 잡은 봉화마을에 지지자들이 그에게서 따듯한 위로의 말 한마디 듣기 위해 구름 떼처럼 모여들었다. 하지만 우리가 다 알다시피 권력은 그의 목숨을 앗아갔다.

우리는 뒤늦게 후회한다. 부재함으로써 노무현은 그 가치가 더 빛난다. 안개 정국을 헤맬 때마다 노무현의 혜안은 등대가 되어 다가온다. 나는 다시 노무현 정신을 되새기며 운동화 끈을 맨다.

혁신과 통합

나는 많은 번뇌 속에서 2011년을 맞았다. 어려서부터 꿈꿔 오던 본격적인 정치인의 길을 걸을 것인가 하는 결단의 시간이었기 때문이다. 2012년 4월 11일 총선에서 내 인생의 전환점을 만들고 싶었다. 50살이 되기 전에 삶의 여러 역경 때문에 미루고 미뤘던 정치인의 길을 나설 때라는 생각이 들었다.

나는 6년 7개월 동안 진행해온 한국경제TV 객원 앵커 자리도 그만두었다. 선거법이 허용하는 최대한의 날까지 진행했다.

그 당시 우리의 정치적 상황은 매우 엄중했다. 전대미문의 뉴라이트 보수정권인 이명박 정권의 비상식적인 행태에 따른 정치위기가 심각했다. 또 오세훈 서울시장이 자신의 직을 걸고 무상급식 문제를 주민투표에 붙였다. 지금은 너무도 당연한 정책이 된 무상급식에 대해 전면 실시를 반대하던 오 시장은 주민들에게 의견을 물어보고, 무상급식 찬성표가 많으면 시장직을 그만두겠다고 했다.

민주당과 무상급식 찬성 쪽에서는 전략적 투표 방법을 채택했다. 투표율이 33.3%에 이르지 못하면 투표 자체가 무효가 되기 때문에 투표하지 않고 목적을 달성할 수 있는 전략이었다. 물론 이 주민투표는 쓰지 않아도 될 예산이 상당히 많이 소요되는, 한 정치인의 정치적 욕심에 복무하는 소모적인 정치 행위일 뿐이었다.

2011년 8월 24일 주민투표가 시행됐다. 투표율은 불과 25.7%를 기록했다. 이에 따라 개표 자체를 할 필요가 없었다. 오세훈은 약속대로 서울시장직에서 사퇴했다. 그리고 10월 26일 서울시장 재보궐선거가 잡혔다.

이런 상황이 일어나자 진보 성향의 재야 시민 세력은 흩어져서는 어떤 선거에서도 이길 수 없다는 절박함에 범야권 통합 운동을 시작했다. 이 운동의 구심점이 바로 '혁신과 통합'이었다. 곧 있을 서울시장 보궐선거는 물론이거니와, 2012년 총선이 큰 숙제로 다가온 만큼 시민사회에서 결코 패배해서는 안 된다는 위기의식이 무척 컸다. 뜻있는 인사들이 "시민이 주도하는 혁신의 바람으로 새로운 정치를 열어야 한다"라는 취지 아래 혁신을 바라는 모든 세력이 함께하자고 제안했다.

2011년 9월 6일 '혁신과 통합' 발족식이 열렸다. '혁신과 통합'은 노무현 전 대통령과 가까운 인사들이 중심이 된 정치세력과 이용선 의원이 중심이 된 시민사회 세력들이 망라해 참여했다.

'혁신과 통합'은 야권 통합을 통한 2012년 정권 교체를 목표로 삼았다. 이를 위해 100만 명 회원과 회비 납부 회원 1만 명을 모집하겠다고 했다.

여기에는 크게 노무현재단을 비롯해 시민주권모임, 내가꿈꾸는나라 등 시민 세력이 참여했다. 노무현재단은 당시 문재인 전 대통령이 이사장이었다. 시민주권모임은 '노무현 가치'를 계승하고 노 대통령 추모사업과 생활 참여 정치를 표방하며 2009년 10월에 발족한 모임으로, 이해찬 전 국무총리가 공동대표였다. '내가꿈꾸는나라'는 2010년 지방선거 이후 시민운동 차원에서 정치적 역할을 구체적으로 모색하자는 취지로 2010년 7월에 만들어진 모임이다. 김기식 전 참여연대 사무처장과 남윤인순 전 한국여성단체연합회 상임대표가 공동대표로 있었고, 조국 서울대 교수도 참여했다.

참여자 면면을 보면 우리나라 정치 시민사회의 명망가들이 망라된 셀럽의 집합체 같았다. 발족식에는 '혁신과 통합'이 통합의 상대로 생각하고 있는 민주당 손학규 대표와 국민참여당 유시민 대표도 참석해 축사를 했다. 발족식은 '범민주진영'의 단합대회 같았다.

'혁신과 통합'은 "시민이 당원이고 당원이 시민인 정당"을 지향했다. 당원 없는 당은 당이 아니고 당원 의견이 반영되지 않는 당은 당이 아니다. '혁신과 통합'이 이 기본적인 원칙을 강조하는 것은 사실 정당에서 이런 원칙이 지켜지지 않는다는 방증이기도 하다.

이렇게 출범한 '혁신과 통합'은 민주당과 합당이 당장의 숙제였다. 하지만 '혁신과 통합'은 정치 결사체일 뿐 정당이 아니어서 정당 간 통합은 불가능했다. 그래서 2011년 11월 24일 '혁신과 통합'은 정당 창당 추진을 위한 창당준비위원회를 설립했고, 창준위 대표는 이용선 '혁신과 통합' 상임대표가 맡았다. 아주 빠른 속도로 창당 작업이 이뤄졌다.

2011년 12월 7일 창당대회를 열어 공식 절차를 마무리해서 정당이 되었다. 그리고 2011년 12월 16일, 민주당과 합당해 민주통합당이 출범하였다.

'혁신과 통합'과 민주당의 통합에는 여러 개의 걸림돌이 있었지만 다들 절박한 마음으로 잘 이겨낸 것 같다. 당시 손학규 민주당 대표의 대승적 차원의 결단이 큰 역할을 했다. 손 대표는 통상 당연한 '공동대표'직 마저 맡지 않았다.

이렇게 하여 통합민주당은 다시 친노세력을 중심으로 재편된 셈이었다. 한명숙 전 총리가 대표를 맡고, 문성근과 명계남으로 상징되는 친노세력이 당 운영의 중심을 이루었다.

'혁신과 통합'은 시민사회 운동을 오래 해온 이용선 의원이 중심이 되어 당 형식의 전국 조직을 갖춘 정치 결사체였다. 이용선 의원은 정말 고향의 선배 관계를 떠나 나와는 잘 통하는 사이였다. 그분은 정치인이면서도 정치적 욕심을 내지 않는 드문 분이셨다.

혁신과 통합에서 나는 과천, 의왕, 안양, 군포를 아우르는 경기 중부에서 활동하였다. 혁신과 통합의 경기 중부 공동대표로 활동하며 혁신과 통합이 목표하는 야권 통합에 작은 힘이나마 보태려고 무진 애를 썼다.

이때 공동대표였던 이용선 선배님은 대인배셨다. 전략 공천으로 출마할 수도 있었을 텐데, 굳이 경선했고, 경선 결과 패배해 출마하지 못했다.

나는 박원순 서울시장 후보 캠프에 참여하는 기회를 얻었다. 박 후보님은 안철수의 양보를 얻어내고, 민주당 박영선 후보 등과 경선을 통해 단일화를 이루어 냈다.

나는 평소 박원순이란 분에 대해 상당한 호감이 있었다. 처음 알게 된 것은 1980년대에 창간된《역사비평》이란 계간지를 통해서였다. 박원순은 역사 인식의 대중화를 위해 역사문제연구소를 설립하였는데, 초대 이사장직을 맡았고, 신생 계간지를 통해 대중들에게 다가가고 있었다.

이때 역사문제연구소가 사무 공간이 있을 터전을 마련하는 데 어려움을 겪었다. 재야의 뜻있는 인사들이 만든 연구소의 살림이라는 게 뻔하지 않은가. 역사문제연구소는 박원순 이사장이 실천문학사의 주택을 인수한 집을 무상으로 사용하고 있었다. 하지만 박원순은 한발 더 나아갔다. 이 집을 아예 역사문제연구소에 내놓고 자신은 전세살이를 택했다,

나는 이 같은 박원순의 성품과 진정성에 반했었다.《역사비평》의 애독자는 물론이거니와, 박원순 전작주의자가 되었다. 전작주의자란 한 작가의 모든 작품을 모으고 읽는 것을 말한다.

이때 읽었던 책 중 지금도 기억에 남는 책은《내 목은 매우 짧으니 조심해서 자르게》(한겨레출판사)이다. 이 책에는 지금도 사람들의 입에 회자 되는 역사 속의 재판들, 가령, 소크라테스나 예

박원순 시장은 1980년대에 창간된 《역사비평》이란 계간지를 위해 자신의 집을 내주고 전세살이를 나간 분이다. 그는 한국 사회를 바꾼 사람이었다. 새로운 시민운동 방식으로 극지방 탐험을 선도하는 쇄빙선처럼 새로운 길을 열고, 그 역할을 다하다 가신 분이다.

수의 재판, 중세 마녀의 재판, 드레퓌스의 재판 등 인류의 양심을 시험했던 재판 이야기를 다루고 있는데, 정말 흥미진진했다.

박원순 서울시장 후보 캠프는 두 개가 움직였다. 하나는 민주당에서 운영하는 캠프이고, 또 하나는 시민사회 진영에서 만든 캠프였다. 나는 정찬용 전 청와대 인사수석의 소개로 이학영 의원을 만나 시민사회 진영 캠프에 참여했다. 이학영 의원은 YMCA 전국연맹 사무총장을 지낸 시민사회운동가이셨다.

이학영 선배님을 모시고 나는 시민참여전국위원회를 결성하고 함께 공동 위원장을 맡았다. 시민참여전국위원회는 박원순 서울시장 후보의 당선을 위한 선거운동이 서울시민만을 대상으로 해서는 안 된다는 문제의식에서 출발했다. 서울 바깥 지역에 사는 시민들이 서울에 사는 시민들에게 전화 등을 통해 박원순 후보를 적극적으로 지지해 달라고 부탁하자는 전략이었다. 아울러 여전히 낯선 인물이었던 박원순 후보에 대해 적극적으로 알리는 작업도 병행하도록 했다.

이학영 의원님 또한 마음이 넓고 유능하신 대인배이셨다. 그분을 모시고 일하면서 인품과 일 처리에서 모두 크게 배웠다. 지금 생각해보면 이 의원님께서 위원장을 맡고 나는 간사쯤 맡아야 정상이다. 나는 출마할 생각에 공동위원장을 하고 싶어 했는데, 이학영 선배님은 흔쾌히 받아주셨다. 지금도 그때를 생각하면 얼굴이 화끈거린다.

박원순 서울시장 후보 캠프에서 시민참여전국위원회 공동위원장으로 일하면서 나는 '시민의 힘'이 얼마나 위대한 것인가를 경험했다. 위로부터 아래로 내려가는 톱다운방식의 조직과 선거운동이 아니라 시민들 스스로 참여하고 조직하고 실천하는 바텀업방식이 시대정신이 되어 민심의 한 가운데를 도도히 흐르고 있었다. 서강대 서동욱 교수가 한 칼럼에서 이를 '익명성의 힘'이라고 표현했는데, 깊이 공감했다.

여기서 나는 우리 사회의 민주주의 완성과 모두 더불어 살 수 있는 공화국이 되기 위해서는 시민들의 의식이 높아지는 것과 함께 정치신인들의 정치적 역량을 높이는 것이 무엇보다 중요하다는 것을 깨달았다.

시민들의 뜨거운 지지로, 시민의 힘으로 당당하게 당선된 서울시장 박원순. 그분은 허망하게 우리 곁을 떠나셨다. 여기서 그 얘기를 장황하게 늘어놓지는 않겠다. 나는 그의 부음 소식을 듣던 날 한달음에 빈소로 달려갔고, 창녕의 장지까지 따라갔다.

박원순은 내 마음에 지워지지 않는 위대한 시민운동가, 국민을 지극정성으로 섬겼던 탁월한 정치인으로 남아 있다. 박원순은 한국 사회를 바꾼 사람이었다. 새로운 시민운동 방식으로 극지방 탐험을 선도하는 쇄빙선처럼 새로운 길을 열고, 그 역할을 죽을 때까지 한 분이다. 억척스레 낮은 자세로 공복의 모범을 보인 가장 탁월한 서울시장이었다. 자신의 시간과 정열, 에너지를 세상을 위해 쓴 분이었다. 박원순 시장님은 참으로 순수하고 겸손한 사람이었다.

첫 출사표

'혁신과 통합'과 '박원순 서울시장 후보 캠프'에서 실전 정치를 경험한 나는 애초 내가 목표로 세웠던 나의 정치 일정을 해나가기로 했다. 단도직입적으로 말하면 국회의원직에 도전하겠다는 것이었다.

2012년 총선이 눈앞에 다가와 있었다. 나는 이 2012년 총선에 나가 시민들의 첫 심판을 받아야겠다고 생각했다. 출마 준비를 시작했다. 주변에서는 잘해보라고 격려하는 사람과 괜한 아사리판에 발을 담그냐며 말리는 사람들이 있었다. 나는 찬성이든 반대든 모든 사람의 의견을 겸허히 수렴해 나의 정치적 실천에 반영했다.

2011년 12월 20일, 나는 정치인으로서의 첫 출사표를 던졌다. 민주통합당 안양 동안 을 국회의원 후보 경선에 나선다는 출마 기자회견을 한 것이었다.

나는 출마 기자회견 전 6개월여 동안 안양 동안 을 지역을 뛰며 정진욱을 알렸다. 나를 아는 사람들은 왜 하필 지역구가 안양 동안 을이냐고 궁금해했다. 느닷없다고 했다. 안양 동안구는 나와 개인적 연고가 있는 곳이 아니었다. 하지만 내가 처음 도전하는 지역은 내가 목숨 걸고 뛸 수 있어야 하고, 뛴 만큼 성과가 나오는 곳이어야 한다. 이런 점에서는 나는 이익투표보다 가치투표를 할 수 있는 지역에 주목했다. 우리 정치판에서 인물 중심의 이익투표가 큰 힘을 발휘한다는 건 거의 정설처럼 굳어져 있는 게 사실이다. 그렇다면 내가 추구하는 가치투표라는 게 '한여름 밤의 꿈'처럼 공허하게 들릴 수 있다.

하지만 나는 도시 기반이 잘된 신도시라면 이 발상이 결코 '한여름 밤의 꿈'이 아닐 수 있다는 확신이 들었다. 안양 동안구에는 1기 신도시 '평촌'이 있다. 내가 대학 시절 학교 가까이 있어서 자주 놀러 오기도 했던 터라 물리적 심리적 거리감도 가깝다는 장점이 있었다. 그래서 나는 주저하지 않고 이곳을 지역구로 정했다. 또 민주당이 당선되기 쉬운 곳이라면 당연히 출사표를 던지는 경쟁자들이 많아질 테고, 그 반대로 민주당 험지라면 경쟁자가 많지 않을 거란 생각도 지역구 선택의 한 요인이 되었다.

출마 기자회견에서 나는 "한나라당과 이명박 정권을 심판하고 민주개혁 진영의 승리를 이루기 위해 호계 · 평촌 주민들 속으로 뛰어들었다"라고 출마의 변을 밝혔다. 그러면서 나는 호계 · 평촌은 민주당 험지답게 '잃어버린 12년'이 존재한다는 점을 강조했다. 2000년부터 내리 세 번 한나라당을 선택했었다. 하지만 그 한나라당 국회의원은 국민의 이익이 아닌 자당의 이익에만 복무하는 거수기 말고 눈에 띄는 역할이 있었느냐고 반문했다.

그래서 나는 짓밟힌 호계·평촌 주민들의 자존심을 회복하자고 강조했다. 변화와 개혁을 향한 대한민국의 힘찬 대장정에 당당한 주역이 되자고 호소했었다. 나는 여느 후보자들처럼 '빌' 공(空)자 공약인, 그럴듯한 포장지로 감싼, 지역발전을 위한 분홍빛 청사진은 내놓지 않겠다고 했다. 대신 주민이 부끄러워하지 않고 한없이 자랑스러워할 수 있는 그런 국회의원이 되겠다는 것을 공약으로 내세우겠다고 말했다.

결기에 가득 찬 나의 출마 기자회견은 비록 시작은 나비의 작은 날갯짓에 불과했으나 안양 동안 을에 점점 바람이 세지더니 태풍으로 발전할 가능성까지 보였다.

애초 안양 동안 을 민주당 경선 후보로 여럿이 준비하고 있었다. 비록 민주당 험지라지만 조금만 노력하면 충분히 주민들의 지지를 회복할 수 있는 잠재력이 컸기에 관심을 두고 있는 예비후보자들이 있었던 것이다.

경선 전 중앙당에서 예비후보자들을 대상으로 면접을 봤는데, 나는 거기서 1등을 했다. 2등 후보와 두 자릿수의 점수 차이가 났다고 들었다. 그리고 토박이 단골 출마 후보는 3위로 탈락했다.

이렇게 안양 동안 을 지역구의 경쟁자는 두 사람으로 좁혀졌다. 나와 노사모(노무현을 사랑하는 사람들의 모임) 출신 영화감독 여균동 씨였다. 사실 인지도 면에서 나는 대중예술을 한 인기 감독 여균동 후보보다 뒤처져 있었다. 사람들이 '넘사벽(넘을 수 없는 사차원의 벽)' 아니냐는 말로 나의 기를 꺾어 놓으려 하였다. 하지만 정치판은 정치판의 문법이 요구된다. 대중문화판의 인기가 곧 정치판의 인기로 연결되지는 않는다.

당시 경선은 선거인단을 후보 스스로 모집해야 했는데, 나는 여기서도 가장 많이 모았다. 나는 듣보잡(듣도 보도 못한 잡것) 후보에서 서서히 이름을 알리며 친밀감을 쌓아가는 중이었다.

그런데 경선을 앞둔 어느 날 새벽 전화가 걸려 왔다. 이름을 대면 누구나 아는 민주당의 핵심 당직자였다. 그는 내게 토박이 후보도 경선에 포함된다고 했다. 여균동 후보와의 2인 경쟁이 3인 경쟁으로 바뀐 것이다. 나는 요즘 말로 멘붕이 왔다. 엄청난 조직표를 갖고 있는 토박이 후보의 가세는 뚜렷하던 경선 구도를 단박에 예측 불허의 오리무중으로 만들 수 있다는 생각이었기 때문이다. 하지만 어쩌랴. 그건 내 능력 밖의 일이었다. 받아들이고 말고 할 것도 없이 그렇게 하루 밤새 3인 경쟁체제로 바뀌었다.

나는 짧은 시간에 내 존재를 알리고 유권자에게 다가갈 방법을 찾았다. 평촌에서 사람들이 가장 분주하게 오가는 장소가 어딜까 생각했다. 범계역이었다. 주변에 상업지구는 물론 시청이나 구청, 우체국 등이 자리해 핫스팟이었다. 또 아침저녁 출퇴근 시간에는 엄청난 인파가 오간다. 이곳에서 나는 주민들에게 큰절을 올렸다. 새벽 6시부터 10시까지 쉬지 않고 절을 올렸다.

사실 내가 범계역에서 인사를 시작할 때는 다른 후보들은 거의 보이지 않았다. 속으로 선거운동의 요충지를 나만이 독점하는 기분이었다. 뭐 저런 튀는 행동으로 시민들의 마음을 사로잡을 수 있을까 하는 의구심이 컸기 때문이리라. 하지만 하루가 다르게 변화하는 시민들의 마음을 읽자 상황이 달라졌다. 모든 후보가 새벽 6시에 범계역으로 모이는 진풍경이 벌어졌다.

정진욱의 바람과 토박이 후보의 조직 대결이 본격화됐다. 그러나 경선은 바람보다 조직이었다. 토박이 후보의 관록은 나의 예상보다 컸다. 바람이 조직을 당해내기엔 한계가 느껴졌다. 결과는 이익투표가 가치투표를 이겼다. 그 후보가 절반의 득표율로 30% 득표한 나를 눌렀다. 역부족이었다.

첫 대선캠프의 기억

2012년 4월 총선에 안양 동안 을 민주당 경선에서 패배한 나는 집이 있는 광주로 내려왔다. 중학교 2학년인 아들에게 아버지가 가까이 있는 게 좋겠다는 아내의 요청도 있었고, 나 자신 오랜 객지 생활에 지쳐 있었기도 했었다.

나는 언제나 서울과 광주를 오가며 지냈기 때문에 광주로의 귀환은 자연스러웠다. 광주에선 그 당시 '2013 포럼'이 만들어졌다. 2012년 12월 19일 치러지는 대선에서 승리하고 2013년을 맞이하자는 의미로 이름을 붙인 포럼이었다.

광주에서 2013 포럼에 참여하고 있는 동안의 광주 분위기는 대선에서 김두관 후보를 지지하는 사람들이 많았다. 또 김두관 경남지사님께서는 안양 동안 을 선거 때 상대 후보가 전략공천을 추진하는 걸 나서서 막아주셨기 때문에 나와는 각별한 인연이 있었다.

그런데 광주·전남에서 지지율 1위였고, 전국적으로도 높은 지지를 받던 김두관 후보님의 지지율이 다소 침체기로 들어섰다.

광주·전남에서 그분을 지지하던 분들은 나에게 서울로 가서 김두관 후보 캠프에 참여하라고 권유하셨다. 나는 흔쾌히 참여했다. 내 선거 때 받은 도움을 갚는다는 마음도 있었다.

김두관 대선 경선 후보 캠프에 갔더니, 김두관 후보의 '정무 수행'을 맡겼다. 전국 곳곳을 다니는 후보를 수행하면서 가까이에서 여러 일을 돕는 역할이었다. 후보가 타는 '1호차'를 타고 후보를 수행한다는 사실 자체로 엄청난 책임감을 느꼈다. 공보 특보였던 KBS 기자 출신 배종호 선배와 함께 후보를 수행했다. 배 선배는 베테랑 기자답게 현장에 맞는 후보의 메시지를 빠르고 강렬하게 만들어내는 탁월한 능력이 있었다. 판단이 어려운 일이 생기면 배 선배는 1호차 제일 안쪽에 있는 나와 상의하곤 했다. 나는 의견이 있어도 나서지 않고 배 선배를 통해 내 생각을 후보에게 전하면서 그림자 수행을 했다.

몇 개월간 대선에 출마한 후보를 모신 경험은 내게 큰 성장의 기회였다. 국회의원 선거와는 비교할 수 없는, 큰 판을 살피고 읽어내는 정무적 감각과 판단 능력을 키우는데 더없이 좋은 현장 교과서였다. 수없이 찾아오는 위기에 대응하는 후보의 모습을 보는 것만으로도 큰 공부였다. 전국, 전 국민을 상대로 선거를 치르는 대선 후보의 관점에서 모든 상황을 이해하고 바라보는 과정에서 저절로 시야가 확대되고 생각의 폭이 넓어졌다.

그리고 아무리 작은 이슈라 해도 미시적이거나 개별적으로 접근해서는 안 되었다. 반드시 거시적 통합적 관점에서 정무적 판단을 해야 했다.

나는 현장의 생생한 감각이 있을 때 이론을 공부하면 더 많은 것을 깨달을 수 있다고 생각했다. 그래서 낮에는 후보를 수행하고 밤에 집에 돌아오면 정치와 선거 관련 책을 사들여서 읽기 시작했다. 글자 그대로 주경야독이었다. 20여 권을 읽었는데, 책에서 배운 것을 그다음 날 현장에 곧바로 적용해보기도 했다.

이때 읽었던 책 중에서 가장 기억에 남는 책은 미국의 선거전략가 딕 모리스가 쓴《신군주론》이다. 사놓고 천천히 읽고 있었는데, 대선 덕분에 단숨에 독파했다. 지은이 딕 모리스는 미국 빌 클린턴 대통령이 르윈스키와의 스캔들 때문에 재선에 고전이 예상됐던 1996년 대선을 승리를 이끈 인물이다. 그는 5백 년 동안 정치학 교과서로 널리 읽혀온 마키아벨리의《군주론》에서 이름을 딴 저서에서 기존 정치와 다른 정치를 할 것을 주문한다. 비방에 의존하지 말고 자기 아이디어로 이슈를 만들어 선거판을 주도적으로 이끌라고 한다. 좌냐 우냐도 너무 의식하지 말라고 했다. 좌우의 이념과 결별한 비이념적 신현실주의로 승부를 내라는 것이다. 우리가 요즘 대선 때마다 자주 이야기하는 중도 전략은 딕 모리스가 가장 강조하는 것이다. 이념과 결별하라는 말에 깊이 공감했다. 책 말미에 인터넷 선거에 관한 이야기가 나오는데, 노무현 후보 때 관심을 받았던 인터넷 선거는 10년이 흐른 그 당시는 큰 관심은 아니었다. 노무현 대통령이 얼마나 뛰어난 통찰력과 선견지명을 가진 분인지 새삼 실감했다.

그때 내가 큰 관심을 기울인 것은 이영작의 저서들이었다. 이영작은 김대중 대통령의 처조카로 여론조사 전문가였다. 그때 나는 이영작의 전작주의자라도 되는 양 그의 책들을 읽어치웠다. 아마 나남출판에서 시리즈로 나왔던 것 같은데, 1997년 김대중 후보의 선거전략 보고서인《이영작 리포트》를 비롯하여《이영작이 본 대한민국 정치》,《대통령 선거전략 보고서》등의 목록이 떠오른다. 이영작은 통계전문가이다. 중도 전략이란 측면에서 딕 모리스와 일맥상통하는데, 당시로선 드물게 데이터 선거를 했기 때문에 큰 주목을 받았다. 수치와 팩트를 중시하는 김대중 후보와도 잘 맞았을 것이다.

대통령 후보는 다른 시야가 필요하다. 정치와 함께 통치학을 알아야 한다. 통치라는 단어가 제왕 시대를 연상하지만 모든 권력이 집중된 한국의 대통령제도에서는 통치학을 이해하지 못하면 실패한 대통령이 될 수밖에 없다. 한국, 동양의 정치문화와 서양의 정치문화는 다르다. 유권자가 최고 권력자에게 기대하는 행동과 말이 다른 것이다. 거대권력의 운용뿐만 아니라 국회의원과 다른 일반적인 정치인을 넘어서는 말과 행동, 태도가 요구된다. 민주주의 시대에도 이것은 달라지지 않는다.

신동준 박사가 쓴《통치학 원론》을 읽으면서 노무현 대통령이 어려움을 겪은 이유의 일단을 이해할 수 있었다. 국내에서 대통령학이라는 독자적인 연구를 하여 주목받았던 함성득 교수의《대통령학》《대통령 비서실장론》등 거의 모든 대통령 관련 주요 서적을 찾아서 읽었다. 노태우 대통령 때 2인자였던 사람이 말한 "대통령은 당대 최고의 인재로 청와대를 구성할 의무가 있다"는 대목이 매우 인상 깊었다.

지금 생각해보면 이때만큼 현장을 뛰어다니면서 공부까지 열심히 했던 적은 없었다. 이론과 실제를 겸비한 살아있는 공부였다. 김두관 대선 경선 후보 정무 수행을 통해 정치인 정진욱은 훌쩍 성장할 수 있었다.

열정적으로 헌신했지만 김두관 후보는 민주당 경선에서 패배했다. 참으로 큰 인물인 김두관 대통령 후보가 승리하지 못한 것은 못내 아쉬웠다. 오랫동안 준비한 만큼 대통령을 할 수 있는 만반의 준비를 갖춘 분이었다.

오늘의 정치인 정진욱이 있도록 큰 성장의 기회를 주셨던 김두관 의원님께 진심으로 감사의 말씀을 드리고 싶다.

김두관 후보 캠프에 있었던 사람들이 주축이 되어 사단법인 '돌바내'를 만들었다. 김두관 후보 캠프의 좌장이었던 박래군 운영위원장이 많은 분을 설득해서 이 모임이 탄생했다. 나는 창립 멤버로 참여했다. 돌바내는 로마의 격언인 '과거를 돌아보고, 현재를 바라보고, 미래를 내다본다'는 말의 앞 글자를 따서 지은 이름이다. 지금은 성격이 많이 달라져서 다양한 분들이 참여하고 있다. 다양함을 담기 위해 각자의 입장을 모두 포용하는 넓은 울타리를 갖고 있다. 21대 국회의원 중 15분 정도가 이 모임의 멤버이다. 국회 내의 연구모임 등을 제외하면 가장 많은 국회의원이 참여하는 가장 큰 모임이라 정치적 입장은 제각각 다르지만 우리 정치를 발전시키고 민주당을 지켜내자는 데는 생각이 일치한다.

돌바내는 지금도 활발히 활동하고 있다. 1년에 십여 차례의 정책 토론회를 갖고 있고, 최근에는 러시아-우크라이나 전쟁과 관련한 토론회를 국회에서 사나흘 동안 진행하기도 했다.

한해 한두 번 해외 인문 역사 연수를 진행하는데, 코로나 직전엔 블라디보스토크로 가서 독립운동가 최재형 선생과 안중근 의사의 유적을 답사했다. 코로나가 없었으면 아마도 블라디보스토크에 우리 한인 청년들이 참여하는 민족학교를 세웠을 가능성이 높다. 지난해에는 베트남을 방문해서 베트남 경제의 변화를 탐구했다.

강기정 현 광주시장이 2015년 2월 새정치민주연합 정책위원회 의장이 되었다. 강기정 시장은 대학 시절 민족통일민주쟁취민중해방투쟁위원회(약칭 삼민투위) 위원장으로 활약한 분이다. 강 시장은 2004년 열린우리당 후보로 출마하여 정치 거물 김상현을 누르고 당선돼 국회에 첫 입성했다. 강 시장은 광주를 대표하는 국회의원으로 국회에서의 탁월한 활약을 했다.

강기정 의장 취임 직후 나는 정책위원회 부의장이 되었다. 100여 명의 많은 사람이 부의장에 임명되지만, 나에겐 정말 의미가 깊었다. 처음으로 맡아보는 민주당 당직이었다.

강기정 의원은 정책위 의장이 되기 전부터 광주의 정치신인을 모아서 공부하는 모임을 이끌었다. 광주를 더 잘 이해하고 정치를 더 배우고 싶은 나의 갈증을 해소해주는 모임이어서 그 모임으로의 초대가 얼마나 감사하고 반가웠는지 모른다. 지금 국회에서 맹활약하고 있는 민형배 국회의원님과 신정훈 국회의원님도 이 모임에 참석했다.

우리 공부 모임은 비정기적으로 모이긴 했어도 두서너 주에 한 번씩 만나 토론했다. 여러 가지 이슈를 다뤘는데, 특히 당시 가장 큰 이슈였던 공적 연금 개혁과 복지 문제, 광주 정치의 개혁 등에 대해 많은 시간을 할애했던 것 같다.

나는 이때 1년여 부의장직을 수행하면서 정말 많은 것을 배웠다. 어떤 이는 부의장직이 명예직이고 하는 일이 없지 않냐고 할 것이다. 맞는 말이다. 하지만 나는 어떤 직위에 가든 그 기회를 활용하여 내가 모르는 걸 새롭게 배우는 것이 중요하다고 생각한다.

한 정당의 정책이 어떻게 입안되고 만들어지는지 그 과정을 유심히 살폈다. 정당의 일하는 시스템을 관찰하는 좋은 기회였다. 민주당 정책들이 나오면 의도적으로 자료를 구해서 좀 더 깊게 알아보았다. 세상에 그냥 지나가는 일은 없다. 하기에 따라 얼마든지 다른 세상을 열어갈 수 있는 것이다.

광주로

국회의원 선거와 김두관 캠프에서 주로 활동하며 2012년의 꿈이 좌절되자 아내가 내게 '귀향'을 요청했다. 지금은 공익근무요원으로 군 복무하는 아들이 당시 중학교 2학년이라 엄마 아빠의 손길이 많이 필요한 때였다. 서울에서 고생만 하느니 가족들 곁에라도 있었으면 했을 것이다.

뒷북치는 이야기지만 나는 안양 동안 을 다음 선거에서는 이길 자신이 있었다. 그 가능성을 보았다. 민주당 당내 경선에서 비록 2위 낙선이었지만 많은 시민이 다음엔 꼭 지지하겠다는 말로 위로했다. 나는 그 위로가 단순한 립서비스가 아니라 진정으로 보내는 지지라는 걸 느꼈다. 진심이었다. 시민들은 내게서 지금까지 보아오던 '또 한 명의 정치인'이 아니라 진정 시민들을 위하는 '새로운 정치인'을 발견했다고 말하곤 했다.

하지만 나는 그 '가능성' 대신 '귀향'의 길을 택했다. 광주는 내게는 고향이나 다름없다. 내가 태를 묻은 곳은 영광이지만, 중학교를 졸업하고 고등학교에 다닌 광주는 내겐 태자리보다 더 아늑한 내 마음의 안식처였다. 서울에 올라가서는 나는 그냥 광주 사람이었다.

그 이후의 삶 역시 광주를 떠나서는 생각할 수 없었다. 아내에게 광주에서의 개업을 제안한 것도 나였다. 아내가 1호를 기록한 광주는 임선숙이 꿈을 펼치기 가장 좋은 장소라고 말해주었다. 비록 주말부부로 서울에서 활동할 때도 내 몸과 마음의 절반은 언제나 광주에 걸쳐 있었다. 나는 지금까지 광주를 떠나서 내 삶을 영위할 수 없었다. 모든 나의 삶은 광주에서 출발하고, 설령 잠시 바깥으로 나갔다 해도 결국 광주로 귀결되는 삶이었다. 아마 나는 광주와 서울을 가장 많이 왕복한 사람 중의 하나일 것이다.

나의 귀향 배경에는 한창 자라는 아들을 돌봐야 한다는 것 말고도 늘 마음을 깊게 짓누르는 숙제 같은 것이 있었다. 고향인 광주·전남을 위해 무엇을 이바지할 것인가 하는 것이었다.

나는 객지에서 생활하면서 늘 이 마음의 빚을 잊지 않았다. 기회가 되면 그 빚을 갚을 방법을 찾아보겠노라 다짐하기도 했었다. 하지만 그 다짐을 실천할 기회를 찾기란 쉽지 않았다. 현실생활이 장벽처럼 우뚝 내 앞을 가로막는 듯한 막막함이 있었기 때문이다.

서울에서 활동할 때도 나는 광주와 연관된 일에서 한시도 떨어져 있지 않았다. 2005년 광주·전남의 미래를 위해 정찬용 노무현 정부 인사수석님을 중심으로 '서남해안포럼'을 만들 때 창립 멤버로 참여해서 포럼의 대변인으로 일했다.

서남해안포럼은 싱가포르의 투자를 유치하여 한반도 서남권을 제2의 싱가포르로 키우는 S프로젝트를 추진했다. 나는 거의 모든 시간을 이 일에 바쳤다. 서울과 광주, 목포에서 한 주에 몇 번씩 있는 회의에 한 번도 빠지지 않았다. 그만큼 광주·전남의 미래 발전은 나의 가장 중요한 관심사였던 거다.

광주·전남의 인재를 키우기 위해 '무등아카데미'에서 대학생들과 함께 공부했고, 무등아카데미를 사단법인 '인재육성아카데미'로 만드는 기획도 맡았다. 인재육성아카데미의 법인이사를 오랫동안 했고, 아카데미의 멘토와 교수로 활동했다.

하지만 이번엔 달랐다. 그동안 광주와 서울에 한 다리씩 걸쳐놓고 살아왔다면, 이젠 모든 활동의 공간을 서울에서 광주로 옮기는 것이기 때문이다. 나는 언제나 내가 광주사람이라고 생각했지만, 광주의 지인들은 나를 서울사람으로 생각했다. 이제 완전한 광주사람이 되는 과정이 나를 기다리고 있었다.

새정치경제아카데미

'귀향'이라고 했지만 내 가족은 언제나 광주에 있었다. 나는 광주에서의 온전한 삶에 금방 진입했다. 광주의 지인들을 다시 만났다. 서울에서 활동할 때도 광주에 오면 가족보다는 지인들 만나는데 더 많은 시간을 보냈던 터이지만, 그것만으로는 나의 사람에 대한 목마름은 해소되지 않았던 모양이다.

물론 나의 이 같은 만남은 광주·전남에서 가장 절실한 일이 무엇인지, 그 절실한 일에서 내가 할 수 있는 일이 있는지를 모색하는 작업이기도 했다.

광주·전남은 여느 지방과 달리 정치에 매우 민감하다. 광주는 한국 정치의 현실이면서 동시에 내일을 가리키는 풍향계다. 호남 정치의 중심지, 민주당의 심장, 이런 수식어가 자연스러운 곳이 광주다.

나의 문제의식은 여기서 출발했다. 광주·전남이 이런 상징성을 계속 유지할 수 있을까. 그런 역할을 해내려면 어떻게 해야 할까. 그렇다. 결국 사람이다. 모든 일이 그렇지만 특히 정치는 사람이 하는 일이라 인재의 중요성이 무엇보다 크게 와닿았다.

나는 이 문제를 극복하기 위해서는 인재가 자연스럽게 크도록 내버려 두어서는 안 된다고 생각했다. 진정한 정치인은 교육과 학습을 통해 만들어진다고 생각했다. 여덟 살이 되면 초등학교에 들어가서 고등학교까지 의무교육을 받는 것은 사회에서 살아가는데 필요한 기초적인 지식과 교양을 배우기 위해서다. 정치인도 마찬가지다. 정치인이 되기 위해서는 그 자질과 역량을 키우는 과정이 반듯이 필요하다. 당선된 뒤 인턴 기간이 길수록 국민에게는 손해이기 때문이다.

그래서 나는 몇몇 지인들과 머리를 맞댔다. 광주·전남의 정치 인재를 키우기 위한 아카데미를 해보자고 설득했다. 더욱이 2014년에 지방선거가 있었다. 수요를 충분히 형성할 수 있는 요건도 갖춘 셈이었다.

그렇게 해서 내가 2013년 설립한 것이 '새정치경제아카데미'이다. 뜻을 함께하는 몇 사람이 함께했다. 나는 아카데미 경영을 책임지는 원장을 맡았다.

새정치경제아카데미는 광주·전남의 정치 인재를 키우는 '100년 정치학교'를 지향했다. 특히 코앞에 다가온 2014년 지방선거 출마자를 위한 '정치인 양성'을 1차 목표로 삼았다. 커리큘럼도 세심하게 신경 써서 짰다. 광주·전남 지역 시군구 기초의원부터 시장 군수에 이르기까지 정치인이라면 반드시 가져야 할 보편적 지식은 물론이거니와, 선거전략까지 포함했다. 더욱이 현역 정치인들의 다양한 경험담보다 더 나은 교과서가 없다는 생각에서 중

진급 정치인을 초빙한 특강까지 준비했다.

1기는 3개월 코스로 짰다. 광주·전남의 많은 정치 지망생이 모여들었다. 뜻밖이었다. 정치학습에 목말라하는 지망생들이 이렇게 많은 줄 정말 몰랐다. 2기도 3개월 코스로 짰다. 다만 3기는 선거가 코앞에 닥친 시점이어서 실전 대비반으로 좀 짧게 진행했다.

3기 과정을 막 시작하고 며칠 뒤인 4월 16일 세월호 사고가 터졌다. 아카데미 수업은 그 순간 멈추었다. 우리뿐만 아니라 대한민국이 모두 멈췄다.

나는 여기서 정치의 실종이 어떤 결과를 가져오는지 똑똑히 봤다. 리더(대통령)의 부재는 그 누구도 책임지지 않으려는 수수방관과 책임 회피, 왜곡된 보고를 낳았고, 그 결과는 참담했다. 엄청난 희생을 초래했다. 일부 몰지각한 사람들은 지금도 세월호 사고를 '수학여행 가던 학생들의 사고' 정도로 치부하는 패륜적 자세를 견지하고 있다. 9년이 지났지만 사고 원인을 비롯한 그 어떤 것도 명쾌하게 해명되지 못하고 있는 이 현실이 안타깝다.

나는 이런 혼란의 책임은 '정치'에 있다고 확신한다. 정치란 무엇인가. 세월호 사고는 현란한 수사로 정치에 대해 논한다 한들 다 공허한 말 잔치에 불과하다는 것을 보여준 상징적인 사건이다. 정치는 힘없고 억울한 사람의 눈물을 닦아주는 거라고 했다. 세월호 사고에서 우리는 유가족의 눈물을 닦아 주었는가. 국민이 바라는 것을 정치는 해냈는가. 사고 원인을 명확하게 규명하여 억울하게 삶을 마감한 청년들의 죽음을 위로하고 유가족이 살아

새정치경제 아카데미 1기 입학식 및 개소식 2013.4.29

“

새정치경제아카데미는 광주·전남의 정치 인재를 키우는 ‘100년 정치학교’를 지향했다. 특히 코앞에 다가온 2014년 지방선거 출마자를 위한 ‘정치인’ 양성을 1차 목표로 삼았다.

갈 힘을 줘야 한다. 책임질 사람은 책임져야 한다.

그런데 어떤가. 사고 원인도 책임도 유가족에 대한 배려도, 어떤 것도 제대로 된 것이 없다.

나는 세월호 사고가 우리에게 준 교훈을 아카데미 수업을 통해 정치인의 진정한 사명이 무엇인지를 보여주는 살아있는 텍스트로 삼으려고 노력했다. 예기치 않은 인재를 그저 불행한 사고로 치부하면 다시 그런 일이 일어나는 것을 막을 수 없다. 그런데 어떤가. 지금 우리 정부는 그런 점에서 제대로 하고 있는가. 제대로 했다면 이태원 참사와 오송 지하차도 사태가 벌어졌겠는가. 두 참사에서도 역시 책임지는 사람은 없다.

다시 아카데미 얘기로 돌아가서, 광주 출신 유명 정치가들 여럿을 초빙하여 특강을 진행했었다. 김효석 의원을 비롯하여 천정배 의원, 이용섭 당시 전 국회의원 등.

새정치경제아카데미는 이런 문제의식을 정치 신인들에게 길러주고 나아가 정치인으로 데뷔하면 이런 정책들을 실질적으로 실천하도록 노력하자는 점을 특별히 강조했었다.

새정치경제아카데미의 성과도 컸다. 정치 신인과 현역 정치인 100여 명이 모여 공부했고, 이들 중 다수가 국회의원을 비롯하여 기초 단체장인 시장과 군수, 시군구 기초의원 및 도의원이 되었다. 솔직히 기대 이상의 성과에 놀랐다.

광주·전남의 정치 인재를 키우는 '100년 정치학교'를 지향했던 새정치경제아카데미는 2년째에 문을 닫았다. 정치적 외풍 때문이었다. 당시 정치적 영향력이 컸던 안철수가 정치학교를 하고 싶다고 발표하자 우리 아카데미를 안철수 쪽에 주자는 의견이 많았다. 이 과정에서 아카데미는 계속 존재할 수 있는 동력을 잃고 말았다.

"누가 집권하든 5년에 불과합니다. 우리 아카데미를 대선후보에게 줘버리면 우리는 5년마다 한 번씩 새로 정치아카데미를 만들어야 합니다. 정치적 당파성에 휘둘리지 않고 오직 국민만을 바라보고 국민에게 헌신하는 정치인을 키워내야 100년 학교가 가능합니다. 각자가 안철수 정치에 참여하는 것은 자유이지만 아카데미만큼은 그대로 둡시다. 우리 아카데미만큼은 정파를 넘어서서 인재를 육성하고, 국민에게 헌신하는 유능한 정치 인재를 키웁시다."

내가 안철수와 상관없이 아카데미를 독자적으로 운영하자고 하면서 함께한 사람들에게 주장한 말이다. 하지만 그렇게 새정치경제아카데미는 사라졌다.

인재육성아카데미

나는 우리 광주·전남의 미래는 오직 인재 육성에 달려 있다고 믿는다. 제조업 기반이 약하고 박정희 이래의 지역 차별 발전전략으로 의도된 소외를 당해온 광주·전남은 새로운 산업을 일으킬 물적 자본이 거의 없다. 있는 것은 오직 뛰어난 인재, 인적 자본이다. 사람을 키우지 않고는 우리 지역의 발전은 불가능하다. 오랜 지역 차별에도 불구하고 광주·전남, 호남이 다른 지역과 경쟁에서 밀리지 않고 정치와 경제에서 경쟁력을 유지해온 것도 자본의 힘이 아닌 인재의 힘이다.

그런데 빈부격차의 대물림은 교육격차의 대물림을 의미한다. 사람을 키우는 것의 기본은 교육이다. 인재를 키우는 교육 없이 광주·전남의 미래를 생각할 수 있겠는가.

내가 정치하는 가장 중요한 이유 중 하나는 광주·전남 인재의 육성이다. 대한민국 인재의 육성, 특히 소외된 광주·전남지역이 인재 육성에서 차별받지 않도록 적극적으로 인재를 육성하려는 것이 내가 평생 추구해온 소명이다.

전남대 경영대 송인성 교수님은 전남대 학생들을 모아서 1년 동안 토요일마다 학생들과 경영, 인문 고전, 사회 등 다양한 분야의 학습을 하였다. 일반적인 학교도 아니고 학원도 아닌, 새로운 형태의 배움터였다. 이 배움터의 이름은 '무등아카데미'였다. 그렇게 학생들에게 모든 정성을 쏟아붓고 지칠 대로 지친 송 교수님은 이것을 이어받을 사람을 찾았다.

서남해안포럼에 참여한 분들과 이 문제를 논의했다. 포럼 운영위원장을 맡고 있던 김종남 전 광주일보 편집국장님(주필 역임)이 가장 적극적이셨다. 목포대 경제학과 박관석 교수님을 비롯한 대여섯 분이 뜻을 같이해서 무등아카데미 교수진을 구성했다. 나는 경제경영과 자기 계발을 담당하는 교수를 맡았다.

광주와 전남지역에서 학생들을 모았다. 30여 명이 모였다. 인문 고전과 경제경영을 공부하는 무등아카데미 2기는 그렇게 시작됐다. 남들이 노는 토요일마다 우리는 아침 9시에 모여 오후 대여섯 시까지 함께 공부했다.

스스로 성장하기 위해 모인 학생들은 진지했다. 뜨거운 열정이 넘쳤다. 하나라도 더 배우기 위해 안간힘을 썼다. 교수진과 학생들이 친구처럼 어울리며 인간에 대해 이해하고 세상이 돌아가는 원리를 탐구했다. 당장 써먹을 수 없는 인문 고전을 왜 공부하느냐고 묻는 학생은 없었다.

학생들의 성장이 눈에 보였다. 처음 아카데미에 들어왔을 때 자기 생각을 잘 표현하지 못하고 생각도 정리돼 있지 않던 사람이 당당하고 자신감 있게 발표하고 토론했다. 하루하루 달라지는 자신을 대견해할 정도였다.

이렇게 모인 학생들이 더 넓은 세상을 보기 위해서는 외부의 지원이 필요했다. 송원그룹의 고경주 회장님이 아카데미의 뜻에 공감해 거액을 후원해주셨다. 학생들은 무등아카데미를 '송원리더스아카데미'라고 바꿔 불렀다. 지역인재의 육성을 위해 헌신해주신 고경주 회장님께 깊이 감사드린다.

무등아카데미를 3기까지 하고 나니, 아카데미 운영의 어려움이 뚜렷했다. 재정적 어려움이었다. 인재를 키우는 데는 돈이 필요하다. 책만으로 지식을 얻는 시대가 아니다. 학생들과 현장을 방문해야 하고, 함께 점심을 먹어야 하고, 공부할 장소를 빌려야 한다. 다 돈이 드는 일이었다. 독지가에게 손을 벌리는 것도 한두 번이다. 뭔가 변화가 필요했다.

이렇게 좋은 과정을 적은 숫자의 학생들과만 진행하는 것에도 문제가 있다는 지적이 나왔다. 학생 숫자를 늘리고 과정도 1년보다 더 짧게 해서 더 많은 학생이 참여하게 하자는 것이었다. 우리는 무등아카데미가 1차 성공을 거두었다고 보고 무등아카데미 시즌2를 준비했다.

우리는 아카데미를 사단법인으로 전환하여 인재 육성 사업을 본격적으로 시작하기로 했다. 정찬용 노무현 정부 인사수석님이 중심이 돼주셨다. 정찬용 수석님은 우리 광주·전남의 미래에 대해 가장 치열하게 고민하고 행동하시는 분이다. 서남해안포럼과 인재육성아카데미는 모두 정찬용 수석님이 이뤄내신 성과이다. 여수 엑스포 유치위원회 부위원장을 맡아 치열한 노력을 기울이셨고, 광주를 자동차 100만 대 도시로 만드는 자동차 밸리 사업을 제안하고 이끈 것도 정찬용 수석님이다. GGM(광주 글로벌 모터스)를 탄생하게 한 광주형 일자리의 아이디어는 박병규 광산구청장의 두뇌에서 나왔다. 자동차 도시 광주의 아이디어는 정찬용 수석님으로부터 출발했다. 나는 그분의 생각에 작은 조언을 보태고 기획을 돕곤 했다. 많은 시간을 정찬용 수석님과 보냈는데, 이상하게도 정치적인 일은 한 번도 함께 한 일이 없다. 하지만 광주·전남을 더 잘 살게 하는 일에는 언제나 함께했다.

이번에도 나에게 사단법인의 취지와 운영방안을 기획하는 일을 맡기셨다. 교수진도 더 보강했다. 그렇게 해서 사단법인 '인재육성아카데미'가 탄생했다.

'인재육성아카데미'는 2009년에 설립됐으니 올해로 14년이 됐다. 아카데미를 거쳐 간 인재만 수천 명에 이른다. 광주·전남의 젊은이들을 키워내는 가장 핵심적인 역할을 인재육성아카데미가 해냈고, 지금도 하고 있다.

우리 젊은이들은 이중고를 겪는다. 취업난에 지방대 차별이 그것이다. 높은 벽 하나도 넘기 힘든데, 에베레스트 같은 장벽 둘이 버티고 있다. 젊은이들이 좌절하지 않으려면 끝까지 버틸 힘을 만들어야 한다. 에베레스트를 정복할 지식과 체력, 정신력, 자신감을 키워주어야 한다.

무등아카데미와 인재육성아카데미를 거쳐 간 광주·전남의 인재들이 광주를 비롯해 전국 곳곳에서 활동하고 있다. 이들이 언젠가는 연어처럼 고향을 바라보고 고향의 인재들을 키우는 데

동참하리라 믿는다. 그렇게 인재 육성의 선순환이 이뤄지면 예로부터 자랑이었던 광주·전남의 인재의 고장이란 명성을 영원히 누려갈 것이다.

광주·전남의 대학생들이 스스로 규정지은 지방대 출신이라는 핸디캡을 극복하고 무한한 자신감과 능력을 발견하도록 했다. 그 자신감으로 성공하면 다시 고향을 위해 투자하고 환원하는 시스템이 되면 그것이 광주·전남 발전의 원동력이 될 것이다.

이재명 대선후보 캠프

2022년 대통령 선거는 생각하기도 힘든 뼈아픈 패배다. 선거에서 졌다는 아쉬움보다 국민에게 선거 이후 민생의 파탄과 민주주의 파괴라는 엄청난 고통을 드리는 것이 안타깝고 죄송스러울 따름이다. 이재명 대선후보 캠프에서 대변인으로 일했던 나는 그 결과에 큰 책임이 있다.

이재명 경기도지사는 2021년 7월 대통령 선거 경선캠프를 여의도에 만들었다. '열린 캠프'였다. 열린 캠프의 공보단장이자 수석대변인인 박찬대 국회의원께서 참여를 요청했다.

2017년 박근혜 탄핵으로 이뤄진 대통령 선거 때 나는 정치적으로 매우 어려운 시기였다. 앞에 나서는 것이 쉽지 않았다. 현재 우리 지역 국회의원을 하는 분께서 당시에 내게 "문재인 후보를 함께 돕자. 이렇게 아무것도 못 하는 것이 안타깝다. 이제 나서서 일할 때이다" 하셨다. 나는 정말 감사한 마음이었다. 당선이 확정적인 후보를 돕고 뭔가 역할을 하고 싶은 마음이 굴뚝 같았다. 그분께 말씀드렸다.

"기회를 주셔서 정말 감사드립니다. 하지만 얼마 전까지 다른 사람의 등에 올라타 국회의원을 해보겠다고 하던 사람이 누구를 돕겠다고 나서면 사람들이 뭐라 하겠습니까. 나도 지금 나서서 뭔가를 하고 싶지만, 이번은 반성하고 자제하려 합니다."

반성의 시간 동안 내가 가장 많이 생각한 것은 정치에서 정당의 역할이었다. 나는 잠시 정당을 과소평가했다는 반성을 했다. 한국의 정당이 보여주는 부정적인 모습을 보면서 정당의 혁신, 새로운 정당의 탄생에 지나치게 경도된 것이다. 국민 속에 뿌리박은 정당의 존재와 그 정당을 중심으로 이뤄지는 정치질서의 중요성을 잠시 망각한 것이다.

정치에서 정당만큼 중요한 제도는 없다. 모든 권력투쟁은 정당 대 정당이란 틀에서 이뤄진다. 정당 없는 민주정치는 존재하지 않는다. 나는 노무현 대통령 이후 수권정당이 되지 못하고 있는 민주당의 변화가 꼭 필요하다고 보았다. 이 과정에서 정치를 정당보다 정치 지도자를 중심으로만 보는 편향이 생긴 것이다.

정치를 정치권력의 측면에서 보면 민의와 민심이란 거친 바다를 정당이란 배가 항해하면서 정권 장악의 목표를 향해 나아가는 것이다. 그 과정에서 목표지점으로 가장 잘 이끄는 선장을 찾아내서 그 목표지점에 이르는 것이다. 선장이 아무리 뛰어나도 배가 없으면 항해는 불가능하다. 정치인의 다른 이름은 처음과 끝 모두 정당인인 거다.

반성과 배움의 시간을 가져온 나는 이제 일할 준비를 마친 상태였다. 박찬대 국회의원님의 제안을 감사히 받아들였다.

내 판단에 이재명 후보는 대한민국의 미래를 책임질 정치가이다. 우리는 4차산업혁명과 기후 위기라는 미증유의 대격변을 맞고 있다. 모든 패러다임이 바뀌는 시기이다. 김대중 대통령이 맞이했던 IT혁명보다 더 큰 변화가 오고 있다. 대격변의 시기에는 현실을 정확히 파악하는 지적 능력과 미래에 대한 통찰과 비전을 제시하는 실용 정신의 리더십이 필요하다. 4차산업혁명으로 인한 대량 실직과 기후 위기로 인한 재난에 유연하고 기민하게 대처할 수 있는 영민한 리더가 있어야 한다. 이재명 후보가 제시한 기본소득은 4차산업혁명이 가져올 일자리 감소와 빈부격차의 심화에 대한 처방이었다. 이재명 후보는 다가올 새로운 시대와 사회를 잘 이해하고 있었던 거다.

처음 열린 캠프에서 내게 주어진 임무는 '부대변인'이었다. 당시 열린 캠프의 공보단에는 박찬대 의원이 수석대변인을 맡았고, 박성준과 홍정민 등 두 현역 의원이 대변인으로 활동하고 있었다. 그리고 나를 비롯해 원외에 있는 일고여덟 명이 부대변인으로 임명됐다.

알다시피 당시 민주당 당내 경선은 치열할 걸로 예상됐다. 경선에 나선 후보자만도 9명이었다. 예비경선과 사퇴 등 변수가 발생하면서 결국 이재명 후보를 비롯하여 이낙연, 박용진, 추미애 후보 등 4명이 본경선을 치르게 됐다. 당내 경선은 치열했다. 여기에 국민의힘이 가세해서 가장 유력한 후보인 이재명 후보에 대한 공격을 시작했다. 그 공격이 얼마나 무식하고 막돼먹은 것이었는지, 지금도 그 날짜까지 정확하게 기억하고 있다. 7월 5일이다. 그날 김재원 국민의힘 최고위원은 최고위원회의에서 이재명 후보의 고향 문제를 들고나왔다. 이재명 후보가 대권 출마를 선언하고 고향 '안동'을 방문한 것을 문제 삼은 것이다.

"안동 사람에게 물어봤더니 안동이 과거 안동군과 예안군이 합쳐졌는데, 이 지사는 안동이 아닌 예안 출신이라 기본이 안 돼 있다는 이야기를 하더라."

내게 김재원 최고위원의 발언을 반박하는 대응 논평을 발표하라는 임무가 주어졌다. 나는 이 문제는 한 정치인의 설화라기보다 우리 정치의 고질적인 병폐인 지역 차별이 뿌리 깊게 박혀 있음에 문제의 심각성이 있다고 보고 논평의 초점을 거기에 맞췄다. 지역 차별을 하다 하다 이젠 경상북도 안에서까지 하느냐가 골자인 이 논평은 이재명 캠프에서 낸 나의 첫 논평이었다.

"특정 지역을 폄훼하고 지역 주민에게 씻을 수 없는 상처를 안겨줬다. 특정 지역을 폄훼함으로써 지역감정을 조장해 지지층을 결집하고 파렴치한 이득을 얻어 온 구태 정치의 부활이다. 탄핵받은 박근혜 정부에서 정무수석을 지낸 친박 핵심다운 망동이다. 예안은 퇴계 이황 선생의 출생지다. 한국 유교문화의 본산이라 할 수 있는 예안의 명성에 먹칠하고 주민 가슴에 돌팔매질한 것이다. 조직폭력배가 선량한 시민을 위협하기 위해 자해행위를 하는 것과 다름없다. 김 최고위원은 안동 예안 주민뿐만 아니라 국민께 사과하고 당의 최고위원직도 사퇴할 것을 촉구한다."

김재원의 망언은 결국 '역풍'을 세게 맞았다. 안동 예안향교 유림이 피켓까지 들고 김재원 최고위원더러 사과하라고 단체행동을 했다. 한국 성리학의 본거지인 예안을 모욕했다며 "도저히 납득할 수 없는 막말"이라고 규탄했다. 결국 김재원 최고위원은 비판에 굴복하여 예안향교를 직접 찾아가 사과까지 해야 했다.

사안이 사안인 만큼 내 첫 논평은 모든 언론이 빠짐없이 받았다. 선거에서 공보단의 역할은 전쟁에서 폭격기 역할과 같다. 방향과 내용이 좋은 논평 하나는 전략폭격기가 쏟아붓는 폭탄이다.

문제는 이재명 후보에 대한 무자비한 공격이 상대 당인 국민의힘만이 아니었다는 점이다. 한 경쟁자 쪽에서는 전혀 확인되지도 않은 허위 정보를 사실인 양 유포했다. 앞으로 다시 안 보겠다는 듯한 태도였다. 자기 당의 후보를 본선에서 싸우지 못할 만큼 두들겨 패는 경우를 나는 이전의 민주당 경선에서 한 번도 본 적이 없다. 이것은 그 이후 대선이 끝나고도 끈질기게 국회의원 출마를 막고, 당대표 출마를 막고, 당선된 뒤에는 이재명 대표를 끈질기게 공격하는 사람들의 등장을 예고하는 막장 예고편이었다.

민주당 경선 과정에서 있었던 얘기를 자세하게 쓰고 싶지만, 이재명 후보가 우리 모두의 바람대로 민주당의 대통령 후보가 되었다는 감격스러움으로 상쇄하련다.

이제 본선이다. 본선은 경선 때와는 차원이 달랐다. 민주당 당

내 경선은 물론 전 국민을 대상으로 하는 정치 이벤트이긴 하지만 지지층으로 놓고 볼 때 절반의 잔치라고도 할 수 있다. 하지만 본선은 말 그대로 대한민국 전체를 놓고 겨루는 진검승부라 할 수 있다.

나는 현장에서 후보를 돕는 수행(나중에 현장) 대변인에 임명되었다. 현장에서 기자들이 어려움 없이 취재하도록 돕는 일이 주요한 임무였다. 현장은 변화무쌍하다. 임기응변의 대응능력과 정무 감각이 필요하다. 아울러 이재명 후보님과 하루도 빠짐없이 전국을 다니는 일정을 모두 소화하려면 엄청난 체력이 뒷받침돼야 한다. 예비경선도 그렇지만 본선 때의 후보 일정은 분 단위로 움직였다.

현장에 가면 거의 모든 사람이 이재명 후보 옆에 서기 위해 안간힘을 쓰게 된다. 인지상정이다. 그러나 나는 반대로 했다. 기자들에 집중했다. 수많은 사람에 끼여 취재를 하다 보면 기자들의 신경은 예민할 대로 예민해진다. 기자들은 대부분 앉아서 노트북으로 기사를 쓰는데, 밀려드는 군중에게 밟힐 위험이 상존한다. 가까이 지나는 시민들이 무심코 머리를 치거나 노트북을 발로 차고 지나간다. 기자를 비난하거나 욕하는 분들도 많았다.

좋은 기사는 이재명 후보의 연설과 브리핑에서 시작하지만, 그 마무리는 기자들이 유쾌하고 안전한 환경에서 기사를 쓸 때 나온다고 생각했다. 나는 한시도 기자 곁을 떠나지 않았다. 기자에게 비난을 퍼부으면 즉각 제지했다. 댓글로 하는 것과 욕하는 건 전혀 다른 차원이다. 욕하는 시민은 시원하겠지만 기자의 마음엔 엄청난 상처가 생긴다. 이재명 후보를 지지하는 군중 속에서 나온 욕은 결국 우리 캠프의 것으로 인식된다.

이런 일도 있었다. 아마 신년 기자회견이 있는 1월 4일이었을 거다. 서울 스위스그랜드호텔에서 국가조찬기도회가 열렸다. 기도회 프로그램은 대통령 후보들이 먼저 하고 그다음에 현직 대통령이 기도회에 참석하는 순서였다. 당연히 현장은 대통령 경호실에서 장악하고 있었다. 그것은 우리 후보를 수행하는 사람들 대부분이 현장에 들어가기 어렵다는 것을 의미한다. 아니나 다를까 캠프에서 중책을 맡은 현역 국회의원들이 당연히 들어갈 줄 알고 왔다가 사전에 등록하지 않았다는 이유로 제지당하고 있었다. 나는 행사장의 경호실 책임자를 찾았다. 새벽에 제일 먼저 나타난 나와 대화를 나누며 이미 친해진 분이었다. 그분이 주었던 비표를 내밀며 나는 안 들어가도 좋으니 저 국회의원분들은 들어가게 해달라고 요청했다. 내 강력한 요청에 못 이기는 척 국회의원들을 들여보냈다. 이번엔 경호실 책임자가 나를 불렀다. 자기 비표를 남에게 주는 사람은 처음 봤다면서 출입 비표를 건네주었다. 우여곡절 끝에 나는 현장 대변인은 어떤 일이 있어도 반드시 후보 곁에 있어야 한다는 내가 세운 행동 수칙 1번을 지킬 수 있었다. 이재명 후보를 모시고 수없이 많은 행사장에 갔지만 나와 내 주변에 있는 캠프 사람들이 못 들어간 적은 없다. 아무리 까다로운 출입 통제여도 대통령이 참석하는 행사만 했겠는가.

나는 경선과 본선 동안 '사진을 찍기 위해' 이재명 후보 곁으로 간 적이 한 번도 없다. 그래서 대선 기간 중 후보와 찍은 사진이 한 장도 없다. 아니 딱 한 장 있다. 3월 8일 저녁. 이재명 후보는 홍대 앞에서 선거운동의 대미를 장식하는 집회를 가졌다. 엄청난 인파였다. 사람에게 사람이 밟히는 대형사고 직전까지의 상황이 연출되었다. 이재명 후보도 사람들의 파도를 따라 몸을 가누지 못했다. 위험했다. 나는 트럭 위로 올라가 이재명 후보 바로 뒤를 따르는 사람들의 걷는 속도를 한 걸음씩만 늦춰달라고 호소했다. 그리고 그 뒤를 따라가는 사람들을 10초 정도씩 잡아둠으로써 공간을 만들었다. 일촉즉발의 위기를 넘겼다.

그리고 몇분 뒤 투표일인 3월 9일이 되었다. 이재명 후보께서 지지자들과 인사하고 숙소로 향했다. 원래는 최종 유세를 마치면 홍대 부근에서 후보님과 수행하는 사람들이 모두 모이기로 했다는 말을 들었다. 그런데 별다른 말이 없었다. 나도 집으로 가기 위해 차를 달렸다. 한강대교 중간쯤 왔을 때 후보님 숙소로 오라는 전화를 받았다. 핸들을 돌려 여의도로 갔다.

숙소 옆 컨벤션 센터에 그동안 이재명 후보님을 수행하는 사람들이 모두 모였다. 25명의 경호대가 도열해 있었다. 경호대장과 경호대원들은 정말 헌신적으로 후보님을 지켰다. 그분들과 나는 형제처럼 친해져 있었다. 그분들이 거수경례로 후보님께 인사할 때 후보님은 90도 허리를 굽혀 인사를 했다.

그곳에서 나는 처음으로 이재명 후보님과 나란히 사진을 찍었다. 코로나가 위험한 때여서 마스크를 벗지 못했다. 후보님께서 대선 기간 동안 수행한 사람들을 치하하는 그 자리를 만들지 않았다면 나에겐 이재명 후보님과 대선 기간에 함께 찍은 사진은

“

마스크를 쓰고 찍은 이 사진이 지난 대선 기간 중에 이재명 후보와 단둘이 찍은 단 한 장의 사진이다. 이재명 후보 곁에 가까이 가지 않고 오히려 거리를 두고 임무를 수행했다. 후보와 가까이 있게 되면 사진 한 장이라도 더 남기려는 사심이 생겨 일을 그르칠 수도 있기 때문이다.

남아 있지 않을 거다.

선거 결과는 247,077표, 0.73%P 차이로 졌다. 역대 대통령 선거 사상 최다 득표, 최소 득표율 격차 승부였다. 박빙의 승부라 기자들이 많이 모인 상황에서 이재명 후보의 승복 선언에 모든 언론의 시선이 쏠렸다. 고통스럽지만 반드시 거쳐야 하는 과정이었다. 마음이 얼마나 아픈지 하염없이 눈물이 났다. 이럴 때일수록 끝까지 정신을 차려야 한다. 나는 아직 현장 대변인이다. 정신을 가다듬었다. 민주당을 취재하는 모든 언론이 국회 의원회관 대회의실에 있었다. 그러나 패배한 상황에서는 기자회견을 하기에 국회 의원회관보다는 당사가 더 적합했다. 나는 의견을 제시했고, 결국 당사에서 하기로 결정됐다.

당사 앞에는 격앙된 지지자들이 대거 몰려와 패배에 대한 책임을 묻고 있었다. 당사 2층 기자들이 상주하는 브리핑실은 이미 화가 난 지지자들로 가득 차 있었다. 분노의 목소리가 브리핑실을 채웠다. 아무리 선거에 졌다 하더라도 이런 모습을 기자들에게 그리고 이재명 후보에게 보일 수는 없었다.

내가 앞에 나서서 발언하려 하자 당직자들이 황급히 말렸다. 괜히 나섰다가 봉변당할 수 있고, 지지자들을 더 격앙시킬 수 있다고 생각하는 것 같았다. 지지자들이 이재명 후보님이 오셨을 때 문제를 일으킬 리는 없다. 그러나 브리핑룸과 복도에 가득 찬 분들 그리고 고함치는 분들로 어수선한 이 분위기는 수습되기 쉽지 않을 것 같았다. 나는 그대로 나서서 말을 꺼냈다.

"저는 이재명 후보 대변인 정진욱입니다. 지지자 여러분의 마음이 지금 어떠실지 충분히 압니다. 제 마음이 그렇습니다. 우리 마음도 아프지만, 이재명 후보님 마음이 어떠실지 한 번만 생각해주시기 바랍니다. 어디 마음 둘 데가 없으실 겁니다. 그런 그분이 당사에 들어오실 때 고함이 터져 나오고 무질서하면 어떤 마음이시겠습니까. 민주당은 제1당입니다. 지금 기자들이 보고 있습니다. 제1당의 당사가 이런 모습일 수는 없습니다. 우리는 졌습니다. 진 모습마저도 1당에 걸맞게 의연해야 한다고 생각합니다. 브리핑실은 기자들이 앉는 자리입니다. 기자들 자리에 계신 분들은 기자들에게 자리를 양보해 주시기 바랍니다. 감사합니다."

앞쪽에 자리 잡은 지지자들이 뒤로 물러났다. 기자들이 자리를 잡았다. 그러나 2층 브리핑실은 기자회견에 적합한 상황은 아니었다. 당사 4층 회의실에 승복 연설을 위한 자리를 마련했다.

기자들은 후보님이 언제 오시는지 연신 물었다. 방송 준비를 위해 도착시간을 어느 정도 예측할 수 있도록 도와주어야 했다. 나는 경호대에게 처음이자 마지막으로 이재명 후보의 출발 시각을 알려달라고 했다. 잠시 후 전화벨이 울렸다. "후보님께서 출발하시자고 합니다." 가슴이 미어졌다.

다음 날 오전 당사에서는 캠프 해단식이 있었다. 후보님은 회의장에 들어오시면서 한 사람씩 일일이 악수하셨다.

"우리 정 대변인, 정말 고생 많았어요."

"힘내십시오. 언제나 후보님과 함께하겠습니다."

이재명 더불어민주당 대선 후보 승복 연설 전문

단순한 정권 교체가 아니라 우리의 삶을 바꾸는, 역사적 사명을 다하는 진정한 세상 교체를 바라는 그 많은 사람을 잊지 맙시다. 여러분! 우리는 우리 스스로 어떤 지위를 위해서나, 우리가 단순히 이기기 위해서가 아니라, 셀 수 없이 많은 사람의 안타까움을, 그 꿈을 이루기 위해 싸우는 것입니다. 이제 시작입니다! 우리가 이렇게 헤어지겠지만 우리 모두가 가정으로 직장으로 마을로 돌아가서 우리가 가진 그 커다란 꿈, 우리 국민이 바라는 새로운 세상에 대한 꿈 다시 키워서 되돌아옵시다, 여러분!

이것이 끝이었다면, 이것이 우리의 마지막이었다면 우리는 이 자리에 있지도 않습니다. 여기는 그냥 첫 번째 출발의 시작 지점이었으니까 우리가 첫 발자국에 실패하였을지라도 온 세상 사람들이 바라는 '모두가 공평한 기회를 누리는 공정한 경쟁 속에 모든 사람이 자기의 몫을 누리는 진정 공정하고 정의로운 나라' 우리가 만들어야 하지 않습니까, 여러분!

우리가 비록 소수여서 지금은 당장 발길을 되돌리지만, 우리 가슴 속에 깊이 간직하고 있는 변화된 세상 속에서 모든 사람이 행복하게 살아가는 제대로 된 대동 세상 공동체를 향한 꿈은 절대 사라지지 않을 겁니다. 이재명은 여러분을 대표하는 사람이 아니라 여러분 각자가 가진 꿈을 대신 실현해주는 도구일 뿐입니다. 우리 각자는 각자가 가진 꿈, 혼자 잘 먹고 잘 살겠다는 게 아니라 세상 사람들이 진정 공평하게 살아가는 정의로운 세상을 위해 싸우는 동지들입니다. 우리는 누군가를 위해서가 아니라 우리 스스로를 위하여 우리 다음 세대들의 행복한 삶을 위하여 우리 스스로의 꿈을 위하여 싸우는 동지들입니다, 여러분!

동지 여러분, 울지 마십시오. 울지 말고, 탓하지 말고, '세상 사람들을 우리가 충분히 설득하지 못했구나, 우리의 진심을 더 많은 사람에게 제대로 전달하지 못했구나, 우리가 더 많이 준비해야겠구나, 우리의 정성이 아직 부족했구나' 이렇게 생각합시다, 여러분!

우리는 아직도 많은 길이 남아 있습니다. 오늘은 첫 번째 전투에서 졌지만 거대한 전쟁이 기다리고 있습니다. 이건 그냥 하나의 지나가는 과정일 뿐입니다. 좋은 경험을 쌓았습니다. 우리가 뭘 준비해야 하는지를 작은 전투를 통해 배웠습니다. 더 큰 제대로 된 전쟁을 준비합시다. 실력을 키우고 하루 한 시간이라도 일상적으로 실천하고, 내 뜻을 함께하는 동지를 하루에 한 명이라도 더 만들고, 그걸 통해 거대한 태풍을 만들어내는 나비의 날갯짓을 지금부터 시작합니다!

여기까지 온 것도 이미 기적입니다. 우리는 세력도 유산도 돈도 조직도 언론도 없습니다. 그러나, 여러분의 힘으로 여러분 한 명 한 명의 실천으로 그 거대한 기득권의 벽을 뚫고 이 자리까지 왔습니다. 여러분이 자랑스럽습니다!

이제 겨우 작은 시작일 뿐입니다. 이제 겨우 작은 기적이 나타났을 뿐입니다. 우리는 앞으로도 국민의 뜻을 모아서 그 수많은 초롱초롱한 눈망울의 열망을 모아 반드시 반드시 반드시 세상을 바꿉시다. 사람이 사는 세상을 만듭시다. 감사합니다, 여러분!

언제나 드렸던 말씀처럼 여러분의 위가 아니라 우리 모두 함께 손잡고 옆에 서서 국민이 괴로울 때는 제가 앞장서고 우리가 모두 즐거울 때는 뒤에서 뒷바라지하는, 진정한 공복의 길을 뚜벅뚜벅 흐트러지지 않고 초심을 갖고 그대로 계속 여러분과 가겠습니다.

여러분 사랑합니다. 여러분의 열정에 감사드립니다. 우리의 열정과 이 눈물이 합쳐져서 거대한 세상을 바꾸는 경륜을 만들 겁니다. 우리가 그 첫 길을 여는 물방울이고 태산의 출발인 티끌입니다. 우리가 힘 모아 함께 새로운 역사, 새로운 꿈, 우리 모두의 희망찬 미래를 만들어갑시다. 함께 가겠습니다. 감사합니다!

국회의원 이재명 만들기

대선 이후 이재명 후보의 거취를 두고 의견이 두 개로 나뉘었다. 전통파와 행동파.(전통파, 행동파는 편의상 내가 만든 말이다.)

한쪽에선, 비록 졌더라도 유력 대권후보로서 엄청난 득표력과 정치적 존재감을 보였으니, 잠시 국내에서 조용히 지내며 때를 보거나, 외국에 나가 있으면서 공부를 더 한다든가 하면 좋겠다는 것이었다. 활동이 많으면 윤석열 정권이 이재명 후보를 더욱 공격할 것이 뻔하므로 활동량을 줄임으로써 공격의 예봉을 피해 가자는 것이었다. 김대중 대통령의 사례 등 우리나라 정치에서 전통적으로 보여준 대선 패배 후 대응 방식이다.

물론 전통파 중 당대표 선거는 꼭 출마해야 한다는 전제 아래 국회의원 선거와 당대표 선거에 모두 나가는 부담을 덜기 위해 국회의원 선거를 건너뛰어야 한다는 생각을 가진 분도 많았다.

다른 쪽에선, 윤석열 정권의 공격이 시작될 것이므로 이재명 후보도 적극적인 활동을 통해 지지자를 결집하고 윤 정권의 공격에도 맞서 싸워야 한다는 것이다. 그러려면 국회의원이 되어 국회에서 활발한 활동을 함으로써 정치의 중심에 있어야 한다는 거였다. 취약한 국회 내 지지기반을 형성하고 국회에서 정치적 경험을 더 축적하는 것이 민주당의 유일 대권주자로서의 위상을 더욱 확고하게 한다고 보는 관점이었다. 지금은 적극적 정치 행위가 필요하다고 보는 행동파였다.

전통파는 다수이고 행동파는 소수였다. 나는 행동파였다. 나는 적극적으로 내 생각을 여러 사람에게 전달했다. 국회의원이 되는 것은 이재명 후보님에게 여러 가지 의미에서 새로운 세계가 열리는 일이라고 생각했다.

내가 가장 중시한 것은 국민을 위해 직접 입법 활동을 하는 것이었다. 민주국가에서 정치인이 국민을 잘 섬기는 최선의 방법은 좋은 법률과 제도를 만드는 것이다. 국회의원이 하는 일이다.

그다음으로 중요하다고 본 것은 민주당의 국회의원들을 더 잘 알고 그분들과 친해지는 것이었다. 대선 기간 동안 가장 아쉬운 것은 국회 안에 이재명 후보를 잘 아는 분이 적다는 점이었다. 선호도와 지지도의 기본은 인지도이다. 알아야 지지도 하는 것이다. 모르면 남처럼 느끼기 쉽다. 대선 때 민주당 국회의원들이 덜 뜨거웠다면 그런 이유도 있었을 걸로 생각했다. 정치인은 국민 눈앞에 있어야 한다. 국회의원 이재명만큼 국민의 눈앞에 있기 좋은, 기억에서 멀어지지 않을 환경이 있을까.

이재명 후보님이 인천 계양을 지역구 국회의원 보궐선거 출마를 결심했다. 2022년 5월 8일 인천 계양을 지역에서 출마선언식이 있었다. 이 선거에서 대변인으로 일하라는 연락을 받고 가보니 대변인은 공보단장을 겸하고 있는 김남준 대변인과 나 둘뿐이었다. 나는 이번에도 현장 대변인을 맡았다. 대선 때와 차이가 있다면 이번에는 내가 이재명 후보님의 현장 인터뷰나 기자회견 메시지를 준비해야 하고, 동시에 기자들에 대한 브리핑이나 설명도 내가 모두 해야 한다는 것이었다.

새벽 6시부터 밤 1시까지 핸드폰으로 기자들의 전화가 왔다. 천 명이 넘는 민주당 출입기자 가운데 취재를 치열하게 하는 수십 명의 기자와 하루에 몇 번씩 통화해야 했다. 큰 이슈가 있었던 어떤 날은 300명 가까운 기자가 전화하기도 했다. 날마다 기자들에게 알려주는 후보 일정 메시지에 내 이름과 전화번호가 명기돼 있었다. 나는 '기자에게 온 전화는 어떤 경우에도 모두 다 받는다. 못 받으면 반드시 다시 전화해 준다'라는 나의 대변인 행동 수칙 2번을 철저히 수행했다. 내가 기자를 한 경험으로는 말은 안 해줘도 괜찮지만, 전화를 회피하는 것만큼 화나고 기분 나쁜 일은 없기 때문이다.

이재명 계양을 국회의원 선거에서 후보님은 선거운동의 정석을 보여주셨다. 새벽부터 계양구의 지하철역에서 인사하는 것으로 선거운동을 시작하여 낮에는 지역구의 모든 주택가를 한 곳도 빠짐없이 다 돌았다. 트럭 뒤에 올라타고 주택가 작은 사거리만 나오면 멈춰서 즉석 연설을 했다. 그러면 주민들이 밖으로 나왔다. 잠옷 차림도 많았나. 금방 50여 명 정도의 주민이 모여들었다. 사랑방 대화하듯 차근차근 말씀하면 주민들이 점점 가까이 다가와 듣고는 연설을 마치면 악수를 나누고 집으로 들어갔다.

그렇게 계양을 지역 모든 곳을 대여섯 차례 돌았다. 밤에는 먹자 골목을 중심으로 밤 12시까지 도보로 일일이 찾아가 인사했다.

처음엔 전국에서 모여든 지지자들이 함께 몰려다녔다. 지역 주민들이 아쉬움을 토로했다. 차분하게 후보님과 이야기를 나눌 분위기가 안 된다는 것이다. 이 문제를 가장 먼저 파악한 것도 이재명 후보님이었다. 지지자들과 유튜버들께 양해를 구했다. 그 뒤부터는 트럭에 올라탄 채 단출하게 다녔다. 주민들은 훨씬 더 친근감 있게 다가왔다. 이재명 후보에 대한 사랑을 마음껏 전했다. 주민들과 교감의 시간이 늘어날수록 지지율이 급등하기 시작했다.

Chapter 4

정책의 길

공존의 정치는 불가능한가

대선 경선과 본선, 계양을 국회의원 선거, 당대표 선거의 대변인을 하는 와중에 한국정치커뮤니케이션학회에서 연락이 왔다. 2022년 유권자 페스티벌 행사의 하나로 학회 세미나를 하는데, 발제를 해달라는 것이었다. 나는 교수님들이 대부분인 학회에서 발제를 할 만한 지식이나 역량을 갖고 있지 못하다. 그래서 고사했다. 패널은 몰라도 발제는 못한다 했다.

하지만 정치 현장 경험을 살려서 어떤 주제라도 좋으니 발제를 해달라고 했다. 이 세미나는 9월 말쯤 한다는 말을 듣고 8월 28일 당대표 선거가 끝나니, 그때부터 한 달쯤 준비하면 되겠거니 하고 승낙했다. 그런데 어떤 사정으로 9월 2일로 세미나 날짜가 당겨졌다. 당대표 선거 자체는 이미 이재명 후보가 압도적 지지를 받고 있었지만, 전국을 돌며 합동유세를 하는 것이어서 동선이 대선 때와 크게 다르지 않았다. 유세가 없는 난은 여유가 있었다.

나는 정치에서 가장 이루기 어려운 과제, 정치 상대방을 존중하고 서로 대화하고 타협하면서 상생하는 정치가 가능할 것인가,

하는 주제를 선택했다.

왜냐면 윤석열 대통령이 집권한 다음 하루도 쉬지 않고 정치 상대방을 말살하는 '이재명 죽이기'에 몰두하고 있었기 때문이다. 정치에서 상호존중과 공존의 정치는 실현 가능성이 매우 어려운 일이다. 이 불가능을 가능으로 만드는 것이 정치이다. 정치를 불가능의 예술이라고 부르는 이유도 그 때문이다.

막상 쓰려고 보니, 공존의 정치를 다룬 책이 없었다. 논문도 찾기 힘들고 칼럼도 드물었다. 칼럼은 있더라도 피상적인 권고로 가득 찬 글들이 대부분이었다. 글 전체가 온전히 내 생각과 신념일 수밖에 없었다. 당시 한국정치커뮤니케이션학회 세미나에서 발표했던 글을 요약하여 소개한다.

전례 없이 치열한 접전을 벌였던 20대 대통령 선거가 끝난 지도 1년 반이 넘었지만, 여전히 우리 정치권은 양대 진영으로 갈려 있다. 세계 어느 나라에도 다 있는 일이긴 하지만 우리의 경우 양 진영을 둘러친 각각의 성벽에 밖으로 통하는 문이 없다는 데 문제의 심각성이 있다. 남북이 대치하고 있는 전선에도 남북 각각 2km의 비무장지대(DMZ)가 있는데, 우리 정치는 대화와 타협을 위해 문밖을 나가는 순간 흡사 적의 편이 되는 형국이다. '이대녀와 이대남의 대립'으로 상징되는 청년 문제도, 완화된 것처럼 보였던 지역갈등 문제도 여전히 굳건하게 작동하고 있다.

국민은 정권 교체나 정권 재창출을 넘어선 새로운 정치 패러다임과 대안을 요구하고 있는데, 기성 정치권은 여전히 낡은 틀

안에 안주하고 있다. 국민이 이전의 국민이 아니다. 소셜미디어를 통해 정치인보다 더 많은 정보와 지식을 갖고 있다. 양식 있고 합리적인 국민일수록 정치적 갈등을 부추기고 진영논리로 정치적 영향력을 행사하려는 정치세력에 대해 정치혐오와 무관심으로 대응하게 된다.

그렇다면 다수의 국민이 동의할 수 있는 갈등 완화와 상호존중의 정치 시스템과 정치문화의 변혁은 불가능한 일인가. 노력하면 안 되는 일이 없다. 여야 정치권은 국민이 명령한 시대적 과제를 낮은 자세로 수렴하는 것에서부터 시작해야 한다. 국민에게 희망과 기대를 불러일으키는 새로운 정치의 활로를 찾아야 한다.

나는 우리의 '정치적 갈등의 현장'을 다섯 가지 원인으로 진단한다. 첫째는 '갈등 선진국'이다. 정치는 갈등이 본질이다. 독일 정치철학자 카를 슈미트는 정치가 "적과 동지의 구별"에서 출발하고, "적과 동지의 구별이 사라지면, 정치 생활도 없어진다"(《정치적인 것의 개념》, 김효전·정태호 옮김. 살림 펴냄. 2012)라고 설파했다. 정치는 적과 동지를 구별하고 적과 싸우고 갈등하는 것이 본질이라는 얘기다. 정권 창출이 제1의 목표인 정당 간 치열한 경쟁과 갈등은 민주주의 체제에서 필수 불가결한 요소이다. 그런데도 우리가 문제 삼는 것은 한국 사회의 정치적 갈등은 국민의 삶에도 국가 발전에도 도움이 되지 않을 만큼 심각하고 위험한 수위에 이르렀다는 점이다.

2021년 10월 미국 여론조사기관 퓨 리서치 센터(Pew Research Center)가 발간한 《선진국의 갈등 연구(Diversity and Division in Advanced Economies)》에 따르면, 선진국인 한국의 갈등 상황은 심각한 수준이다. 정치, 인종·민족, 종교, 도시·농촌 갈등 등 4가지 갈등유형에서 가장 심각한 갈등은 정치적 갈등으로 조사되었다. 보수와 진보 간 정치적 갈등은 우리 사회가 새로운 변화에 대응하고 국민의 삶을 더 나아지게 하는 데 가장 큰 저해 요인이 되고 있다.

두 번째는 '정치 커뮤니케이션의 왜곡'이다. 정치적 갈등은 기본적인 사실관계에 대한 해석과 수용의 차이에서 비롯되는 경우가 많다. 사실관계를 정확히 전달하고 이를 기초로 편견 없는 합리적 결정을 할 수 있도록 하는 것이 갈등 해소의 첫걸음이다.

이른바 '가짜뉴스' 문제가 더 심각해지고 있다. 진영논리에 갇힌 사람들은 자신의 이념과 부합하는 뉴스는 진실로, 이념과 다른 뉴스는 허위로 받아들이고 있다. 뉴스의 진실성 여부를 '사실이 아니라 신념을 기준으로' 판단하는 것이다. 따라서 사실관계를 정확히 전달하고 이를 기초로 편견 없는 합리적 결정을 할 수 있도록 하는 것이 갈등 해소의 기본이라고 할 수 있다.

세 번째는 '대통령 리더십의 부재'이다. 한국처럼 정치적 갈등이 첨예한 국가에서는 막강한 권력을 행사하는 대통령의 리더십은 매우 중요하다. 당연히 정치적 갈등 해소와 국민통합은 새로 출범한 윤석열 정부의 제1의 과제가 되어야 한다.

출범한 지 1년 하고도 반년이나 지난 지금도 우리 제1야당이자 제1당인 더불어민주당 대표조차 한 번도 만나지 않았으니, 굳이 리더십을 운운할 형편도 못 된다. 협치까지 기대하진 않더라도, 여야의 대화와 타협을 무시하고 일방통행식 인사를 강행하고, 미숙하고 무능한 국정 운영을 보여줌으로써 초라한 지지율을 얻게 된 것이다. 대통령 리더십의 부재와 부족과 역량 부족의 피해는 고스란히 국민의 몫으로 돌아가고 있다. IMF 외환위기 당시보다 심각하다는 살인적 고물가와 고금리는 중산층과 서민의 삶을 더욱 피폐하게 만들고 있다.

네 번째는 '여야 협치(協治)의 실종'이다. 대통령의 리더십 만큼이나 중요한 것이 국회 운영의 정상화, 여야 협치를 통한 민생과 경제문제의 해결이다. 우리는 노태우 정권의 여소야대 정국 및 김대중 정권 당시 IMF 위기 극복과정에서 여야가 무릎을 맞대고 치열한 협의와 조정으로 위기를 극복하고 정치를 정상화한 좋은 전례가 있다.

윤석열 정권은 170석에 육박하는 거대 야당과 함께 논의하고 협력하고 조정해야 하는 태생적 한계 속에 있다. 그것을 인정하는 것에서부터 출발해야 정치가 정상화되고, 우리가 맞닥뜨린 경제위기 등 총체적 난국을 풀어갈 수 있다.

다섯 번째, '팬덤'에 어떻게 대응할 것인가 하는 문제이다. 우리나라에서 본격적 팬덤 정치는 노무현에서 시작됐으며, 박근혜, 문재인으로 이어졌다. 대중 정치인에겐 열광적 지지자들만큼 든든한 자산도 없다. 정치 참여를 높이는 긍정적인 역할을 한다. 시민사회의 자발적 정치 참여는 민주주의 활성화에도 도움을 준다.

문제는 팬덤을 형성한 정치참여자들이 자신이 지지하는 정치인의 반대자를 향해 강력한 행동에 나설 때 발생한다. 선악 이분법의 진영논리로 무장해 정치를 정의와 불의가 대결하는 장으로 몰아가면 상대 정치인은 악이 되고, 결국은 공동체의 통합을 위협하기도 한다. 수많은 정보 가운데 자신들의 입맛에 맞는 정보만을 받아들여 그것을 진실로 믿는 '편향 동화(biased assimilation)'는 정상적 정치 커뮤니케이션을 가로막는 심각한 사태이다.

팬덤 내부에서 이 같은 폐해를 자정하려는 노력이 나타나고 있는 것은 다행스러운 일이다. 강성 팬덤의 문제는 팬덤이 있는 정치 지도자가 어떤 태도를 보이느냐에 따라 얼마든지 달라질 수 있다. 그렇기에 존중과 배려, 공존의 정치를 지향하는 정치 지도자를 우리 정치는 요구하고 있다.

그렇다면 우리는 어떤 방식으로 '공존의 정치'를 모색해야 할까. 사실 공존의 정치는 그 출발점을 찾기가 쉽지만은 않다. 그렇다고 불가능한 일은 더더욱 아니다.

정치의 본질은 대화와 타협이 아닌가. 여야가 어떤 법안에 합의하고, 다양한 논의와 타협을 통해 국회를 운영하는 게 국회 본연의 자세이다. 그런데도 일상적 상황에서 공존의 정치 사례를 찾는 것은 쉽지만은 않은 게 현실이다.

정치인들이 공존의 정치를 이야기하지 않는 것은 아니다. 모든 정치인이 상대방, 상대 당을 존중하고 배려하며 함께 논의하여 결과를 내는 대화와 타협, 공존의 정치를 하고 싶어 한다. 그러나 현실은 진영과 당과 계파와 정치인 개인의 이해에 따른 상호투쟁과 비난으로 점철돼 있다. 그래서 공존의 정치를 이야기하는 것이 딴 세상의 이야기 또는 비현실적으로 보이기까지 하다.

그렇다면 '공존의 정치'는 '불가능한 예술'인가. 현실로 돌아와 보면, 우리 정치 상황은 현실 문제들을 풀어내지 못하는 비생산성, 무능력함, 무기력함에 빠져 있다. 2023년 '현실'에서 한 발짝도 나아가지 못하고 있다. 그래서 묻게 된다. 과연 공존의 정치는 가능할 것인가, 아니 가능하기는 한 것인가.

공존의 정치가 어려운 것은 기존의 정치 문법을 벗어나야 하기 때문이다. 정치적 상대방을 비난하고 후려치는 것은 쉽다. 그러면 열렬한 지지자도 쉽게 불러 모은다. 더욱이 소셜미디어의 시대에는 공존의 정치를 실행하기가 더 어려워진다. 호불호가 분명해지고 즉각적인 반응이 일어나기 때문이다. 그래서 현실에서 맞닥뜨린 정치적 갈등 앞에서 그 지론을 유지하기 어렵다. 특별한 결단과 비상한 각오 없이는 공존의 정치를 시도하기 힘들다.

공존의 정치는 상대를 존중하고 경청하는 자세 이상의 그 무엇을 요구한다. 그것은 공동체의 미래에 대한 강한 책임감과 높은 도덕성이다. 체코의 대통령을 역임했던 작가 바츨라프 하벨이 그래서 공존의 정치 같은 영역을 '불가능의 예술'로 불렀는지도 모른다. 하벨의 말을 따라가 보면, "내게 정치란 주어진 이데올로기나 이념이 아니다. 정치는 목적이 수단을 정당화하는 행위도 아니다. 내가 생각하는 정치는 세계를 책임지고자 하는 개인의 도덕에 근거한다."(《불가능의 예술: 실천도덕으로서의 정치》, 이택광 옮김, 경희대학교출판문화원, 2016)

정치인은 조작과 기만과 협잡에 능하고 무엇이 옳고 그른 것인지에 대해서 관심이 적지만 공존의 정치 같은 불가능의 예술을 이뤄내려면, 진리와 도덕의 언어를 가져야 한다는 것이다. 이게 가능한 것일까?

공존의 정치를 어렵게 만드는 또 다른 요인으로 나는 그레고리 헨더슨이 말한 '소용돌이 정치'를 꼽고 싶다. 한국 정부 수립 후 주한 미국대사관 문정관(1948~1950)으로 한국에서 근무했던 헨더슨은 한국 정치를 분석한 《소용돌이의 정치》(이종삼·박행웅 옮김. 한울아카데미. 2013)를 썼다. 그의 책에 시종일관 가진 문제의식은 '왜 한국 정치에서 공존의 정치는 불가능한가'이다.

헨더슨이 한국 정치를 바라보는 틀은 '소용돌이(Vortex) 현상'이다. 소용돌이('용오름'이 정확한 번역어)는 한국 사회의 고도의 동질화와 중앙집중화 때문에 한국 사회의 모든 분야와 개인들이 '원자화' 상태에서 권력의 중심을 향해 치솟아 오르는 사회정치적 상승기류를 말한다. 중앙(서울) 중심의 정치체제, 최고 권력자 1인 중심으로 모든 의사결정과 자원 배분이 이뤄지는 정치문화가 한국 정치의 실체이자 최대 과제라는 것. 헨더슨은 한국 사회에 중산 계급이 없으므로 소용돌이 정치가 심화했다고 보았다.

소용돌이 정치는 1인 권력에 대한 충성 경쟁이 판쳤기 때문에 '합리적' 사고를 하는 중도적 정치인을 자연스럽게 도태시켰다. 극단의 주장과 공격을 하는 극단의 정치문화가 자리 잡았을 수밖에 없었다. 대화와 타협, 더 높은 수준의 정치적 기준에 기반한 원융한 관용과 포용은 정치 현실을 모르는 이상주의자의 헛수고로 조롱거리가 되곤 했다.

소용돌이 정치는 이제 사라졌을까? 최고 권력자 중심으로 이

합집산하고 조금이라도 더 그에게 가까이 다가가려는, 그래서 합리적이고 중도적인 중용의 정치를 어렵게 만드는, 소용돌이 현상은 사라지지 않았다. 핵심 측근을 이르는 '윤핵관' 같은 단어가 정착한 것을 보면 오히려 더 강해졌다고 할지도 모른다. 자신을 왕으로 보았던 이승만 대통령이나 상대방을 적으로 보았던 박정희와 전두환 대통령 시절을 돌아보면 이해가 갈 것이다.

우리에게도 공존의 정치를 실천한 정치 지도자가 있다. 김대중과 노무현 대통령이다. 우선 김대중 대통령은 우리나라에서 최초로 공존의 정치를 실현한 리더라고 할 수 있다. 김대중의 집권전략이었지만 DJP연합은 우리 정치에서 실현한 최초 공존의 정치 사례라고 할 수 있다. 김대중 대통령은 평소의 공언대로 정치보복을 하지 않았다. 반발을 무릅쓰고 김대중 대통령은 전두환과 노태우를 사면 복권하는 '용서론'을 실천하기도 했다.

노무현 대통령은 또 어떤가. 우리 정치사에서 공존의 정치에 대해 가장 깊이 고민한 정치인이 노무현 대통령이 아닌가 싶다. 노무현 대통령만큼 상대 당으로부터 무시당하고 조롱당한 대통령은 없다. 당시 한나라당은 노무현 대통령을 대통령으로 거의 인정하지 않았다. 그 지지자들도 마찬가지이다.

공존의 정치에 대한 노무현 대통령의 사색은 매우 깊었다. 고심 끝에 노무현 대통령이 임기 후반인 2005년 6월 '대연정'을 제안했다. 지역주의 타파를 앞에 세우긴 했으나, 극단적 대립과 투쟁을 넘어서서 정치의 새 국면을 열겠다는 의지가 강했다고 본다. 노무현 대통령의 대연정 제안은 한나라당 박근혜 대표로부터 거절당했고, 열린우리당 지지자들도 크게 반발하는 심각한 결과를 낳았지만, 우리 정치사에서 처음으로 정당 간 연합정치를 본격적으로 생각하게 만든 발상의 대전환이었음은 틀림없다.

우리 정치지도자들도 존경해마지 않는 미국의 링컨 대통령 또한 공존의 정치를 실천한 지도자로 꼽힌다. 하버드대 교수 출신 역사학자 도리스 컨스 굿윈은 링컨 대통령이 실현한 공존의 정치를 다룬 책 제목을 'Team of Rivals'라 붙였다. 뉘앙스를 해칠지도 모를 위험성을 안고 굳이 번역하면 '라이벌들로 이뤄진 팀'. 서로 경쟁하는 사람들이 모여서 이룬 팀이란 얘기다. 링컨은 노예제도로 인한 엄청난 분열을 막기 위해 제 정파를 망라해 내각을 구성했던 거다. 불협화음이 뻔해 보이는 정파 간 이념의 차이에도 불구하고 갈등을 막기 위한 공존의 정치를 선택한 것이다.

국가 경제의 미래는 기술의 발전이 좌우한다. 정치영역에서도 기술의 발전이 필요하다. 바로 합의의 기술이다. 합의의 기술을 발전시킴으로써 국가적 번영과 국민의 삶의 질을 높이고 있는 대표적인 나라가 독일이다. 독일이 발전시키고 있는 합의의 기술은 두 가지 특징이 있다.(KBS 〈명견만리〉 제작팀,《명견만리 정치편》, 인플루엔셜. 2016)

첫째는 "토론과 공론화를 통한 투명한 정보 공개"이다. 게르하르트 슈뢰더 총리가 '유럽의 병자'로 전락한 경제를 살리기 위해 노동시장, 산업, 조세, 환경 등 광범위한 개혁정책을 담은 '어젠다 2010'을 발표했을 때 개혁안에 관한 토론이 주 단위는 물론, 작은 마을에서도 이뤄졌다. 토론을 생중계했고 국민은 의견을 적극적으로 개진했고, 그 내용이 정책 결정에 반영되었다.

두 번째는 '정책의 연속성'이다. 사민당의 슈뢰더 총리에서 시작한 '하르츠 개혁'(노동시장 유연화 정책을 담았으며, 피터 하르츠 노동개혁위원장 등 15인으로 구성된 하르츠 위원회에서 작성)은 기민당의 메르켈 총리로까지 이어졌다.

소용돌이가 휘몰아치는 한국 정치에서 공존의 정치는 가능한가, 다시 묻는다. 나는 가능하다고 본다. 그 가능성은 대체로 세 가지로 요약할 수 있다.

첫째, 정치 지도자이다. 우리가 경험한 것처럼, 정치 지도자가 누구냐에 따라서 한국에서도 상대를 존중하고 배려하는 타협과 공존의 정치가 이뤄졌던 경험이 있다. 공존의 정치를 펼친 걸출한 지도자를 가졌을 때 정치도 발전하고 경제도 부흥했다. 민생도 안정됐다. 공존의 정치가 단순히 싸우지 않는 정치의 문제가 아님을 알 수 있다. 국가 발전의 대전략이다.

둘째, 상황의 압박이다. 돌아보면 한국 정치에서 국가적으로 공존의 정치가 가능했을 때는 모두 '혁명적 상황'이었다. 정치적 불의와 불공정에 대해 온 국민이 노도같이 들고 일어났을 때, 온 국민의 참여로 국민적 합의가 자연스럽게 형성됐을 때만 가능했다. 1987년 6월 항쟁 이후 우리는 87년 헌법을 개정할 수 있었고, 2017년 촛불혁명 후 박근혜 대통령 탄핵에 합의할 수 있었다.

셋째, 공존의 정치 자체가 이기는 전략이다. 국민이 달라졌다. 나는 우리 국민을 박근혜 대통령 탄핵 전과 후로 나누곤 한다. 프랑스혁명 때 국왕을 몰아냈던 시민들이 근대세계의 주인공이 됐듯이, 우리 국민은 탄핵을 통해 민주주의 사회의 진정한 주인공으로 다시 태어났다.

극으로 치닫고 있는 한국 사회의 갈등을 완화하고 조정하기 위해 정치지도자들이 공존의 정치를 본격적으로 고민할 때이다. 정치 지도자가 못하면 역동적인 한국 정치가 '혁명적 상황'을 만들어내어서 공존의 정치를 강요할 것이지만 말이다. 그러나 우리가 바라는 것은 일상적인 평범한 상황에서 우리 정치지도자들이 수준 높은 공존의 정치를 이뤄내는 것이다.

〈참고문헌〉

- 김대중 (2010). 『김대중 자서전』, 삼인
- 도리스 컨스 굿윈(2013). 『권력의 조건』, (원제: Team of Rivals), 이수연 옮김. 21세기북스.
- 도리스 컨스 굿윈 (2020). 『혼돈의 시대 리더의 탄생』, 강주헌 옮김. Connecting.
- 마리옹 반 렌테르겜 (2022). 『메르켈』, 김지현 옮김. 한길사.
- 케이티 마튼 (2021). 『메르켈 리더십』. 모비딕북스.
- 성한용 (2019. 6. 23). 〈이인영의 꿈, '공존의 정치'는 이루어질 수 있을까〉, 정치 막전막후 〈271〉. 한겨레.
- 카를 슈미트 (2012). 『정치적인 것의 개념』, 김효전 · 정태호 옮김. 살림.
- 바츨라프 하벨 (2016). 『불가능의 예술: 실천도덕으로서의 정치』, (원제: The Art of the Impossible), 이택광 옮김. 경희대학교출판문화원.
- 그레고리 헨더슨 (2013). 『소용돌이의 정치』, 이종삼 · 박행웅 옮김. 한울아카데미.
- KBS 〈명견만리〉 제작팀 (2016). 『명견만리 정치 편』, 인플루엔셜.
- Pew Research Center (2021). Diversity and Division in Advanced Economies.

홍범도와 정율성

"조국의 독립을 위해 평생을 헌신하신 홍범도 장군님의 귀환을 모시게 되어 영광입니다. 지금부터 대한민국 공군이 안전하게 호위하겠습니다. 필승!"

2021년 8월 15일, 홍범도 장군의 유해를 실은 군 수송기가 서해방공식별구역에 진입했다. 공군 제11전투비행단이 호위에 나서면서 홍범도 장군에게 가장 먼저 한 신고이다. 텔레비전에 비친 이 장면을 보고 가슴 뭉클하지 않은 국민이 있었을까.

그런데 홍범도 장군이 때아니게 이념논쟁의 소용돌이에 휘말려 있다. 솔직히 '논쟁'은 아니다. 보수 진영의 일방적인 린치이다. 장군의 행적에 대한 역사적 사실에서 아주 작은따옴표 하나를 가지고 그게 전부인 양 침소봉대해 함께 할 수 없는 '빨갱이' 낙인을 찍은 거다.

나는 여기서 홍범도 장군의 '공산당' 관련 주장에 대해 더 이상 반박하지 않겠다. 솔직히 쇠귀에 경 읽기보다 더 힘들다. 백번을 양보해 '공산당' 이력이 있다고 하자. 그렇다고 그게 모든 걸 덮을 만큼 절대적인가. 적절한 예인지 모르지만 1919년 우리 선조들은 독립운동을 하면서 독립선언서라는 걸 써서 발표하였다. 일본 도쿄 유학생들이 발표한 '2·8 독립선언서'는 소설가 이광수가, '기미독립선언서'는 최남선이 각각 집필했다. 그런데 이 두 사람의 행적은 어떤가. 훗날 친일파로 변절하지 않았는가.

지금 홍범도 장군에게 덧씌우는 논리라면 우리는 독립선언서를 발표하며 벌였던 독립운동이 과연 정당성을 가질 수 있을까. 이 독립선언서가 결국 일제에 부응하기 위해 위장으로 썼다는 것밖에 더 되겠는가. 하지만 누구도 그렇게 생각하지 않는다. 이광수나 최남선이 독립선언서를 쓸 당시의 진정성은 의심할 여지가 없다. 독립을 절실하게 쟁취해야 하는 것이 목표라고 여겼던 마음은 독립선언서 행간에 고스란히 배어 있다.

사실도 아니지만 살기 위해, 지원금을 받기 위해 할 수 없이 했던 최소한 행위로 모든 것을 재단하는 이 폭력은 어디서 온 건가. 수단과 방법을 가리지 않고 싸움에서 이기려는 불공정의 술수가 아닌가.

광주에서 문제가 됐던 정율성 공원 조성 문제만 해도 그렇다. 정율성은 광주 양림동에서 태어난, 예향 광주가 배출한 역사 인물이다. 그는 독립운동을 하면서 작곡가로 활동한 음악인이었다. 문제가 되는 것은 그가 중국 공산당 당원이었다는 사실이었다. 그리고 중국인민해방군가를 작곡한 것으로 알려졌다.

그런데도 정율성의 예술적 업적에 대해서는 아예 눈을 감는다.

홍범도 장군이나 정율성 작곡가가 항변할지 지도 르겠다. 내 언제 그대들에게 나를 기려달라고 했던가. 그냥 그 자리에 가만히 내버려 두라. 도도히 흐르는 역사의 강은 항상 곧은 물길만 고집하지 않는다. 흐르다 바위를 만나면 굽이쳐 가고, 큰 걸림돌이 만나면 속도를 늦춰 천천히 흐른다. 하지만 바다로 가는 흐름은 멈추지 않는다.

그리고 그의 행적에만 관심을 두고 공격해댄다.

정율성에 대한 추존 사업은 진보 보수 정권 모두 했다. 1993년 김영삼 정부에서 정율성 음악회가 열렸다. 광주시에서는 2005년부터 해오고 있다. 한국과 중국의 관계를 돈독하게 하는 촉매제 같은 존재이기 때문이다.

내 고장에서 태어난 예술인을 내 고장에서 추존하려는 것은 너무도 당연하다. 그런데도 현 정부에서는 광주에 조성되는 정율성 공원에 단 한 푼의 국가 예산을 지원하지 않겠다고 공언했다.

정율성은 한국과 중국 간의 우호 관계를 만드는데 나름 역할을 한 것으로 알려졌다. 이 사업을 적극적으로 추진하고 있는 강기정 광주시장은 "중국인 관광객 유치에도 도움이 된다"라며 강행하고 있다. 그러면서 보수 정부의 반대는 30년 전에 이미 끝난 철 지난 이념공세라고 했다. 그런 논리라면 이미 만들어진 김원봉이나 윤이상기념공원도 문제 될 수 있다는 얘기다.

우리 솔직해지자. 살아가면서 조그만 티끌 같은 허물도 만들지 않았는가. 자신 있게 그렇다고 말할 수 있는 사람은 없을 것이다. 더욱이 대일항쟁기라는 질곡의 역사 현장에서 지금 보수가 원하는 바대로의 삶을 온전하게 살 수 있었을까. 지금 누구보다 목소리 높이는 인사 중 정말 홍범도 장군이나 정율성 작곡가에게 자신 있게 돌을 던질 수 있는 자 몇이나 있을까. 아니 있기나 할까.

지금 우리 사회가 그 어느 때보다 깊은 갈등을 겪는 이유에는 여러 가지가 있겠지만 상당수 친일파를 정당하게 청산하지 못했던 것도 그 하나라고 나는 생각한다. 그런데 더 가관인 것은 그런 목소리를 높이는 사람 중에 친일파의 후손도 적잖다는 점이다. 조상의 친일 사실을 숨기고 잘 산다면 그것으로 만족해야 한다. 양심도 없다. 조국과 민족을 위해 목숨까지 걸고 싸웠던 독립운동가의 작은 허물을 문제 삼는 건 온당하지 않다. 설령 보수에서 얘기하는 그런 허물이 있다면 그 허물에 대해서는 역사적으로 제대로 규명하고, 그 결과에 따라 버릴 건 버리고 계승할 건 계승하면 되는 거 아닌가.

도도히 흐르는 역사의 강은 항상 곧은 물길만 고집하지 않는다. 흐르다 바위를 만나면 굽이쳐 가고, 큰 걸림돌이 만나면 속도를 늦춰 천천히 흐른다. 하지만 바다로 가는 흐름은 멈추지 않는다. 그 흐르는 여정이 굽이쳤다고, 돌아갔다고, 쉬어갔다고 그걸 우리 역사가 아니라고 하지 않는다. 그럴수록 그 행간에 숨은 의미를 찾고 그 의미를 교훈 삼아 앞으로 나아가야 한다.

홍범도 장군이나 정율성 작곡가가 항변할지도 모르겠다. 내 언제 그대들에게 나를 기려달라고 했던가. 그냥 그 자리에 가만히 내버려 두라. 부끄럽다. 역사를 배반하는 양심은 도대체 어떤 양심일까 싶다. 다시 한번 이런 철 지난 이념 타령은 그만하길 바란다. 대신 카자흐스탄 크즐오르다 시의 홍범도 장군 묘에 세워진 철비에 새겨진 문구를 전한다.

"조선의 자유 독립을 위하여 제국주의 일본을 반대한 투쟁에 헌신한 조선 빨찌산 대장 홍범도의 일홈은 천추만대에 길이길이 전하여지리라."

일본 핵 오염수

우리는 전대미문의 희한한 이웃 나라와 살고 있다. 우리와는 식민 지배라는 악연이 있는 이 이웃 나라는 도무지 이웃 나라에 대한 배려 따윈 안중에도 없는 듯하다. 잘못해놓고도 잘못했다고 인정은 물론이거니와, 사과도 못하는 졸장부 나라. 그러면서 저 멀리 있는 큰 나라에는 연신 고개 숙여 굽신거리는 이중성의 나라. 그렇다. 일본이다.

이 일본이 요즘 전 세계를 상대로 핵 인질극을 벌이고 있다. 배 째라 식으로 후쿠시마 핵 오염수를 온 세계가 함께 공유하는 바다에다 내다 버리고 있다. '알프스(ALPS)'라는 '다핵종제거설비'를 '여과'시키고, 바닷물을 잔뜩 타서 희석했으니, 전혀 문제가 없단다.

이 희대의 사건은 우리에게 많은 생각을 하게 한다. 우선 일본보다 더 핵 오염수의 안전성을 홍보하는 나라가 있다. 2023년의 대한민국 정부이다. 국민의 세금을 들여 핵 오염수가 안전하다는 영상을 만들어 틀고, KTX와 SRT 같은 기차 승객들 보라고 핵 오염수가 안전하다는 내용을 담은 홍보 책자까지 손수 만드는 수고를 아끼지 않는다. 온 국민은 이 핵 오염수가 어떤 결과를 초래할지 몰라 전전긍긍하는데, 정부는 앵무새처럼 '괜찮다'만 되풀이하고 있다. 물론 그 근거가 '과학'이라고 한다. 그렇지만 '과학' 속에 있어야 할 증명 데이터는 없다. 갖다 대는 데이터도 과학과는 거리가 먼 것 일색이다. 애초 규명할 수 있는 실제 과학적 근거 따윈 필요 없다는 듯 진짜 '가짜뉴스'를 만들어 배포하는 형국이다.

후쿠시마 핵 오염수가 요즘은 '오염수'냐 '처리수'냐 하는 때아닌 용어논쟁까지 일어나고 있다. 나는 '핵 폐수'가 올바른 용어라고 생각한다. 그런데도 많은 사람과 나라가 '핵 오염수'라 부르는데, 우리나라는 한술 더 떠 '오염 처리수'로 하잖다. 왜일까.

용어는 그 사건의 본질을 드러내 준다. 핵연료가 파괴되면서 생긴 물이 핵 폐수가 아니면 무엇인가. 우리는 공장에서 사용한 공업용수를 자연스럽게 '공장 폐수'라고 부른다.

호박에 줄을 그었다고 호박이 수박 되는가. 호박은 호박, 수박은 수박이다. 문제는 본질이다. 그 어떤 치장을 하더라도 호박이 호박이란 본질은 절대 바뀌지 않는다. 핵 폐수는 핵 폐수일 뿐 핵 오염 처리수가 되지 못한다.

우리가 정말 이름 때문에 그 본질을 놓치고 속고 있는 게 있다. '알프스(ALPS)'라는 핵 폐수 처리 장치. 핵 폐수를 '오염수'에서 '처리수'로 둔갑시키는 마법의 장치, '알프스' 말이다. 여러 번 고장이 나고 처리하는 데 한계가 있다는 지적 같은 건 수없이 많은 전문가가 했고, 하고 있고, 또 할 터이니, 나는 하지 않겠다.

그런데 이 '알프스(ALPS)'가 번역어 '多核種除去設備(다핵종제거설비)'로 둔갑하여 사람들의 눈과 귀를 현혹한다. 'ALPS(알프스)'는 영어 'Advanced Liquid Processing System'의 머리글자를 따서 만든 용어다. 이걸 번역하면 '액체 처리 첨단시스템' 정도가 될 것이다. 아마 일본에서 만들어놓은 용어를 그대로 들여와 우리도 아무런 비판 없이 사용하는 것으로 보인다. 일본이나 우리나 같은 한자를 공유하고 있기에 언어적 뉘앙스 따윈 따질 필요도 없다. 그대로 한국어 음으로 쓰면 되니까.

그런데 역시 잔머리의 대가답게 일본은 이 용어에서 '알프스'라는 천혜의 자연 이미지까지 행간에 숨겨놓은 치밀함을 보여준다. 스위스나 프랑스, 오스트리아 등 여러 유럽 국가에 걸쳐 있는 알프스를 먼저 떠올려 가장 깨끗한 거라는 이미지를 주려는 얄팍한 의도. 그건 그 설비를 영어로 쓰다 보니 그렇게 됐다 치자.

그런데 기발한 작명에 한술 더 떤 일본식 한자 표기는 혀를 내두르게 만든다. 이 설비의 영어 표기 어디에도 '핵'이나 '여러 개'를 의미하는 단어가 있는가. 눈 씻고 찾아봐도 없다. 그런데도 '다핵종'이라는 이 기상천외한 엉뚱한 단어로 의역(?)하는 능청스러움은 일본 특유의 국민성 말고는 설명하기 어렵다. 사실 의역이 아니라 명백한 오역이다. 이 엉뚱하고 잘못된 '다핵종제거설비'란 이름만 보면 우리 인체에 해로운 핵물질은 죄다 걸러내는 마법사 같은 느낌이 들게 한다. 그래서 여기만 통과하면 핵폐수가 오염 처리수가 되는 것처럼 말이다. 지금 우리는 말도 안

되는 용어논쟁에 가스라이팅 당하고 있다.

후쿠시마 핵 폐수 문제는 정말 간단치 않다. 어제오늘의 문제만이 아니다. 내일의 미래세대 생명까지 위협할 수 있는 매우 위험하고 엄청난 도박을 하는 것이다.

문제는 수산물에만 국한되지 않는데 문제의 심각성이 있다. 하다못해 잔치국수 한 그릇도 쉽게 먹지 못할 판이다. 육수를 끓이는 재료가 뭔가. '멸치' 아닌가. 핵 물질을 몸에 축적하고 있을지도 모를 멸치를 누가 육수 재료로 삼겠는가. 설령 끓여냈다 한들 먹을 사람이 있겠는가.

더욱이 우리 정부가 앞장서서 핵 폐수가 문제없다고 했으니 문제없는 바다에서 잡은 생선 또한 문제가 없을 테고, 그럼 수입을 금지하는 건 WTO(세계무역기구) 정신에 어긋난다고 일본이 WTO에 제소하면 그땐 어쩔 건가. 한국의 후쿠시마산 수산물 수입 금지가 부당하다며 일본이 WTO에 제소했을 때 1차에서 패했던 우리 정부가 2차에서 승리할 수 있었던 논리가 뭔가. 오염수가 흘러들어온 바다의 오염이 문제라는 논리 아니었는가. 그런데 우리 정부가 나서서 그 바닷물이 문제없다고 하니 WTO에 가면 패할 게 불을 보듯 뻔하다. 그럼 그다음은? 후쿠시마산 수산물을 수입할 수밖에 없다. 아무리 정부가 입으로 그런 일이 절대 없을 거라고 하더라도 그건 구두선(口頭禪)에 그치고 만다.

이제 우리는 단순한 수산물 섭취 불가 차원을 넘어 거의 모든 먹거리의 안전성을 위협받고 있다. 그런데도 우리 정부는 이런 지적을 하면 '가짜뉴스'니, '괴담'이니, 하며 국민을 겁박한다. 국민의 생명과 안전을 지키는 것이 정부의 책임 아닌가.

더욱이 이 핵 폐수 방류가 30년 동안 이루어진다고 한다. 일본이 말하는 이 액면 '30년'도 엄청난데, 많은 전문가는 30년은커녕 50년, 100년, 아니 영원히 안 끝날 수 있다고 경고한다.

지금 방류하는 것은 그래도 양반이라고도 한다. 핵연료봉에서 나오는 진짜 오염수는 그 농도가 장난이 아니고, 더군다나 현재의 기술로는 제거도 쉽지 않다는 전문가들의 경고가 우리를 절망하게 만든다.

이제라도 늦지 않았다. 일본이 핵 폐수 방류를 중단하도록 모든 조처를 해야 한다. 일본에 강력하게 요구하고 항의하고 협상해야 한다. 이것만으로도 부족하다. 당연히 국제해양재판소에 제소해야 한다. 또 태평양 연안국가를 비롯한 전 세계 국가와 연대해 문제 해결에 힘을 모아야 한다. 할 수 있는 모든 수단을 동원해서 막아야 한다.

이 일에는 우리가 주도적으로 나서야 한다. 여느 나라들보다 우리나라가 가장 가까이 있기 때문이다. 도무지 한국의 처지를 이해하지 못하겠다는 해외의 반응을 보라. 가장 피해가 클 한국이 저렇게 뭉그적거림을 넘어 아예 일본의 입장을 두둔까지 한다고 본다. 그들이 덜 적극적일 수밖에 없는 상황을 우리가 만드는 건 아닐까.

사실 나는 후쿠시마 핵 폐수가 우리 인류에게 미칠 영향을 생각해보면 정말 무섭다. 이런 전대미문의 핵 폐수 방류 사건 자체가 처음이지만 세계 곳곳에 핵발전소가 있으면서도 해체 기술이 없다는 점과 핵 폐수 방류로 인한 피해가 어떠할지에 관한 연구가 없다는 점이다. 우리는 실험실의 쥐가 아니다. 혹시 괜찮을까 싶어 핵 폐수가 방류된 바닷물과 함께 산다? 이건 절대로 해서는 안 되는 행위다. 만약 실험 중 피해가 발생하면 어떻게 할 건가. 그 피해를 원상회복할 수도, 이미 진행한 실험을 돌이킬 수도 없다. 고스란히 그 피해를 안고 평생 살아가야 한다.

지금 우리는 직접적인 피해 부분에만 집중적으로 들여다보지만 정말 심각한 건 거의 모든 분야에서 우리의 삶과 생명을 위협할 수 있다는 점이다. 소금 사재기가 그 대표적인 사례다. 가령 서핑을 즐기는 사람이라면, 여름에 해수욕하려는 사람이라면, 앞으로 바닷물에 풍덩 빠지는 바캉스를 할 수 있을까.

지금 호미로라도 막지 않으면 나중에 가래로도 막지 못하는 바보가 될 것이다. 이건 선택의 문제가 아니다. 반드시 제지해야 할 국가적 의무이다.

정치 대전환

정치를 바꿔야 한다는 목소리가 봇물이 되어 밀려오고 있다. 국민의 삶 따윈 안중에도 없고 사적 이익에만 복무하는 이 이기적 정치 행태를 더 이상 두고 볼 수 없다는 위기의식에서 표출되는 민심 대폭발이라 해도 지나친 말이 아니다. 그렇다면 우리의 후진 정치를 어떻게 바꿔야 할까.

정치 개혁에서 가장 먼저 고민해야 할 지점은 '정당 민주주의'라고 나는 생각한다. 국가의 주인이 국민이듯 정당의 주인이 당원임은 너무도 당연하다. 따라서 국민과 당원이 정치에 참여할 수 있는 기회를 늘려야 한다. 국민이 배제된 국가가 독재국가이듯, 당원을 무시하는 정당은 정당이 아니라 이익집단에 불과하다.

지금은 디지털 시대라 당원이 참여할 수 있는 쉽고 빠른 다양한 방법들이 많다. 디지털 정당민주주의 플랫폼을 통해 특정 사안에 대해 시민과 당원들이 직접 의사를 결정할 수 있다. 특히 블록체인 기술을 활용하여 앱이나 홈페이지를 만들면 무슨 일이든 직접 투표가 가능하다. 지역에서도 '시민참여형 거버넌스'나 '시민참여형 정책 랩'을 통해 지역 현안 해결을 위한 창의적 아이디어를 도출할 수 있다.

우리 민주당의 경우 이런 시스템이 이미 다 구축된 걸로 알고 있다. 이 시스템을 적극적으로 활용하기만 하면 된다. 하지만 우리 정당들은 여전히 아날로그적 사고에 머물며 이슈 도출과 정책에 대한 의사결정을 국회의원 중심의 톱다운방식으로 하고 있다.

그 점에서 '국회의원 국민소환제'의 도입이 절실하다. 국민소환(recall)은 국회의원 같은 선출직 공직자가 위법 부당한 행위를 하였을 경우 주민투표로 그 공직자를 해임하는 제도를 말한다. 적절한 예인지 모르지만, 하다못해 생활용품 하나 샀다가도 하자가 있으면 환불하지 않은가. 그런데 우리 국회의원들은 일단 당선되기만 하면 아무리 큰 잘못을 저질러도 그만두도록 하기가 너무 어렵다. 국회의원도 이런 상황을 잘 알고 있어 일단 당선되기만 하면 된다는 의식을 갖기 쉽다.

검찰개혁은 국가의 명운이 걸린 과제가 되었다. 우리 민주당은 21대 국회의원 선거에서 '검찰개혁'을 공약하여 180석을 받았다. 그런데도 검찰개혁을 제대로 해냈는가. 반쪽짜리에 머물렀다. 그것마저도 윤석열 정부의 한동훈 법무부 장관은 '시행령'이라는 꼼수로 무력화시키는 바람에 별 의미가 없게 됐다.

그런데 그 대가는? 우리가 예상한 수준을 훨씬 뛰어넘고 있다. 반쪽짜리 검찰개혁의 대가는 혹독했다. 제1야당, 아니 제1당의 대표가 포악무도한 검찰의 '수사권' 앞에서 무기력하게 당하고 있다. 죄가 있고 없고는 그다지 중요하지 않은 듯하다. 그저 정적을 제거하기만 하면 된다는 목표가 지배한다.

나는 민주당이 다시 '검수완박(검찰 수사권 완전 박탈)'에 나서야 한다고 본다. 사실 '검수완박'이란 이 용어 자체가 정치적 프레임용이기에 사용하기가 망설여진다. 검찰의 수사권을 완전히 박탈해야 한다는 점에서 조심스럽게 써본다.

검찰은 헌법에 명시된 대로 '기소'만 하게 하는 게 맞다. 수사는 당연히 경찰이나 다른 수사기관에서 담당하도록 해야 한다. 그동안 검찰은 수사권과 기소권을 모두 가지면서 무한 권력의 상징이 되었다. 아무도 검찰을 제지하지 못한다. 불법 탈법 비리 검사에 대해서는 국회에서 탄핵할 수 있는 법적 장치가 마련돼 있으나 그동안 단 한 번도 탄핵 사례가 없었다. 얼마 전에 민주당이 대법 판결로 위법이 분명해진 한 명의 검사 탄핵안을 통과시켜 헌법재판소가 심의하고 있다. 불법을 저지른 검사는 언제든 탄핵해야 한다. 헌법의 취지가 그렇다.

검찰은 인권 보호의 최후 보루가 되어야 한다. 억울한 피해자를 구제해야 하는 게 의무다. 검찰 권력 남용의 피해는 고스란히 국민 몫이다.

아울러 나는 검찰 권력의 민주적 통제를 위해 '지방검사장 주민직선제'를 도입해야 한다고 생각한다. 2020년 참여연대가 제안한 이 제도는 검찰의 중앙 권력에서 벗어나 지방으로 검찰권을 분산하고, 나아가 국민의 직접 선출이라는 민주적 통제 기능을 갖게 하자는 취지다. 사실 겉으로는 폐지됐다고는 하지만 여전히 '검사동일체원칙'이 속으로 작동하면서 독자적인 검찰권 행사가 쉽지만은 않은 게 현실이다.

또한 정보공개제도도 실질적으로 체감할 수 있도록 투명하게 확대해야 한다. 이미 이 제도가 도입돼 적잖은 긍정적인 효과를 내고 있긴 하지만 여전히 비공개가 많다. 특히 대통령실이나 검찰 등 그 권한과 비례하여 국가안보나 수사 등 원론적 근거를 이유로 기본적인 정보조차 공개하지 않는다. 그 대표적인 사례가 최근 검찰의 특활비 공개라고 할 수 있다. 수사나 기밀과는 전혀 관련 없는 정보조차 가리고 공개하지 않고 있다.

국민은 국가 운용의 주체다. 국가를 운영할 수 있도록 세금을 내서 그 비용을 만들어준다. 그렇다면 국가 기관과 공무원은 세금을 단 한 푼도 허투루 쓰면 안 된다. 어떻게 썼는지 국민에게 보고할 의무도 있다. 국회에서 예산안이 통과되었다고 해서 그 예산을 행정부 맘대로 써도 된다고 생각하면 큰 오산이다. 국민은 자신들의 세금을 그렇게 써도 된다고 허락한 적이 없다. 따지고 따져서 꼭 필요한 예산인지, 지금 당장 해야 할 긴급성이 있는지, 더 급한 일은 없는지 모든 걸 종합적으로 판단해 오로지 국민의 삶과 안전을 위해 사용해야 한다.

저출산 문제. 아이를 낳지 않아 대한민국이 사라질 위기이다. 그동안의 정부가 나름대로 노력했지만, 전혀 해결될 기미가 보이지 않는다. 오히려 더 나빠지는 추세다.

나는 저출산 문제만큼은 '국방'과 같은 차원의 문제로 접근해야 한다고 생각한다. 외부의 적으로부터 우리 국가와 국민을 지켜야 하는 것이 국방의 책무이듯 아이 출산과 양육도 마찬가지의 중요성을 갖고 있기 때문이다. 국민이 없으면 국가도 있을 수 없다. 인구 문제를 국방 문제처럼 다뤄야 하는 이유가 바로 여기에 있다.

양육 문제 또한 지금까지와는 전혀 다른 차원에서 접근해야 한다. 얼마 전까지만 해도 우리의 인식 속에서는 아이 문제는 각 가정의 개별적 문제로 보았다.

그런데 아이의 성장을 위해 필요한 교육 비용을 한 가정에서 감당할 수 있는 범위를 넘어선 지 오래다. 그동안 양육과 교육의 책임은 전적으로 부모 몫이었다. 대부분 국민은 교육이 국가 책임이라고 생각하지 못했다. 상황이 달라졌다. 이제 한 명의 아이를 가정 구성원의 차원을 넘어 국가의 지속 가능한 발전과 국가 운용에 절대로 필요한 '인재'로 대우해야 하는 시대가 되었다. 출산과 양육 문제는 이제 개인이 아니라 국가의 문제라는 인식에서 전폭적인 지원을 아끼지 말아야 한다.

어떤 지원책이 필요할까. 우선 누가 보더라도 맘 놓고 아이를 낳고 기를 수 있다는 확신이 들 정도로 마음에 와닿는 지원책이 마련돼야 한다. 우리나라도 다른 나라처럼 아동의 보편적 기본권 보장 차원에서 18세까지 수당 지급을 기본으로 하되, 강력한 출산 장려책이 될 수 있는 보육 서비스와 유급 휴가, 세제 혜택, 교육비 지원, 문화비 확장 등 종합적인 상황을 고려하여 '아동급여패키지' 제도를 도입할 필요가 있다.

지방소멸 문제도 심각하다. 대한민국이 선진국이 되었다고 자랑하고 있는 사이, 지방이 사라지고 있다. 서울공화국이다. 그런데 국민의힘이 경기도의 서울 인접 도시들을 서울에 편입시키자고 들고나왔다. 제정신인가.

전국의 지방자치단체 중 상당수가 머지않아 사라질 위기다. 인구 감소 때문이다.

이 문제를 해결하기 위해서는 앞에서 얘기한 출산 문제와 더불어 수도권과 지방이 균형 있게 발전해야 한다. 2020년 기준으로 수도권에 총인구의 50.2%가 살고 있다. 산업화 시절 노동자와 농민이 일자리를 찾아 불가피하게 수도권으로 몰려들면서 기형적인 수도권 비대화 현상이 나타났다. 그런데 그렇게 형성된 수도권 중심주의가 갈수록 더 심화하고 있다. 이 수도권 중심주의는 단순히 인구만 집중되는 것이 아니라 그 많은 인구가 생활을 영위하는데 필요한 각종 인프라나 주거, 소득, 교통, 기후 등 전반적인 문제를 야기하고 있다.

노무현 대통령이 행정수도 이전을 통해 수도권과 지방의 균형발전 화두를 던진 것도 이런 차원에서다.

아무리 지방의 발전이 어렵고 더뎌도 지방분권과 지방 발전전략을 꾸준히 실행하는 것 말고는 다른 답이 없다. 교육이나 문화 등 모든 면에서 서울처럼 누릴 수 있다면 굳이 복잡하고 숨 막히는 서울을 고집하지 않을 것이기 때문이다. 물론 이 문제가 말처럼 쉽게 이루어질 수 없는 일임을 잘 안다. 하지만 언 발에 오줌 누는 듯한 정책으로는 이 문제를 풀지 못한다. 정말 장기적이고 종합적인 마스터플랜을 갖고 실행해야 한다. 정부가 바뀌어도 이 정책만큼은 그대로 이어가도록 하는 지속성이 담보돼야 한다.

양극화는 우리 사회의 가장 근본적인 문제이다. 우리가 흔히 쓰는 '양극화'라는 낱말은 경제, 특히 소득에 관한 문제에 주로 쓰인다. 이 양극화는 경제 분야에만 국한되지 않는다. 경제의 양극화는 사회집단 간 격차로 인한 정치적 가치관의 대립, 생활양식의 분화, 상대적 박탈감 등 사회 전반의 문제로 이어진다.

나는 양극화 문제 해결의 초점이 국민의 기본권 보장에 맞춰져야 한다고 생각한다. 양극화 문제는 중산층보다는 저소득층에서 더 심각하다. 중산층 이상 계층은 생활에 관한 한 경제적 문제로 발생하지 않는다. 문제는 저소득층이다.

그런 점에서 나는 이재명 당대표가 대통령 선거 때 내세웠던 '기본소득'을 도입하는 방안을 적극적으로 검토해야 한다고 본다. 특히 코로나19 사태를 겪으면서 우리 사회의 직업 상황에 많은 변화가 나타나기 시작했다. 출퇴근하며 사무실에 모여야만 했던 전통적인 근무방식이 재택으로 대체되었어도 전혀 문제가 되지 않을 만큼 근무 환경이 바뀌었다. 또 디지털과 AI(인공지능)의 발달로 많은 직업군이 사라지거나 새로 생겼다.

그런데 문제는 이런 변화에 쉽게 대응할 수 없는 노동자들이 직업을 잃게 되고, 직업이 없으면 생계가 막막해지고, 생계의 위협은 예상치 못한 사회적 문제로 이어질 수 있다. 급격한 변화로 인한 국민의 고통을 시대의 흐름이니 어쩔 수 없다고 그대로 방치해야 하는가. 아니다. 이들에게도 국가가 최소의 삶을 영위할 수 있도록 해주기 위해 국가가 존재하는 것이다. 국민의 기본권 보호 차원에서 접근하는 것이 마땅하다고 본다. 기본적인 삶이 유지되면 더 나은 삶을 위한 동기가 생긴다. 한 사회는 그 에너지에 의해 작동되고 유지된다. 최저한의 삶을 보장하는 기본소득에 대해 좀 더 진지하게 논의할 시점이 됐다.

더 고민해야 할 정치적 과제가 한둘이 아니지만 여기서는 하나만 더 얘기해 보겠다. '생명안전기본법'의 제정을 서둘러야 한다. 너무도 충격적이었던 세월호 참사를 겪고 우리는 모두 뭐라고 외쳤던가. 다시는 이런 인재가 일어나지 않도록 이제는 달라져야 한다고 했다. 하지만 윤석열 정부 들어서 겪은 대형참사들은 우리가 그동안 하나도 달라진 게 없다는 걸 보여주는 증거다. 핼러윈 축제를 즐기러 이태원에 갔다가, 퇴근하느라 평소처럼 오송 지하차도로 진입했다가 다시는 돌아오지 못한 대형참사. 세 자릿수의 희생자를 내고도 우리는 아직 정신을 차리지 못한 것 같아 안타깝다.

그런데 여기서 더 놀라운 것은 아무도 책임지는 사람이 없다는 것이다. 사고 원인에 대한 진실규명 따윈 사치처럼 보이는 이 현실, 이 어이없는 현실을 뭐라고 설명해야 할까.

그런데도 윤석열 정권은 국민의 생명과 안전을 국민이 알아서 스스로 지켜야 하는 각자도생의 영역으로 몰아가고 있다. 각자가 잘하면 되는데 각자가 잘못해서 죽은 것이니, 국가나 정부에게 책임을 묻지 말라는 것이다. 국가와 정부의 존재 이유를 부정하는 이런 망발이 말이 되는가. 국민의 생명과 안전을 지키는 일보다 더 중요한 정부의 책무가 있을까.

사람으로 인한 재난을 막기 위해 특별히 생명 안전의 가치를 담은 법을 별도로 제정할 필요가 있다. 시민의 안전권을 명시하고, 위험에 대한 알 권리를 포함해 피해자의 권리를 보장하며, 나아가 재발 방지를 위해 제대로 된 독립적인 조사기구를 설치하고, 안전영향평가를 사전에 실시할 수 있도록 하는 내용을 담은 법 말이다.

이런 내용을 담아 (가칭)생명안전기본법을 조속히 제정해야 한다. 이 법에서는 피해자의 권리로 안전권을 규정하고 구조받을 권리, 정보 제공을 받을 권리, 인도적 처우를 받을 권리 등 재난 상황을 경험한 피해자들의 권리를 분명하게 제시해야 한다.

안전영향평가제를 도입하여 안전기준의 통합적 관리, 안전 영향 분석 및 평가 등 안전사고의 예방 및 사람의 생명 신체 재산을 보호하기 위한 평가제도도 도입해야 한다. 사고의 원인과 책임을 분명하게 하고, 같은 재난이 거듭 일어나는 것을 방지하기 위해서 객관적, 독립적 조사기구를 설치하도록 해야 한다. 위험에 대한 알 권리 명시를 위하여 국가기밀이나 기업 영업비밀이라는 이유로 위험 물질의 관리가 적절히 되고 있는지 파악할 수 없는 등의 한계를 극복해야 한다. 진실규명에서 복구까지 재난의 전 과정에서 피해자와 시민참여를 보장해야 한다.

"정치는 정치인이 하는 것 같지만 국민이 하는 것이다"

"정치는 정치인이 자신의 뜻을 펼치는 것이 아니라 국민이 바라는 것을 실행하는 것이다"

모두 이재명 대표님의 지론이다. 정치인은 자칫 자신의 포부를 실현하는 것만을 정치하는 이유로 생각하기 쉽다. 국민이 비판하는 '자기밖에 모르는' 정치인의 자기중심주의도 여기서 생길 것이다.

정치는 국민의 뜻을 실현하는 것이다. 그 점에서 정치인은 국민의 머슴이자 도구이다. 국민의 바람과 요구는 거창하지 않다. 국민이 바라는 것 중에서 체감할 수 있는 작은 일에서부터 국민을 섬기는 마음으로 변화를 시작하는 것이 중요하다. 정치의 대전환은 그렇게 국민의 마음을 얻을 때 가능한 일이다.

대전환기 성장전략과 정치 리더십

지금 우리는 '대전환'의 시기를 맞고 있다. 우리에게 영향력이 매우 큰 미국과 중국의 패권 경쟁이 날로 격화되고 있기 때문이다. 이 '대전환' 시기에는 변화의 중심에 누가 서 있는가가 향후 국가의 위상과 세계 질서를 규정짓는다고 해도 틀린 말이 아니다. 군사·외교뿐만 아니라 안보화되고 있는 경제와 문화 등 전 분야도 국가 전략적 차원에서 접근해야 함이 무엇보다 중요해진다. 그렇다면 신흥산업국엔 추격당하고 선진산업국엔 뒤처지는 '샌드위치' 신세인 우리가 이 '대전환 시기'에 어떻게 해야 할까.
결론부터 미리 말하면, 우리의 살길은 '기술'에서 찾아야 한다. 요즘 유행하는 말로 '기술 주권(technology sovereignty)의 확보'에 그 성패가 달려 있다고 해도 지나친 말이 아니다. '기술 주권'은 국가 경제와 국민복지 경쟁력에 필요한 기술을 스스로 조달할 수 있는 국가 능력을 말한다.

2017년 트럼프나 2022년 바이든 미국 대통령이 발표한 '국가안보전략(national security strategy)'에서 매우 중요시하는 게 있다. 바로 '미래첨단기술'이다. 세계 최고 기술력을 가진 미국에서조차 대통령이 직접 기술을 국가적 과제로 다루는 데서 알 수 있듯 이제 기술력 확보는 '선택'이 아니라 '필수'의 무기가 됐다.

첨단기술이 미래 먹거리 차원을 넘어 안보 차원에서도 매우 중요한 역할을 한다는 것은 이제 알만한 사람들은 다 안다. 그 대표적인 예가 반도체다. 반도체는 첨단기술을 주도하는 핵심 부품의 차원을 넘어 모든 분야에 없어서는 안 될 '필수품'이다. 가령, 통신사 기지국의 설비에서 반도체 하나만 고장 나도 온 세상이 먹통이 되지 않던가. 싫든 좋든 우리는 이제 반도체에 의해 제어되는 세상에 살고 있다. 심하게 말하면 '반도체의 노예'로 전락했다고 해도 지나친 말이 아닐 것이다. 이런 반도체가 우리의 생명과 재산을 보호하거나 파괴할 수 있는 무기 체계를 제어하는 핵심 부품이다.

기술력을 바탕으로 한 주도권 싸움은 세계 최강(G1)의 미국과 양강(G2) 구도를 꿈꾸는 중국의 패권 경쟁을 불러왔다. 미국이 반도체 강국인 우리더러 중국에 반도체를 함부로 팔지 못하도록 규제하는 데서 보듯 기술력에서 미국은 중국을 한 발짝 뒤에 서도록 하려는 의도가 분명하다. 하지만 중국이 이런 견제를 받고 가만 있을 리 없다. 나름대로 기술을 확보하려고 이해 당사국에 줄서기를 강요한다.

미국과 중국의 패권 경쟁이 일촉즉발의 위기감까지 불러일으키며 격화되자 외교가에서는 '신냉전(New Cold War)'이 다시 왔다고 했다. 그러나 이 신냉전의 경향은 '전쟁'이라는 낱말로 요약되던 예전의 '냉전'과는 사뭇 다르다. 신냉전의 외피는 '냉전' 처럼 군사·외교·안보 갈등이 크게 부각하지만, 그게 다는 아니다. 사실은 미국과 중국의 '경제패권'이 그 행간에 숨어있다. 미국과 중국의 패권 경쟁 속에는 기술력을 중심으로 하는 산업과 금융과 통화 등 경제패권 경쟁이 핵심을 이루고 있음은 이미 알고 있는 바다. 문제는 이 경쟁이 상당 기간 지속되며, 세계 질서의 변화를 규정하는 가장 큰 외부 요인이 된다는 데 심각성이 있다.

미·중의 기술 패권 경쟁에서 기술 주권 확보의 중요성을 깨달은 주요국들은 국가전략 차원에서 이 문제에 접근하기 시작했다. 기술 주권의 확보는 기술 선도국과 선진경제의 보증수표가 될 것이고, 기술 주권의 종속은 산업체계와 무역 등 경제 전반의 족쇄가 될 것이 분명하다.

이처럼 과학기술이 경제를 넘어 안보 영역까지 확장하고 있는 대전환의 시기에 한국의 성장전략은 어디에서 찾아야 할까.

한국의 성장전략을 모색하면서 우리가 봐야 할 가장 전략적인 두 개의 지점이 있다. 하나는 수출주도성장이고, 다른 하나는 마부바니의 책 제목처럼 '21세기는 아시아의 시대'이다.

먼저 수출주도성장을 살펴보자. 한국은 자원이 부족한 환경 속에서 수출주도로 산업화와 선진국 진입에 성공했다. 21세기 정보화 혁명은 첨단기술이 고부가가치를 결정하는 지식경제의 시대를 열었다. 지식경제는 반도체, IT(정보기술), IoT(사물인터넷), AI(인공지능), 양자컴퓨터, 자율주행 자동차 등과 같은 디지털 전환과 기후·환경과 탄소중립 시대를 주도할 에너지 전환, 그리고 바이오와 우주·항공 기술에 이르기까지 기술력을 지렛대로 세계 경제의 새로운 지평을 열고 있다. 따라서 우리는 대전환과 지식경제 시대에 부합하는 수출전략을 구축해야 한다.

그동안 한국 수출의 중심은 중간재였다. 지금 이 중간재 수출이 흔들리고 있다. 특히 중위 기술에서 중국의 추월 위협이 거세다. 그렇다면 한국이 산업국가로 계속 성장하거나 산업선진국의 수준을 유지하기 위한 전략은 무엇일까. 답은 고위기술 중간재의 핵심이자 그 자체로 강력한 수출산업인 소재·부품·장비(이하 '소부장') 산업을 세계적 반열에 올리는 것이다. '고위기술 중간재와 소부장'은 고부가가치를 가져올 것이며, 세계 가치사슬과 공급망 질서가 요동치며 기술력이 안보인 시대에 우리의 힘이 되어 국제관계에서 가장 강력한 지렛대가 될 것이다.

문재인 정부는 방향성을 제대로 세우고 반도체 관련 소재의 국산화 확대 등 작지만 소중한 성과를 냈다. 안타깝게도 윤석열 정부는 그동안의 방향성과 성과를 무효로 만드는 것도 모자라 다시 일본 중심의 가치사슬로 한국경제 구조를 밀어 넣고 있다.

과거에는 일본의 소부장을 받아서 한국이 중간재와 완성재를 조립생산하고 수출하는 가치사슬이었다. 그러나 지금 한국은 반도체와 이차전지와 같은 부품에서 자동차, 조선, 가전, 핸드폰과 같은 최종재까지 일본을 앞서고 있다. 지금 시대는 한국이 소부장 국산화와 자립화를 성공해서 한국 산업이 고부가가치를 낳고, 그 결실이 최대한 우리나라 국민의 지갑으로 들어올 수 있는 완결적인 가치사슬과 산업체계를 구축해야 하는 시점이다. 경제안보의 시대에 산업선진국은 협력보다 경쟁이 더 중요한 시기이기 때문이다. 그래서 미국은 물론 독일과 프랑스 등 유럽의 주요산업국가들도 국가주도의 산업정책을 수립하고 경제와 기술안보 경쟁에 뛰어든 것이다. 따라서 지금 우리 정부가 세우고 추진해야 할 전략은 윤석열 대통령이 말하는 일본의 소부장을 가져다 쓰는 것이 아니라, 한국 소부장이 일본 소부장을 빠르게 추격하고 추월하는 것이다.

다음으로는 아시아의 시대에 한국의 위상이다. 한·중·일에 이어 인도와 동남아까지 아시아는 세계 성장을 주도하고 있다. 그래서 UN안보리 의장을 역임한 싱가포르의 키쇼어 마부바니 교수는 그의 최근 저서《The Asian 21st Century》에서 21세기를 '아시아의 세기(Asian Century)'의 도래로 규정한다. '선진국 대한민국'의 21세기 길은 아시아 내에서 한국의 위상이 가름할 것이다. 그리고 그 길은 세계 최대 시장인 중국 시장을 어떻게 활용할 것인가와 다른 한축으로는 인도와 동남아시아와 가치사슬을 어떻게 형성하는가에 있다.

이미 한국을 바싹 추격해오는 중국은 물론 동남아 신흥산업국의 성장은 눈부시다. 아세안(ASEAN, 동남아시아국가연합, 인도네시아·말레이시아·베트남·싱가포르·태국·필리핀 등 동남아 10개국이 회원국으로 참여한 동남아시아의 지역 경제 공동체)이 '글로벌 성장 거점'으로 부상하고 있음은 어제오늘의 일이 아니다. IMF에 따르면 아세안의 GDP는 2021년 기준 3조 3,588억 달러이며, 무역 규모는 수출액은 1.74조 달러와 수입액은 1.6조 달러이다. 한국과 아세안 교역규모는 1,765억 달러에 흑자 규모는 411억 달러로 중국에 이은 제2의 교역 대상이다. 이들의 발전에는 한국의 성장모델이 롤모델로 작용하고 있다. 따라서 첨단기술을 바탕으로 한 한국 고유 모델을 무기로 삼아 일본을 제치고 아시아의 선진 산업 선도국으로 자리매김을 명확하게 한다면, 동남아 신흥산업국과 인도는 우리의 성장동력이 될 수 있다. 물론 기술과 제도가 정체된다면 신흥산업국의 맹렬한 추격으로 세계 시장에서 우리의 자리를 뺏기게 됨은 자명하다.

글로벌기업뿐만 아니라 중국 역시 생산비용이 상승하고 있어서 생산기업을 동남아로 이전하거나 중국-동남아를 연결하는 분업체계를 추진하고 있다. 따라서 우리는 국가가 적극적으로 나서서 산업구조를 재편하고 혁신생태계 전략을 강력하게 추진하여 고부가가치의 고위기술 소부장과 중간재에서 일본을 추월하고 중국을 따돌리는 한편 인도와 아세안의 가치와 잠재력을 고려하여 이들과의 긴밀한 관계를 구축에 많은 공을 들여야 한다. 가령, 우리가 강점을 보이는 중위 기술 중간재와 소부장 생산기지를 인도와 아세안에 세우고, 고부가가치의 고위기술 소부장과 중간재를 인도와 아세안에 수출하고, 인도와 아세안이 이것을 중간재와 최종재로 만들어 세계에 공급하는 것 같은 방식 말이다. 이러면 우리가 일련의 기술 패권의 주도국으로 역할을 하게 되는 것이다.

중국은 경쟁상대이자 우리의 성장동력이다. 중국의 성장은 곧 한국의 성장동력이었다. 한국과 중국 관계를 지혜롭게 유지한다면 우리의 고위기술 중간재와 소부장이 중국을 시장으로 제2의

도약을 할 수 있다. 따라서 중국발 성장동력은 우리의 기술과 산업역량, 그리고 정부의 외교역량에 따라 제2의 도약이 가능하다. 한국은 중국을 배후시장으로 발전해왔고, 앞으로도 중국을 배후시장으로 가져야만 성장할 수 있고 안보에서도 유리하다. 중국은 우리의 군사 · 안보에서도 매우 중요한 나라다. 군사안보가 상대적으로 불안정한 한국의 입장에서 경제는 한반도 주변관계에서 한국의 주도권과 자율성을 높일 수 있는 가장 강력한 지렛대이다. 중국과 경제적 관계를 더 강화해야 하는 이유다.

한국이 아시아에서 중심국가가 된다는 것은 곧 미국과 중국의 입김에서 보다 자유로워 진다는 것을 의미한다. 즉 한국의 경제 지렛대가 아시아를 주도한다는 것은 미국과 서방의 대(對)아시아 관계에서 한국이 중심에 선다는 것을 의미하기 때문이다. 친미냐, 친중이냐. 하지만 친미도 친중도 우리의 미래를 담보하지 못한다. 진영 프레임은 이미 낡은 유물인 '이념'의 꼬리일 뿐이다. 우리의 예측불허의 내일을 담보해주는 것은 '머리'인 국익과 성장과 중심국 지위 확보 등 철저하게 실용적 전략뿐이다.

대전환기의 한국 성장전략은 우리 정치의 역할에 따라 성패가 좌우될 것이다. '정진욱의 정치'는 이런 대전환기를 '한국함(韓國艦)'이 지혜롭게 헤쳐 나가는 데 있다. 정진욱의 정치는 2024년 총선을 시작으로 2026년 지선과 2027년 대선에서 '대전환기 한국 성장전략'을 주도할 수 있는 민주당의 리더십을 세우고 정권을 재창출하는 것이다.

광주의 미래,
혁신형 메가시티

우리나라 인구분포도를 한마디로 정리하면 '수도권 집중화'라 할 수 있다. 총인구의 절반 이상인 50.24%(2020년 기준)가 수도권에 살고 있으므로 그냥 집중화가 아니라 심각한 집중화다. 이 기형적인 수도권 인구 집중화 문제는 정치 · 경제 · 사회 · 문화 등 모든 분야의 집중화로 이어져 여러 가지 사회문제의 원인이 됐다.

국가는 수도권의 역할만으로 존재할 수 없다. 수도권과 지방이 수레의 두 바퀴가 되어야 함께 잘 굴러간다. 하지만 현실은 비대해진 수도권 집중화가 수도권-지방의 균형발전에 적잖은 걸림돌로 작용하고 있음을 부인할 수 없다. 어쩌면 이 구조적 문제는 제로섬(zero sum)과 같다. 수도권이 비대하면 할수록 지방이 소외될 수밖에 없는 구조인 거다. 이 문제에서 우리 광주도 예외가 아니다.

광주에도 인구감소·산업쇠퇴·지방소멸 우려의 그림자가 짙게 드리워져 있다. 그렇다면 광주는 어떻게 미래를 준비해야 할까. 광주 발전을 위해 지금 여러 정책이 집행되고 있다. 하지만 그것만으로 광주의 미래를 과연 담보할 수 있을까.

지금 진행하고 있는 정책들만이라도 제대로 해내어 필요조건이라도 충족시켜 주기를 바라지만 그것만으로는 부족하다. 필요충분조건을 모두 만족할 수 있도록 필요조건에 반드시 '충분조건'이 더해져야 한다.

이 충분조건으로 나는 지속 가능한 광주의 미래를 담보하기 위한 거시적 차원의 '그랜드 디자인'이 필요하다고 생각한다. 사실 현재 진행되는 필요조건은 대부분 미시적 차원에서 그때그때의 상황을 해결하는 수준으로 진행된다. 하지만 '광주의 미래'라는 콘셉트에 거시적 목표를 두고 거기에 맞는 미시적으로 디자인할 필요가 있다.

도시를 개발할 때 미리 계획한 도시와 계획 없이 마구잡이로 개발한 도시 중 어느 도시가 주민들의 삶의 편의성이 높을까. 물론 계획을 짤 때 도시의 기능이 어떻게 변할 것인지에 대해 치밀한 시뮬레이션을 하여야 함은 필수다. 이런 차원에서 광주의 미래를 위한 치밀하고 구체적인 연구가 있어야 한다.

내가 그동안 여러 연구기관이 내놓은 결과물들을 가지고 나름대로 미래 광주의 방향을 고민해본 결과, 광주의 미래를 위한 그랜드 디자인의 핵심 콘셉트는 '광주·전남 혁신 벨트 구축을 통한 혁신형 메가시티 건설'이라고 본다.

메가시티는 기존의 행정구역과 체계는 그대로 두되, 두 개 이상의 도시를 하나의 생활권과 경제권으로 엮는 것을 말한다. 메가시티는 국가의 공간정책뿐만 아니라 세계 경제를 좌우하는 핵심적 이슈다. 특히 메가시티는 광주 같은 지방의 광역자치단체 같은 곳이 거대 수도권에 맞서기 위한 '규모의 경제'를 추구할 수 있는 전략이다.

도시는 국가기능 유지를 위해 가장 유용한 정책 공간이다. 도시에는 정치 · 경제 · 사회 · 문화 등 다양한 기능이 모여 있고, 국가는 도시의 기능을 유지하고, 확대하거나 아니면 전환하는 일련의 과정을 통해 세계와 경쟁한다.

이 과정에서 하나의 특정 도시는 주변 지역과 연계를 통해 공간적으로 확대되며, 집적의 이익을 통한 규모의 경제를 실현하게 된다. 이른바 메가시티라 불리는 거대도시에 관한 관심이 꾸준히 지속되는 이유다.

이를 통해 영국, 프랑스, 독일, 일본 등은 국토 균형발전과 국가경쟁력 강화를 추구하는 정책을 추진하고 있다.

메가시티는 지역 간 협력을 통해 상생발전을 추구한다. 행정구역 때문에 지역 간에 존재하는 장애물을 제거하고, 지역 간에 공공기관, 기업, 대학, 시민들이 파트너십과 네트워크를 구축하고, 지역의 공동 발전을 위해 협력사업을 추진하는 전략이다.

메가시티는 행정구역의 경계를 넘나들면서 다양한 방식으로 지역을 발전시킬 수 있다. 또한 여러 도시가 공동 투자를 해 예산 투입의 효율성을 증가시키고, 도시 간 연계와 협력을 시너지 효과를 만들 수 있다.

이런 점에서 경제와 생활의 밀접성이 매우 높은 광주와 전남이 하나의 도시처럼 연계하는 메가시티를 만드는 것은 매우 중요하다. 사실 광주나 전남이 따로 서서 한반도의 먼 남쪽 지방에 우뚝 선 미래 도시로 살아남기란 쉽지 않다. 하지만 둘이 합치거나 연대할 때 그 가능성은 두 배까지는 아니더라도 혼자일 때보다는 더 성공할 가능성이 큰 것이 사실이다. 그럼 어떤 방식으로 어떻게 할 수 있을까. 구슬이 서 말이라도 꿰어야 보배이듯 말로만 메가시티 운운한들 무슨 의미가 있겠는가.

광주와 전남 메가시티, 즉 '광주·전남혁신경제벨트 구축을 통한 혁신형 메가시티'는 광주·전남을 글로벌 에너지 허브 도시로 만들 수 있고, 광역 · 기초(광주 인접 5개 시군) 상생발전에 도움이 되며, 남해안과 남부권을 연계한 신성장축이 될 수 있다.

이 벨트 구현에 성공한다면 2040년에 인구 500만 명에 실질 GRDP(Gross Regional Domestic Product, 지역내총생산) 200조 원의 거대도시로 발전할 것으로 기대된다. 또 2천여 개의 기업을 유치하여 약 20만 명의 일자리를 창출할 것으로 예상된다.

한국지리학회에서 2021년에 내놓은 〈수도권 공공기관 2차 이전 대비 광주 남구 대응 전략 마련 연구 용역〉에 따르면, '광주·전남혁신경제벨트'는 에너지, 문화예술, 농생명 등 지역의 중점 산업 분야에서 산 · 학 · 연 · 관 혁신 주체 간의 집적과 연계를 중심으로 광주 남구와 광주·전남혁신도시의 상생발전을 도모하는 선형 형태의 초광역 협력 모델이다.

'광주·전남혁신경제벨트'는 광주와 전남 주요 산업의 혁신생태계를 구축하여 남구와 광주·전남공동혁신도시의 상생발전을 목표로 한다.

주요 혁신 자원은 광주 남구의 경우, 에너지밸리산업단지, 도시첨단산업단지(한국기초과학지원연구원, 한국전기연구원, 에너지융복합지원센터 등), 송암산업단지(CGI센터), 광주정보문화진흥원, 광주실감콘텐츠큐브(GCC)를 꼽을 수 있다.

광주·전남공동혁신도시는 공공기관, 한전공대 등이 포함된다. 공간적으로는 광주 남구 대촌동과 광주·전남혁신도시로서 광주 남구 에너지 밸리 반경 20km 이내 지역을 대상으로 한다. 주요 전략은 지역의 혁신 인프라를 활용한 특화산업을 발전시키기 위하여 초광역적으로 협력하고, 제2차 공공기관 이전 및 유치를 통해 신성장 동력을 마련하는 것이다.

특별히 강조하고 싶은 것은, 광주·전남공동혁신도시의 사이트(부지)를 현재의 나주지역 외에 광주 남구 대촌지역까지 확대하는 것이 필요하다는 것이다. 광주 남구 대촌지역이 혁신도시 지역이 되면 공공기관 이전뿐만 아니라 기업유치 등에서 새로운 활력을 얻게 될 것이다. 누구나 공감하고 있는 나주와 남구 대촌지역의 협력사업들도 진행하기가 훨씬 쉬워진다.

〈수도권 공공기관 2차 이전 대비 광주 남구 대응 전략 마련 연구〉를 기반으로 살펴보면, 광주·전남혁신경제벨트 구축을 통한 혁신형 메가시티의 전략에는 크게 세 가지가 있다.

첫째, 남구 에너지밸리산단-혁신도시와의 대중교통망 강화를 통한 명품교육 거점이나 교육특구로서의 위상 강화, 혁신도시와 연결되는 문화예술시비스권 조성이다.

둘째, 광주 북부지역(북구, 광산구)과 혁신도시를 연계하는 발전축 연계(교통망 및 산학연 연계 강화), 광주광역시 차원의 지역 균형발전, 나주시와의 에너지 산업 연계 발전을 위한 공동 전략 수립 등이 중요하다.

셋째, 에너지 관련 산업을 육성하여 기존의 서비스업 중심의 산업기반을 탈피하고, 인구 정체와 급속한 고령화에 대응하기 위한 신산업 발전전략을 수립하며, 2차 공공기관 이전 및 유치를 통해 신성장산업을 육성하면서 광주와 전남이 균형발전을 추구하는 것이 필요하다.

광주 남구 에너지밸리 산단과 나주혁신도시 지역과의 대중교통망 강화는 중요한 현안이 되어 있다. 광주-나주 광역철도가 그것이다.

최근 광주시와 전남도는 '광주-나주 광역철도' 비용 대비 편익을 따지는 경제성을 높일 수 있는 안이 도출되면 기획재정부와 국토교통부에 노선 변경안을 공동 신청하기로 잠정 합의했다.

광주시가 새롭게 제안한 안은 기존 노선 대신 인구 3만 명이 살고 있는 효천역을 경유하는 안이다. 이 안은 이용자가 늘어나는 효과가 있지만 현재로선 경제성이 떨어지고 비용도 늘어난다. 그러나 장기적으로 보면 이용자가 많아서 운영비용을 줄일 수 있다. 다만 이 경우에도 남구 대촌지역과 남평을 잇는 노선을 그대로 유지하는 것이 매우 중요하다. 앞으로 대촌지역이 혁신도시로 추가지정되고 칠석마을(고싸움놀이보존회관)에 아시아공동체문화체험관이 들어서는 등 이용자 변화에 대비해야 하기 때문이다. 칠석 고싸움놀이역의 신설은 이점에서 반드시 필요하다.

나는 크게 3가지 이유로 광주·전남혁신벨트 구축에 공감한다.

첫째는 광주광역시의 균형발전에 이바지할 수 있기 때문이다. 혁신경제벨트의 경쟁력 강화를 통해 광주광역시 북부지역(북구, 광산구)에 비해 취약한 광주 남부의 경제적 기반을 확충하고 광주 내 산업 불균형을 해소할 수 있다.

둘째는 혁신경제벨트와 광주·전남혁신도시 연계를 협력을 통한 상호보완이 가능하기 때문이다. 광주·전남혁신도시의 부족한 정주 여건을 충족하면서 산업 · 학계 · 연구 분야의 클러스터 구축이 가능해 광주 남구와 광주·전남혁신도시 간의 상호보완적 발전이 가능하다. 혁신경제벨트는 광주·전남혁신도시 발전을 가속화 할 뿐만 아니라, 광주 북부권까지 혁신도시 조성 파급 효과를 확장할 수도 있다.

셋째는 혁신경제벨트를 통해 수도권과 경쟁할 수 있는 초광역적 혁신생태계 구축이 가능하기 때문이다. 특히, 혁신형 메가시티를 통해 광주·전남혁신도시-광주광역시 남구-광주광역시 북부지역(북구, 광산구)까지의 초광역 협력을 강화할 수 있다. 공간적으로는 광주 남구를 중심으로 혁신도시와 광주광역시 북부지역의 AI, 첨단산업단지, 대학 등과의 공간적 연계가 가능하다.

광주 남구는 봉선동 일대의 우수한 교육여건과 좋은 정주 환경을 통해 혁신도시와의 연계 발전이 가능하다. 광주경제자유구역 중 스마트에너지 산업지구 Ⅰ · Ⅱ로 지정된 에너지밸리 산업단지, 도시 첨단 산업 단지와 광주·전남혁신도시 소재 에너지 기업, 한전 등 전력 분야 공공기관, 한전공대와 연계된 초광역적 상생발전도 모색할 수 있다.

광주 동구의 아시아문화전당, 광주·전남혁신도시 내의 문화예술 분야 공공기관과 남구 송암산단 내 CGI센터, 광주첨단실감콘텐츠큐브 간의 연계를 통한 문화예술 분야의 시너지 효과 창출도 가능하다.

광주 남구 대촌동 일원의 풍부한 농지를 광주·전남혁신도시의 농생명 분야 공공기관(한국농어촌공사 등)의 시범단지로 활용하여 시너지 효과를 창출할 수 있다.

혁신형 메가시티 성공을 위해서는 제도적 지원이 매우 중요하다. 합리적인 메가시티 협력사무의 선정을 위한 노력과 더불어 전문성과 책임성 있는 추진 기구 설립 및 운영이 요구된다. 또 메가시티 협력을 위한 안정적인 재원 마련 방안도 필요하다. 메가시티 협력사업을 지속해서 추진하기 위해 국가균형발전 특별회계 말고도 또 다른 재원이 확보되어야 한다.

도시형 웰니스 산업클러스터

코로나19 이후 건강에 관한 관심이 부쩍 높아지고 있는 가운데, 건강관리 패러다임도 바뀌고 있다. 급속한 고령화와 소득향상에 따라 삶의 질 개선 욕구가 증가하고, 건강관리의 무게중심이 치료에서 예방으로 옮겨가는 경향이 두드러진다. 이는 행복 추구 및 삶의 질을 목적으로 하는 소비자집단이 증가하면서 나타나는 현상이다.

최근에는 비의료 영역의 IT융합 기술을 적용하는 건강 서비스가 선보이는가 하면 이에 따른 웰니스 산업에 대한 관심이 대두되고 있다. 웰니스는 단순히 몸의 건강을 넘어선 몸과 정신의 조화로운 균형과 건강을 지향하는 라이프 스타일을 말한다.

이 트렌드는 Z세대가 주도하고 있는데, 꼭 이들에게만 국한된 흐름은 아니다. 새로운 기술과 문화를 빠르게 받아들이는 Z세대가 웰니스와 관련된 새로운 상품과 서비스에 대한 이해력과 구매력을 가지고 있어 이 트렌드의 중심에 있다고 볼 수 있다.

웰니스는 웰빙(well-being), 행복(happiness), 건강(fitness)

의 합성어로 신체적 · 정신적 · 사회적(환경적) 건강이 조화를 이루는 상태를 의미한다. 고령화가 심화할수록 웰니스 산업은 계속 주목받을 것으로 보인다.

웰니스 시장은 개인의 심신 상태를 가시화하고 데이터를 기반으로 학습해 사용자의 상태를 최적화하는 서비스 시장을 가리킨다. 웰니스 분야 서비스는 개인이 건강한 삶을 살 수 있도록 신체 · 정신 건강을 종합적으로 지원하는 서비스로 이해할 수 있다. 웰니스 서비스 목표는 신체의 건강한 상태를 유지하는 헬스 케어, 질병에서 회복하기 위한 의료 서비스, 육체적 · 정신적 건강이 조화를 이루는 웰빙의 실현까지 포함하여 생활 전반의 질을 높이는 것이다.

이런 트렌드를 반영하는 웰니스 IT 산업은 IT · BT · 서비스 등이 복합된 대표적인 융합 신산업이자 일자리 창출의 대표적인 미래성장동력이라고 할 수 있다. 문체부는 2018년도에 경남을, 2019년도 충북을 웰니스 관광 거점지역으로 선정한 바 있다. 2023년에는 웰니스 관광 산업과 의료관광 산업을 '웰니스 · 의료관광 융 · 복합 클러스터 사업'으로 통합하고 대구 · 경북(TK)과 부산, 인천, 강원, 전북, 충북 등 6개 지방자치단체를 관련 사업지로 선정했다. 웰니스 관광 클러스터 사업은 휴양 관광지와 치유시설 같은 거점을 구축하고 웰니스 관광 중장기 발전전략, 프로그램 개발, 홍보, 전문가 양성 등 한국의 웰니스 관광을 한 단계 발전시킨다는 취지로 계획된 사업이다.

대구 · 경북은 대구의 성형 · 피부 의료기술과 경북의 소백산,

백두대간 등 자연·숲 웰니스 관광을 연계한 특화 관광상품을 내놓았다. 부산은 동부권(방사선 치료), 서부권(중증질환), 도심권(서면 의료거리) 등 권역별 의료관광 자원을 바탕으로 해양 웰니스를 연계해 체류 기간을 늘리는 융·복합 관광자원과 상품을 개발하였다. 인천은 도심권(의료·미용 중심), 송도권(MICE 연계), 영종권(환승, 고급 휴양 관광), 강화·옹진권(숲, 해양 치유) 4대 권역 중심으로 특화된 상품을 출시하였다. 강원은 원주(한방), 동해(스파), 영월(자연회복), 평창(숲), 정선(명상) 등 지역의 대표적인 웰니스 관광상품을 개발했다. 전북은 진안, 임실, 순창 등 웰니스 관광 거점 5개소를 구축하는 동시에 지역 전통문화와 양·한방 협진을 통한 만성질환 관리를 연계해 웰니스·의료 관광상품을 내놓았다. 충북은 충주·제천의 '깊은산속옹달샘'과 '리솜포레스트' 등 웰니스 관광지를 중심으로 양·한방 통합진료를 연계한 검진-치료-치유-휴양 상품 등을 추진하고 있다.

광주도 시대의 흐름에 부합하여 웰니스 산업 추진에 적극적으로 나서야 한다. 이 사업은 특히 도시권 특성에 적합하다는 장점이 있어 더욱 전략적으로 접근하는 것이 좋다. 광주 웰니스 산업의 방향을 도출하기 위해 분야별로 사업 현황을 살펴보자.

첫째, 건강(Health) 분야이다. 건강은 웰니스에서 소비자의 일차적인 목표이다. 건강은 웰니스에서 가장 먼저 떠오르는 가테고리로 약을 통한 건강 개선, 비타민 복용 등의 보충제뿐만 아니라 소비자 개인이 이용하는 의료 장비, 건강 수치 모니터 등이 이

범주에 모두 포함된다. 혈압계, 혈당 모니터, 심박수 모니터 등의 건강 상태를 관찰하고 추적할 수 있는 장비는 물론이고, 장비와 연동되어 해당 수치에 대한 해석과 정보를 제공하는 앱 서비스, 증상이 있을 때 문의할 수 있는 전문지식 서비스, 증상으로 인해 의사를 만나고자 할 때 의사 평점 비교, 병원 예약까지 도와주는 앱 등이 모두 이 분야의 서비스에 해당한다.

둘째, 피트니스(Fitness)이다. 웰니스에서 피트니스 분야는 건강은 물론 외모까지 목표로 하는 소비자들이 관심을 가질 카테고리이다. 피트니스는 신체의 건강 수치뿐 아니라 외적으로 보여지는 신체 이미지를 개선하고 거기에서 성취감과 자존감을 높이고 싶은 사람들이 중요하게 생각하는 분야이다.

외부 시설에서 운동할 수 없게 된 사람들은 예전보다 더욱 피트니스를 열망했고, 그로 인해 집에서 운동할 수 있도록 가이드를 제공하는 홈 트레이닝 콘텐츠, 인홈(In Home)·DIY 피트니스 상품과 서비스들이 개발되었다. 대표적인 인홈·DIY 피트니스 상품으로는 펠로톤(Peloton, 가정용 유산소 운동기구), 룰루레몬 스튜디오(Lululemon Stuido, 거울형 스크린을 놓고 버추얼 트레이너와 1:1로 운동), 그리고 토널(Tonal, 초소형 러닝 머신) 등이 있는데, 이 상품들은 운동기구와 앱 서비스를 연동해 클래스를 진행하거나 버추얼 트레이닝 등 이전에는 볼 수 없던 새로운 피트니스의 개념을 만드는 계기가 되기도 했다.

셋째, 영양(Nutrition)이다. 영양은 언제나 웰니스의 기본이다. 영양은 웰니스를 이야기할 때 빠질 수 없는 요소인데, 현대의 소비자들은 맛이 좋으면서도 각자가 지향하는 웰니스의 목표(식이)를 이룰 수 있는 음식을 원한다.

케토, 비건, 팔레오, 글루텐프리, 당뇨식, 체중관리식 등 다양한 식이방법이 트렌드로 떠오르고 그에 맞춘 개인화된 식단과 메뉴의 서비스를 쉽게 찾아볼 수 있다.

미국의 밀 프렙(Meal Preparation)은 손질된 식재료를 바로 조리할 수 있도록 준비해서 배달하는 서비스인데, 식이 방법뿐 아니라 라이프 스타일과 가치관에 따라서 자신에게 맞는 서비스를 선택할 수 있도록 하고 있다. 이런 추세에 따라 뉴트리션 앱, 다이어트 프로그램, 쥬스 클렌징, 음식 구독 서비스 등에 대한 소비자들의 관심은 앞으로 점점 커질 것으로 예상된다.

자원 순환 도시, 광주

기후환경이 글로벌 이슈가 되면서 자원 순환에 대한 관심이 높아지고 있다. 자원 순환은 자원이나 에너지를 최소한으로 투입하고, 폐기물 배출을 최대한 억제하며, 제품을 가능한 한 오래 사용해야 하는 것을 의미한다.

자원 순환은 환경적 측면에서 순환 경제 원칙을 산업계에 적용하는 방법이며, 폐기물로 인한 환경오염을 줄이고 온실가스 감축 및 기후변화 대응에 이바지할 수 있게 한다.

경제적 측면으로는 순환 경제를 통해 원자재 수급비용을 줄이고 조달 리스크를 약화할 수 있어 경제성장과 일자리 창출에 긍정적인 영향을 미친다.

사회적 측면으로는 UN의 지속 가능 발전 목표(SDGs)를 달성하고, 지속 가능한 소비 및 생산에 이바지할 수 있다. EU에서는 생산자에게 제품 설계(디자인) 단계에서부터 순환 경제 원칙을 고려하도록 의무화하고, 소비자에게는 이에 대한 적절한 정보를 제공함으로써 에너지 효율과 순환성이 높은 제품을 사도록 유도

하는 데 초점을 맞추고 있다.

일본을 대표하는 공업도시 기타큐슈(北九州)는 1960년대까지만 해도 살벌했다. 제철소 등 각종 공장에서 쏟아지는 온갖 폐수와 악취로 도시는 썩어가고 있었다.

그러나 1970년대 들어 주부들을 중심으로 시민운동이 시작되자 지방정부와 기업의 참여가 뒤따르면서 달라지기 시작했다. 20년에 걸친 민관산(民官產)의 유기적 협조로 기타큐슈는 세계가 인정하는 환경 도시로 부활했다.

다시 그로부터 10년 뒤 공해와의 싸움에서 승리한 기타큐슈는 새로운 목표에 도전했다. 다시 쓰면서(reuse) 쓰레기를 줄이고(reduce) 어쩔 수 없이 발생하는 쓰레기는 자원으로 재활용(recycle)하는 이른바 '자원 순환형 탄소제로 도시'를 실현하겠다는 것이다.

2천ha에 이르는 광활한 기타큐슈 에코타운에는 이처럼 쓰레기를 재활용해 자원화하는 기업이 25개나 있다. 품목으로 따져도 폐형광등, 가전제품, 페트병, 폐목재, 사무용기기, 건설폐기물 등 없는 게 없을 정도다. 놀라운 것은 이들 공장 대부분이 재활용률 90% 이상을 자랑한다는 사실이다.

기타큐슈의 쓰레기 분리수거는 까다롭기로 유명하다. 분리해 수거하는 쓰레기 종류만도 9종에 이르는 데다 전용 쓰레기봉투도 4가지나 된다. 분리수거가 복잡해 시가 아예 34쪽짜리 안내 책자를 만들었을 정도이다.

이렇게 까다로운데도 주민들은 완벽하게 쓰레기 분리 규칙을 지키고 있다. 인구 100만 명의 기타큐슈는 에코타운에서 얻은 쓰레기 재활용의 성공 사례를 시 전체로 확대할 계획이다. 우선 이 지역이 산업도시라는 특색을 활용해 주거지역 가까이에 있는 공장에서 발생하는 폐열과 동력을 에너지로 재활용하는 방안을 모색 중이다. 또 오래 견디는 주택을 건설해 오염물질 발생을 최소화하는 등 157건에 이르는 저탄소사회 실현 프로젝트가 마련돼 있다. 모든 프로젝트가 가동되는 2050년이면 현재 연간 1천 560만 톤인 탄소배출량이 절반으로 줄어들 것으로 보고 있다.

광주 역시 기후 위기에 대응하고 지속 가능한 발전을 이루기 위해서는 기존 도시자원의 이용방식을 개선하고 순환성을 높이는 자원 순환 도시로 전환해야 한다.

자원 순환 도시로의 전환을 통해 자원과 에너지 소비 감축, 다양한 도시 문제와 재정낭비 억제, 기후변화와 에너지 문제를 동시에 해결할 수 있다.

자원 순환 도시는 도시의 공공자원을 활용해 사회적·경제적 활동의 순환성을 확보하고, 자원의 순환 이용을 촉진하기 위한 공간과 체계를 구축한 도시를 의미한다.

자원 순환 정책의 범위를 폐기물 분야로 한정하지 말고 관련 인프라와 서비스 구축까지 포함하는 것이 필요하다. 광역 자원 순환 인프라, 지역 자원 순환 센터, 생활자원 회수센터 등 자원 순환 단계별 인프라가 다양해야 하며, 공간·도시계획과 연계도 필요하다.

또한 자원 순환 도시로 효과적인 전환을 하기 위해서는 자원

순환 정책 및 계획의 초기 수립단계부터 공간계획을 함께 고려하도록 관련 법 · 제도를 개선하여야 한다. 다차원의 공간계획을 자원 순환 정책에 반영하도록 국가 · 지역의 자원 순환 계획과 국토 · 도시계획 간 연계도 필요하다. 자원 순환 정책 및 사업의 공간적 범위와 이해관계자 범위를 초기 수립단계부터 명확히 하여, 자원 순환시설에 대한 시민들의 합의와 수용성이 중요하다.

광주의 정책 이행 역량 및 여건을 고려하여 단계별 · 수준별로 차별화된 광주형 자원 순환 정책 및 사업들이 필요한 시점이다.

광주 남구 양림동은 시민환경단체를 중심으로 자원순환도시를 지향하면서 아직은 낮은 단계이지만 차근차근 자원순환도시로의 이행을 실천하고 있다. 광주시민의 의식 수준이라면, 기후위기 시대에 적극 대응하는 이 같은 시도를 남구 전체 나아가 광주시로 확대하면서 세계적 명품 자원순환도시로의 전환에 도전해 봄 직하다.

광주 남구 발전 '네 바퀴' 정책

광주 남구는 광주·전남 메가시티가 구축될 때 그 허브의 기능을 수행하는 매우 중요한 도시가 될 것이다. 광주의 미래를 담보할 핵심 도시인 것이다.

나는 이런 광주 남구에 '네 바퀴 정책'이 필요하다고 본다. 첫째가 교육이다. 남구는 관내에 약 144개의 교육기관이 있을 만큼 광주 교육의 중심지 역할을 해내고 있다. 이 교육 인프라를 바탕으로 우리 광주가 필요로 하는 많은 인재를 길러내는 요람으로 만들어야 한다.

봉선동, 효덕동, 송암동 권역은 교육부의 교육국제화특구, 교육자유특구 또는 이와 비슷한 글로벌 교육명품특구로 조성해야 한다. 교육국제화특구는 국제화 교육 활성화를 위한 우수한 여건과 수요를 갖춘 지역을 선정하여 지역 단위 교육국제화 선도모델을 창출·확산하는 사업을 말한다.

이 사업은 글로벌 인재 양성 체제 구축을 통한 국가의 국제 경쟁력 확보 및 지역의 교육 서비스 활성화를 통한 지역의 균형발전 도모를 목표로 삼고 있다.

최근에 교육부는 교육자유특구를 실시하겠다고 발표했다. 교육자유특구는 지방정부와 교육청이 주도하고, 중앙정부와 대학이 함께 참여해 지역의 교육에 투자함으로써, 지역에서 양성된 인재가 지역에 정주할 수 있는 기반을 조성하는 것을 목표로 한다. 물론 일부에서는 이러한 특구정책이 귀족학교를 만드는 정책이라고 비판하기도 한다. 그러나 남구는 교육환경이 매우 우수하다는 점에서 어떤 형태로든 광주가 필요로 하는 교육명품특구를 만들어야 한다는 점에서는 서로 상생할 수 있는 합의점을 찾을 수 있을 것이라 본다.

두 번째는 문화·관광 산업이다. 광주 남구에는 많은 문화 유적이 자리 잡고 있다. 무형문화재 제33호인 고싸움놀이도 그중 하나로 꼽을 수 있다. 전남과 광주 일대에서 행해졌으나 지금은 주로 광주 남구 대촌동 칠석마을에서 열린다고 하여 '광주칠석고싸움놀이'로 불리게 되었다. 고싸움놀이는 정월 대보름을 전후하여 행해지는 격렬한 남성집단놀이다(문화재청 국가문화유산포털 인용).

고싸움의 '고'는 옷고름이나 고맺음, 고풀이처럼 노끈의 한 가닥을 길게 늘어뜨려 둥글게 맺는 것을 말한다. 이 고 두 개가 서로 맞부딪치며 싸운다 해서 '고싸움'이라 부른다.

고싸움놀이의 시작이 곧 마을 축제의 시작이다. 고를 만들 때부터 축제 분위기가 돋워지기 시작하여 일단 고가 만들어지면 서로 맞부딪칠 윗마을과 아랫마을이 공동으로 고사를 지낸다. 그러고는 농악을 앞세우고 집집이 돌면서 마당밟이 굿을 한다. 실제 고싸움에서 상대방의 고가 땅에 닿게 하면 이기는데, 그 과정이 정말 격렬하다. 고싸움은 마을 사람들의 협동심과 단결력을 다지는 우리 고유의 집단놀이이다.

칠석마을에는 아시아공동체문화체험관 사업이 예정돼 있다. 예산 문제를 하루빨리 풀어서 본격적인 사업에 나서야 한다.

고싸움놀이는 놀이의 특성이 본질적으로 공동체성, 협동성을 담고 있다. 유치원 아동부터 청년들까지 고싸움놀이 체험학습은 매우 재밌고 의미 있는 경험이 될 수 있다. 아이들을 위한 작은 고에서 성인들이 참여하는 대규모 고까지 다양한 고를 이용한 고싸움놀이의 경험은 평생 잊을 수 없는 시간을 제공할 것이다.

나는 군남초등학교 6학년 때 고싸움놀이를 직접 해보았다. 학교 운동회에서 시연하기 위해 고싸움을 했는데, 줄패장(고 위에 올라가서 지휘하는 사람)이 되어 위에 올라갔더니, 반 친구들이 나를 태우고 무거운 고를 드느라 쩔쩔매면서 땀범벅이었다. 나는 친구들에게 정말 미안했다. 담임 선생님을 찾아가, "선생님, 친구들이 저렇게 하는데, 저는 고 위로 올라갈 수 없습니다. 줄패장을 바꿔주십시오"라고 말씀드렸다. 선생님은 누군가가 그 자리에 올라 가야 하는데 네가 그것을 잘했으니 계속하라고 했다. 그럴 수가 없었다. 고싸움의 긴박하고 격렬한 순간들은 평생 생생하게 기억된다. 그 체험을 한 아이들은 어른이 되어 다시 칠석마을을 찾을 것이다.

양림동은 광주에 처음 기독교가 들어온 곳으로 대일항쟁기 때

구국운동의 본거지였다. 양림동은 알다시피, 애초에는 버드나무가 많아 붙여진 마을 이름인데, 뒷동산은 풍장터였다고 한다.

사람들이 살기 꺼리던 이곳에 광주와 목포에서 선교 활동을 하던 오웬목사(C.C.Owen, 1867~1909)께서 찾아와 1904년에 양림교회를 세웠다. 사람들은 그를 '오 목사'라 부르며 따랐고, 후에 유진벨(Eugene Bell, 배유지, 1868~1925)이 합류하여 함께 활동했다. 오웬은 간호사였던 부인과 함께 선교는 물론, 의료분야에서도 봉사하며 헌신했다. 배유지 목사는 선교 활동을 위해 '수피아여고'를 설립하였다.

현재 양림동에는 이들을 비롯한 23분의 유해가 묻힌 선교사 묘역이 있다. 또 양림동은 한국 근현대사의 유산이 고스란히 남아 있는 곳으로 역사 연구자료로서의 가치도 높다. 또한 남장로교 광주선교부가 1904년 12월 25일에 처음 예배를 드린 것을 기념한 '선교기념비'와 클레멘트 오웬과 그의 할아버지를 기념하기 위해 건립한 오웬 기념각 등의 문화재가 있다. 선교사 묘원 주위로 선교사들의 이름을 딴 '서서평길' '오기원길'이 조성돼 있다.

지금 '양림동산 투어'라는 이름으로 유적지를 따라 걷는 프로그램이 있긴 한데, 이런 프로그램을 더 많이 더 특색있게 기획하여 광주 남구, 나아가 광주의 상징으로 만들어야 한다. 미국 선교사들이 이역만리 광주에서 한국의 근대와 기독교 문화를 꽃피운 점에서 '한국의 예루살렘'이라는 콘셉트를 적극적으로 살리면서 이 문화 유적과 연관된 여행이나 관광 관련 인프라를 만들어 멀리서도 찾아오고 싶은 명소로 만들어야 한다.

이 밖에도 광주 남구에는 제봉(霽峰) 고경명(高敬命, 1533~1592) 선생을 모신 포충사를 비롯해 고운(孤雲) 최치원(崔致遠, 857~?)의 신주를 모신 지산사(芝山祠)의 강당인 지산재 등 문화유산이 풍부하고, 충효 · 애향 · 협동 정신이 강하며 사회경제적 개발 잠재력이 풍부한 지역이다.

세 번째는 빛고을건강타운 활성화와 어르신 복지스포츠사업의 확대이다. 알다시피 광주 남구 노대동에는 국내 최대의 시니어 복지시설인 '빛고을노인건강타운'이 있다. 이 건강타운 2009년에 설립된 복지시설로, 하루 평균 4천 명 이상이 이용하는 노인복지의 메카로 통한다.

아울러 건강타운에는 건강증진실, 물리치료실, 상담실, 민원실 등이 들어선 복지관과 서예실, 공연장, 도서열람실, 컴퓨터실, 어학실, 강의실, 노래방 등을 갖춘 문화관이 있다. 시니어들이 회원이 되어 이용할 수 있지만 직접 다양한 일도 할 수 있어 일자리 창출에도 적잖은 효과를 내고 있다고 한다.

지금은 백세 시대다. 백 살까지 살기 싫다고 해서 살 수 없는 것이 아니듯 사람의 수명은 인위적으로 할 수 있는 게 아니다. 그렇다면 은퇴 후 삶을 어떻게 영위해야 할까. 무료하게 하루하루 연명하는 삶을 살 수는 없다. 단 하루를 살더라도 건강하고 보람있게 살아야 한다. 이건 인간이면 누구나 가질 기본권이다. 이 기본권을 위해서 국가가 나서야 한다. 산업화 민주화 과정에서 온몸을 바쳐 이 나라를 이만큼 일구어 놓은 세대들을 봉양해야 한다. 노후 따윈 생각할 겨를도 없이 오로지 앞만 보고 달려온 이 세대들이 그래도 편안하게 노후를 보낼 수 있는 인프라를 만들어야 한다. 따라서 지역의 거점이라는 의미에서 빛고을건강타운 같은 대규모 시설도 짓고, 마을마다 틈새를 찾아 필요한 소규모 시설, 가령 '노인을 위한 작은 목욕탕' 같은 시설을 지을 필요가 있다.

그리고 최근 어르신들의 건강을 위한 스포츠활동이 폭발적으로 활성화되고 있다. 파크골프장, 그라운드골프장 등을 대폭 늘려야 한다.

맨발 걷기 황톳길 등 건강을 위한 걷기 길에 대한 수요도 폭증하고 있다. 예산의 우선순위를 어르신을 중심으로 건강 활동을 지원하는 방향으로 집중해야 할 것이다.

네 번째는 에너지산업밸리 조성이다. 대촌동 중심의 권역은 에너지 밸리 타운을 조성하기에 안성맞춤의 여건을 갖추고 있다. 무한한 성장 잠재력을 가지고 있다고 해도 틀린 말이 아니다. 광주광역시의 '에너지 밸리' 일반산업단지가 대촌동 주거생활권 중심부에 조성되고 있기 때문이다.

이 사업은 '기술, 사람, 문화가 공존하는 창의 혁신 기반의 선순환 에너지 산업 융복합생태단지 조성'을 비전으로 하고 있다. 기업 및 투자 유치 정책과 연계한 융복합단지 집적화, 연구 기반과 연계한 융복합단지 기술고도화 등을 추진하고 있다.

에너지산업융복합단지는 에너지 산업과 에너지 연관산업의 집적 및 융복합을 촉진하기 위해 조성되는 지역을 말한다. 국가적 육성이 필요한 에너지 중점 산업 분야의 산·학·연 협력 네트워크를 구성해 기술혁신·융복합 거점이 되는 클러스터다. 단지는 에너지 관련 매출액 비중이 50% 이상인 에너지 특화기업, 연구소, 대학 지원기관을 비롯해 에너지 공기업, 에너지 공급시설, 실증·시험시설 등으로 구성한다. 특히 토지 이용 구역을 지정해 신규 거점을 개발하는 방식이 아닌 기존에 조성된 혁신도시, 산업단지, 전원개발구역을 연계해 지역 균형발전을 유도할 수 있다.

남구 에너지산업융복합단지는 평동산단, 첨단산단, 광주·전남혁신도시, 나주혁신·에너지·일반·산단, 한전공대연구클러스터, 장성나노산단, 목포 대양산단·신항배후단지 등과 연계하여 광주와 전남에 일자리 창출은 물론이거니와, 다수의 기업 유치, 2025년엔 에너지 자립률 40% 달성 등의 효과를 기대할 수 있다.

그리고 에너지산업 융복합단지 종합지원센터가 건립되면 더 효과적인 지원이 가능할 것으로 보인다. 이 지원센터는 지역 내 에너지 전문기관 간 연계와 협력, 정책 발굴·기획 등 기술사업화의 전 과정을 아우를 수 있는 거점기관 역할을 한다. 또 원스톱 서비스 공간을 구축하고 기업 성장을 지원할 수 있는 컨트롤타워 역할도 할 것으로 기대된다.

산업자원통상부가 2019년에 발표한 '에너지산업융복합단지 성공적 구축 전략'에 따르면, 첫째, 산·학·연 집적 활성화 및 인프라 구축이 요구된다. 이를 위해 클러스터 형성을 견인할 글로벌 선도기업과 연관기업을 동반 유치하기 위한 치밀한 전략과 지원이 절실하다. 이와 함께 기술혁신 활성화를 위한 연구 및 실증 인프라를 구축해 R&D 클러스터와 융복합단지를 연계한 연구기관을 집적시키고, 에너지 분야 실증·시험시설을 융복합단지에 우선 설치해 시범단지로 활용하는 한편, 에너지 산업계 수요를 반영한 전문인력을 확충해야 한다.

둘째, 기술혁신 역량 강화 및 전주기 지원책을 확대해야 한다. 정부는 융복합단지의 산·학·연 역량 강화를 위한 지역주도 기술 개발을 활성화하기 위해 R&D 지원 확대와 지역 에너지 혁신사업 같은 지역 R&D 등을 추진하고 있다. 특히 개발된 기술의 사업화 촉진을 위한 지역특화 실증연구를 확대해 수소나 부유식 해상풍력, 스마트그리드, 원전 해체 등 다양한 분야에서 기술사업화를 추진하고 있다.

셋째, 클러스터 생태계 조성 및 신성장 동력화이다. 융복합단지 생태계 활성화를 위한 세제·금융 및 규제 특례를 통해 세제와 금융을 지원하고 규제샌드박스와 규제자유특구 등을 활용해 융복합단지에서 신산업을 육성할 수 있는 환경을 조성하는 것이다. 또 기술 교류 활성화와 국제공동연구, 해외 클러스터와의 협력을 통해 글로벌 협력체계를 구축하는 것이다. 이외에 융복합단지 컨트롤센터 역할의 클러스터 지원센터 구축도 필요하다.

넷째, 정부, 지역 싱크 탱크, 시민단체 등이 중심이 되어 지역 정주 환경, 인프라 등 지역의 삶의 질과 관계된 현안을 적극적으로 발굴하고, 지역 대학, 기업, 연구소 등 지역 혁신 주체 간 연계를 활성화할 수 있도록 관련 체계를 정비하는 게 중요하다. 지역의 혁신 주체들이 문제 발굴, 기획, R&D, 활용 및 확산 등 전 주기에 걸쳐 충분한 전문성을 가질 수 있도록 중앙-지역 간 유기적인 R&D 연계 및 협업 환경을 구축하는 것도 필요하다.

이 밖에도 주민들의 삶의 질을 높일 수 있는 정책을 펴야 한다. 무엇보다 주민의 삶의 질을 높일 수 있는 주거환경 개선이 시급하다. 정비가 필요한 지역엔 다양한 주택사업이 추진될 필요가 있다. 특히 근린공원이나 녹지시설이 부족한 곳엔 개발과 연계해 공원을 많이 만들어 주민들이 언제나 찾는 생활밀접형 공간으로 만들어야 한다.

아울러 이런 다양한 건강, 문화, 복지 관련 편의시설을 확충하되, 어디서든 쉽게 접근할 수 있도록 교통계획도 함께 실행해야 한다. 편의시설만 덩그러니 지어놓고 주민들이 찾기가 불편하다면 무용지물을 넘어 흉물이 되기에 십상이다.

또한 주거지역과 밀접한 상업지역의 정비도 필요하다. 유흥시설이 미치는 악영향을 고려하여 상업지역에 대한 개발이 필요하며, 가로 및 보행 체계 정비, 복지시설, 문화 · 체육시설, 커뮤니티시설 등 주민의 생활 편의를 위한 공공 및 생활편의시설 등도 확충하는 것이 필요하다.

이렇듯 광주 남구는 교육 · 문화관광 · 건강 · 에너지 등 '네 바퀴'를 달고 미래를 향해 달려 나가야 한다. 그랜드 디자인된 마스터플랜을 반드시 현실화시키려는 주민들의 참여와 열정, 유능한 정치리더십이 반드시 필요하다. 어떤 리더를 선택하는가에 따라 국가와 지역의 미래가 달라진다.

* 정진욱 정무특보 세계일보 인터뷰

〔2023년 10월 31일 자〕

[여의도행]

이재명과 '동조 단식' 정진욱 "친명, 비명 아닌 국민이 항상 나의 기준"

이재명 대표 정무특보 정진욱 광주 동·남구갑 지역구 출사표
이재명과 동조단식 기간 중 5·18 민주광장서 13차례 토론회
"고시 출신과 달리 다양한 경험 통해 경쟁력 갖춘 준비된 일꾼"

더불어민주당 정진욱 당대표 정무특별보좌역이 지난 23일 본인의 광주 사무실에서 동 · 남구갑 지역구 현안에 대해 설명하고 있다.

"친명(친이재명)이냐 비명(비이재명)이냐, 윤석열 정부에 반대하냐 찬성하냐는 이분법적 접근 방식으로 정치를 하면 소모적 갈등이 끝이 없는 것 같아요. 그럼 세상의 변화는 올 수 없거든요. 저는 항상 기준이 국민입니다. 원래 이게 정답 아닐까요. 누가 더 민생을 잘 챙길 수 있느냐의 경쟁으로 가면 되는 거예요."

22대 총선을 앞두고 광주 동·남구갑 지역구에 도전장을 낸 더불어민주당 정진욱 당대표 정무특별보좌역은 지역민들의 살림살이를 어떻게 하면 보다 개선할 수 있는지에서 시작해 당 안팎의 현안 관련 견해를 밝히는 데 거침이 없었다. 지난달 이 대표의 단식투쟁에 동조하는 단식을 5·18 민주광장에서 16일간 하느라 몸무게가 8kg이나 빠져 핼쑥했지만, 2시간가량 이어진 인터뷰 내내 흔들림 없이 즉문즉답을 쏟아냈다. 인터뷰는 이재명 대표가 당무에 복귀한 지난 23일 광주에 있는 정 특보 사무실에서 진행했다.

◆ "현역 정치인 안 보인단 지적 많더라"

정 특보는 지난달 4일 이 대표에 동조하는 단식투쟁을 시작해 16일 차에 의식을 잃고 쓰러져 전남대병원 응급실로 긴급 이송됐다. 총선 출마 선언 기자회견을 '투쟁선언식'으

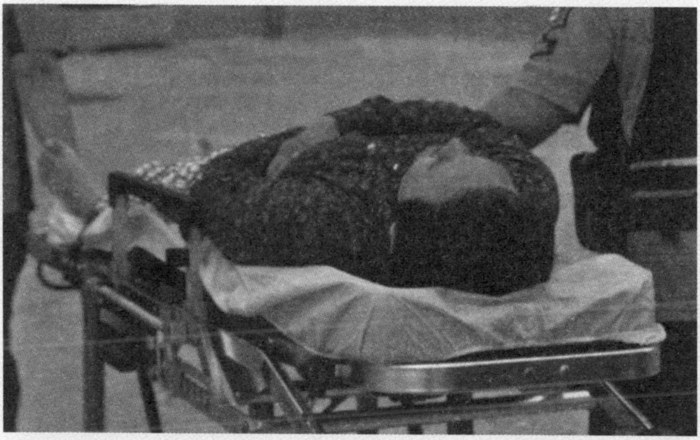

더불어민주당 이재명 대표의 단식투쟁을 지지하며 동조단식을 벌였던 정진욱 당대표 정무특별보좌역이 단식 16일차인 지난달 19일 쓰러져 전남대병원으로 이송되고 있다.

로 고쳐 진행할 만큼 굳은 결기로 단식을 시작했지만, 곡기를 끊은 채 보름 이상 지내니 몸이 버티지 못해 쓰러졌다.

단식 기간 중엔 일본 원전 오염수 해양 방류 중단을 촉구하는가 하면 당 내외 현안을 주제로 광주시민들과 13차례에 걸친 광장 토론회를 진행했다. 그 기간 만난 시민이 1000여 명에 달한다고 한다. 정 특보는 "우리 지역의 현안들도 이야기해보면 어떨까 하는 생각"이었다며, "주민들이 뜻밖의 의견을 많이 전했다"고 떠올렸다.

"주민들이 기존 정치인에 실망한 거 있죠. '왜 우리 정치인들은 안 보이냐'는 거였습니다. 그리고 '역할이 없다'는 겁니다. 지역의 현안들을 놓고 주민들과 왜 안 만나냐는 거예요. 또 '당선되는 순간 코빼기도 안 보인다. 초심을 잃고 있다'는 지적이 있었습니다. 그리고 '우리가 의지할 데가 없다. 경제가 너무 힘들다. 그러니 정치하는 사람들이 좀 보살펴줬으면 좋겠다'는 호소였습니다. 결국 제일 중요한 건 민생입니다."

◆ "일자리 하나라도 만들어봤습니까"

경제지 기자 출신인 정 특보는 사업에 뛰어들어 한때 서울지역 내 도서 당일 배송 인터넷서점을 고안해낸, 요즘 말로 치면 스타트업계의 샛별이었다. 사업상 다양한 성공과 실패의 경험은 그에게 '서생적 문제의식'과 '상인적 현실감각'이라는 보상으로 돌아왔다.

"한 번은 교육사업 하려고 교육청에 신고하러 가니까 서류를 24가지 준비하라고 해요. 그 서류들을 준비하면서 '정말 이럴 수 있나' 싶었어요. 내가 회사를 만드는 순간 일자리를 만들어내고 이익을 내서 세금을 내고 사회에 기여하는데, 공무원들은 상전처럼 앉아서 요구하는 거잖아요. 서류를 준비하면 이유 없이 트집 잡아 돌려보내기도 하더라고요."

지난해 3·9 대선을 앞둔 마지막 날 밤, 선거유세를 마친 뒤 더불어민주당 이재명 당시 대선 후보(오른쪽)와 정진욱 당대표 정무특별보좌역이 서울 여의도 한 컨벤션 센터에서 기념촬영을 하고 있다.

안 되겠다 싶던 정 특보는 교육장을 찾아가 "교육사업을 하기 위해 서류가 몇 장 필요한지 보라"며 "당신은 한 명이라도 일자리를 만들어본 적 있나. 그 일을 내가 하려고 하는데 이유 없이 일하려는 사람을 방해해도 되는 건가"라고 항의했다. 정 특보는 그날을 떠올리며 자신이 정치를 하려는 목적을 거듭 강조했다.

"일하려는 의욕이 있는 사람에게 더 좋은 환경을 만들어주는 것, 그럼으로써 우리 사회가 더 살만해지고 가치가 실현되도록 하는 것이 제1 목적입니다. 제일 중요한 건 힘없는 사람, 억울한 사람이 없게 하는 것입니다."

정 특보는 경제 전문 채널에서 책과 저자를 소개하고 인터뷰하는 프로그램도 6년 7개월간 진행했다. 그가 만난 저자만 약 500명, 이들을 인터뷰하기 위해 읽은 책은 1000여 권에 달했다. 정 특보의 정책 분야 전문성은 그때 숙성기를 거쳤다.

"읽은 책이 1000권도 더 되니 그 속에 얼마나 다양한 주제가 있었겠어요. 대학을 한 곳 더 나온 듯했습니다. 저는 그때 우리 사회 곳곳의 모습을 봤고, 부동산 문제부터 시작해 건강문제까지 온갖 책을 섭렵하면서 우리 사회가 가진 문제점을 정치를 통해 변화시켜야겠단 생각이 부쩍 들었어요."

◆ "소명은 일자리 만들기와 인재 육성"

정 특보는 "지역에 좋은 일자리를 만들고, 대한민국을 이끌 다음 세대를 육성하기 위한 교육 여건 조성이 정치인으로서 저에게 굉장히 중요한 소명"이라고 했다.

더불어민주당 이재명 대표(왼쪽)와 정진욱 당대표 정무특별보좌역이 지난 7월 서울 여의도 한 식당에서 당내외 현안 등을 논의하고 있다.

"지역의 인재들이 남아서 일할 곳이 없어요. 지역에 좋은 일자리를 만들지 않으면 지역은 다 사라질 겁니다. 그러면 서울만 남게 됩니다. 결국 서울을 중심으로 한 수도권의 집값이 비싸지고 그 결과 청년들이 결혼을 안 하고 아이를 안 낳게 됩니다. 살 곳이 마련돼야 결혼을 하죠. 저는 지역에 좋은 일자리를 만드는 것이 제 정치의 소명 중 하나입니다."

정 특보는 인재 육성과 관련, 윤석열 정부의 연구·개발(R&D) 예산 삭감과 의대 정원 확대 추진 기조가 맞물리며 발생할 부작용을 우려하기도 했다.

"예산이 줄어든다는 건 연구하는 사람들의 환경이 급격히 나빠지는 거예요. 그걸 지켜보는 부모들은 자녀들에게 뭐라고 하겠어요. 의대 가라고 하는 겁니다. 그럼 의대는 이공계 인재들을 흡수하는 블랙홀이 되는 거예요. 의대 정원을 늘리는 것은 좋습니다. 그런데 4차산업혁명 시대에 과학기술 인재들이 전부 의대로 가면 어떻게 되겠습니까. 국가를 경영하면서 미래도 내다봐야 합니다."

◆ "文정부 국토·기재부 몽니로 정권 내줬다"

정 특보는 윤석열 정부에 대한 비판 못지않게 문재인 정부에 대한 질타도 매섭게 했다. 대선 패배의 주요 원인으로 지목된 부동산 정책 실패에 관해 얘기하면서다.

정 특보는 대선 당시 이재명 캠프 대변인을 지냈기 때문에 문재인 정부와 차별화한 공급 중심의 부동산 공약을 대외에 널리 알리던 기억이 지금도 생생하다. 규제 일변도 부동산 정책과 극단적 저금리가 맞물려 심각성이 갈수록 커졌지만 사실상 문재인 정부가 '무대책'으로 일관했다는 것이 정 특보의 생각이다.

"극단적 수요를 억제하느라 공급 중심 정책으로 가지 못했습니다. 부동산 정책을 실패한 정책 사령탑을 또 쓰기도 했습니다. 시장이 신뢰 안 하기 시작합니다. 결국 정책적 수단이 별로 없어집니다. 해결책은 공급을 늘리고 금리를 높이는 거였습니다. 시중 유동성이 커지고 저금리면 그 돈은 결국 부동산으로 가요. 금리 정책만 잘 펼치면 됐던 겁니다."

정 특보는 "부동산 정책을 맡은 곳은 국토교통부인데 대선을 앞두고 1년 동안 어떤 대책도 나오지 않았다"며 "당시 국토부와 기획재정부가 정책적으로 우리(이재명 캠프)에게 협조하지 않았다"고 기억했다. 그러면서 "단지 대선에서 이기고 지고의 문제가 아니라 국민의 고통을 덜어주는 일이었기에 제가 분노하는 것"이라고 했다. 그는 "(당시 국토부와 기재부의) '몽니'라고도 할 수 있고, 그래서 우리가 정권을 내줬다고 보는 것"이라고 했다.

◆ "정치인은 자기중심 사고서 벗어나야"

정 특보는 자신의 경쟁력을 '열린 사고'와 '다양한 경험'에서 찾았다. 그는 "행정고시에 합격하면 관료로 일생을 산다. 편안하게 산 사람들하고 전 나르다"라며 "만든 회사도 10여 개 되고 성공과 실패 속에 다양한 경험을 했다"고 말했다.

"힘없는 사람들, 이름 없는 사람들이 사는 모습으로 제가 돼 보는 겁니다. 우리 사회에서 소위 '잘 나가는 명패' 없이 누군가와 만나고 관계를 형성하고 일을 풀어나가는 일들이 얼마나 어려운지, 때로는 치사하고 때로는 모욕도 많이 당한다는 것을 잘 알고 있죠. 전 그런 것을 다 경험해봤으니까요. 저는 그 경험이 현실을 이해하고 각종 문제를 해결하는 데 도움이 된다고 생각해요."

정 특보는 "일반 정치인은 다음 선거를 생각하고 훌륭한 정치가는 다음 세대를 생각한다는 말은 100번 맞는 말"이라며 "긴 미래를 보고 뭔가 판단하고 결정하는 리더의 능력은 그 사회의 미래 또는 그다음 세대의 삶을 바꿔놓는다"고 했다.

"정치인은 무한책임 속에 살고 있다고 생각해요. 일신의 영달이 아닌, 어떤 책임 속에 살고 있고 있습니다. 그런 사람이 다음 세대에 정치인으로 선택돼야 합니다. 그런 준비를 누가 하고 있는지 유권자분들이 유심히 봐주세요. 유권자들에게 꼭 드리고 싶은 말입니다."

광주=배민영 기자 goodpoint@segye.com